中国工程院院士

是国家设立的工程科学技术方面的最高学术称号，为终身荣誉。

中国工程院院士传记

毛炳权传

宗建华 著

中国石化出版社
人民出版社

图书在版编目（CIP）数据

毛炳权传／宗建华著．—北京：中国石化出版社，2019.1
ISBN 978-7-5114-5197-2

Ⅰ．①毛… Ⅱ．①宗… Ⅲ．①传记文学-中国-当代
Ⅳ．①I25

中国版本图书馆 CIP 数据核字（2019）第 009736 号

中国石化出版社出版发行
地址：北京市朝阳区吉市口路 9 号
邮编：100020　电话：（010）59964500
发行部电话：（010）59964526
http://www.sinopec-press.com
E-mail：press@sinopec.com
北京科信印刷有限公司印刷
全国各地新华书店经销
*
710×1000 毫米 16 开本 4 彩页 21.75 印张 280 千字
2019 年 1 月第 1 版　2019 年 1 月第 1 次印刷
定价：68.00 元

毛炳权院士

1998年4月四川大学高分子国家重点实验室学术委员会委员合影（前排左四为毛炳权）

2000年毛炳权（左二）到武汉石油化工厂与厂方技术人员进行交流（左一为杨元一）

2006年9月毛炳权（右二）参加中俄老中青科学家联谊活动

2007 年 11 月毛炳权（前排右八）参加四川大学高分子材料工程国家重点实验室第四届学术委员会会议

2012 年 10 月毛炳权（右三）在徐州参加院士年会

N 催化剂发明小组人员在讨论试验问题
（从左至右：李珠兰、郑莹、毛炳权、杨霭春、杨菊秀）

三位中国工程院院士（莫斯科门捷列夫化工学院同学）合影
（从左至右：毛炳权、陈丙珍、崔国良）

中国工程院院士传记系列丛书

总　序

20世纪是中华民族千载难逢的伟大时代。千百万先烈前贤用鲜血和生命争得了百年巨变、民族复兴，推翻了帝制，肇始了共和，击败了外侮，建立了新中国，独立于世界，赢得了尊严，不再受辱。改革开放，经济腾飞，科教兴国，生产力大发展，告别了饥寒，实现了小康。工业化雷鸣电掣，现代化指日可待。巨潮洪流，不容阻抑。

忆百年前之清末，从慈禧太后到满朝文武开始感到科学技术的重要，办“洋务”，派留学，改教育。但时机瞬逝，清廷被辛亥革命推翻。五四运动，民情激昂，吁求“德、赛”升堂，民主治国，科教兴邦。接踵而来的，是连年的内战、抗战和解放战争。恃科学救国的青年学子，负笈留学或寒窗苦读，多数未遇机会，辜负了碧血丹心。

1928年6月9日，蔡元培主持建立了中国近代第一个国立综合性科研机构——中央研究院，设理化实业研究所、地质研究所、社会科学研究所和观象台四个研究机构，标志着国家建制科研机构的诞生。20年后，1948年3月26日遴选出81位院士（理工53，人文28），几乎都是20世纪初留学海外、卓有成就的科学家。

中国科技事业的大发展是在新中国成立以后。1949年11月1日成立了中国科学院，郭沫若任院长。1950~1960年有2500多名留学海外的科学家、工程师回到祖国，成为大规模发展中国科技事业的第一批领导骨干。国家按计划向苏联、东欧各国派遣1.8万各类科技人员留学，全都按期回国，成为建立科研和现代工业的骨干力量。高等学校从新中国成立初期的200所增加到600多所，年招生增至28万人。到21世纪初，高等学校2263所，年招生600多万人，科技人力总资源量超过5000万人，具有大学本科以上学历科技人才达1600万人，已接近最发达国家水平。

新中国成立60多年来，从一穷二白成长为科技大国。年产钢铁从1949年的15万吨增加到2011年的粗钢6.8亿吨、钢材8.8亿吨，几乎是8个最发达国家（G8）总年产量的2倍。20世纪50年代钢铁超英赶美的梦想终于成真。水泥年产20亿吨，超过全世界其它国家总产量。中国已是粮、棉、肉、蛋、水产、化肥等第一生产大国，保障了13亿人口的食品和穿衣安全。制造业、土木、水利、电力、交通、运输、电子通讯、超级计算机等领域正迅速逼近世界前沿。“两弹一星”、高峡平湖、南水北调、高公高铁、航空航天等伟大工程的成功实施，无可争议地表明了中国科技事业的进步。

党的十一届三中全会以后，实行改革开放，全国工作转向以经济建设为中心。加速实现工业化是当务之急。大规模社会性基础建设，大科学工程、国防工程等是工业化社会的命脉，是数十年、上百年才能完成的任务。中国科学院张光斗、王大珩、师昌绪、张维、侯祥麟、罗沛霖等学部委员（院士）认为，为了顺利完成中华民族这项历史性任务，必须提高工程科学的地位，加速培养更多的工程科技人才。中国科学院原设的技术科学部已不能满足工程科学发展的时代需要。他们于1992年致书党中央、国务院，建议建立“中国工程科学技术院”，选举那些在工程科学中做出重大的、创造性成就和贡献、热爱祖国、学风正派的科学家和工程师为院士，授予终身荣誉，赋予科研和建设任务，请他们指导学科发展，培养人才，对国家重大工程科学问题提出咨询建议。中央接受了他们的建议，于1993年决定建立中国工程院，聘请30名中国科学院院士和遴选66

名院士共96名为中国工程院首批院士。于1994年6月3日，召开了中国工程院成立大会，选举朱光亚院士为首任院长。中国工程院成立后，全体院士紧密团结全国工程科技界共同奋斗，在各条战线上都发挥了重要作用，做出了新的贡献。

中国的现代科技事业比欧美落后了200年。虽然在20世纪有了巨大进步，但与发达国家相比，还有较大差距。祖国的工业化、现代化建设，任重道远，还需要有数代人的持续奋斗才能完成。况且，世界在进步，科学无止境，社会无终态。欲把中国建设成科技强国，屹立于世界，必须持续培养造就数代以千万计的优秀科学家和工程师，服膺接力，担当使命，开拓创新，更立新功。

中国工程院决定组织出版“中国工程院院士传记”丛书，以记录他们对祖国和社会的丰功伟绩，传承他们治学为人的高尚品德、开拓创新的科学精神。他们是科技战线的功臣，民族振兴的脊梁。我们相信，这套传记的出版，能为史书增添新章，成为史乘中宝贵的科学财富，俾后人传承前贤筚路蓝缕的创业勇气、魄力和为国家、人民舍身奋斗的奉献精神。这就是中国前进的路。

宋健

前　　言

在中国石油化工行业，甚至世界石油化工行业，毛炳权占有很重要的一席之地。提到中国石油化学工业的发展，必然要提到毛炳权所创造的科研成果。而这位中国工程院院士的成功，却缘于人生道路上的一次选择和选择之后的坚持。同样，他的这次选择和几十年的坚持，也让历史和民族选择了他，共同的选择，造就了一位名扬中国石化工业史的著名科学家，创造了支撑中国石化工业发展的重要科研成果，而且是中国人自主创新的成果。他创造出的成果大步跨进了世界先进行列的大门。

毛炳权认为，自己的一生只做过两次独立的选择：一是报名参军，从此改变了人生道路；二是上大学时选择了化工专业，对化工专业，从不熟悉到熟悉，到喜欢，到热爱，几十年来无怨无悔。正是因为这次选择，正是“几十年来无怨无悔”，让毛炳权从一个普通的学生，逐渐走向科学技术的殿堂，成为著名的高分子化工专家。

毛炳权出生于20世纪30年代的广东省广州市，生于乱世，长于乱世。与同时代几乎所有的人一样，他自从来到这个世界上，便被历史的洪流左右着自己、包裹着前进。在童年和少年时代，他跟随着时代的发展，亦步亦趋。在乱世中，他和他的长辈们把许多的时间用在活命上，为了活命，吃了许多苦，不止一次地逃亡和飘零。在风雨飘摇的日子里，他的最大愿望是平安和温饱，只是面对历史和社会，他没有更多的选择，个人的愿望只能存在于期盼之中。

20 世纪 30 年代正值国际国内形势动荡之时，国内军阀混战不断，民不聊生。1937 年，日本侵略者发动的全面侵华战争，更是让中华民族陷入了空前浩劫。从这一年开始，日本侵略者占领了大半个中国，中国人民的家园被占领、被毁灭，成千上万的中国人民被侵略者屠杀。面对侵略者，中国人民不怕牺牲，奋起抵抗。同时，更有无数平民百姓流离失所，颠沛流离，四处逃亡。毛炳权就是在这个时期跟着家中长辈踏上了一次又一次逃难之路。在近 5 年的时间里，年仅 5 岁的毛炳权，艰难地跟随着长辈，从广东的农村跑到城市，再逃离广东。相继辗转于广州、东莞、万顷沙、香港、澳门等地，直到 1945 年抗战结束前夕才重新回到万顷沙这个小村庄，定居于此。

年幼时的苦难经历使毛炳权从小就懂得了许多事情，亲身经历并了解了许多的人间疾苦。父母的教育和厚望，使他自幼就有一个科学梦。特别是在亲身经历了亡国奴的生活后，他从内心强烈希望我们的国家强大起来，中国人民不再受欺负。听中学老师说，学好化学能够学会造炸药，他便产生了强烈兴趣，因为学会造炸药可以为国家制造武器，打击侵略者。他因此喜欢上了化学，这应当是他以后选择从事化工专业的思想基础。当新解放区的许多人还没弄明白新中国成立的意义时，他已经义无反顾地选择了参加中国人民解放军，比许多同龄人领先一步。在解放军这所大学校里，他学会了坚强，学会了依靠集体的力量，学会了孜孜不倦地学习，部队让毛炳权茁壮成长。部队领导的支持与鼓励，使他获得了进入大学深造的机遇，以“调干生”的身份迈入了大学校园。而在大学校园里，他选择了化工专业。也正是在大学期间，他的勤奋好学和善良的人格赢得了上上下下的好评，他的人生再次发生转折——被国家选送到苏联留学。在苏联期间，他重新选择了专业，成为高分子专业的一名学生。从此，开始了一位化工界学术巨擘的成长之路。

1959 年，心系祖国的毛炳权放弃继续留在苏联读研究生的机会，回到祖国参加社会主义建设。他以满腔的热情与执着追求，潜心于教育事业及化工研究。虽然经历了各种政治运动的风风雨雨，但他除了有两年时间不得不离开化工专业外，对化学工业的热爱从来没有改变，并无怨无悔地为化工科技的发展做着努力。

20 世纪 70 年代末、80 年代初，改革开放政策向世界打开了中国的大门。毛炳权和许多科技人员一样，如饥似渴地学习国外的先进技术，对照世界先进水平来发展中国的工业。纵观世界聚丙烯与催化剂的迅猛发展，他看到了差距，更看到了发展的方向。作为一名从事化工科学技术研究的科技工作者，他非常清楚我国化工工业需要什么样的产品，他毅然选准科技攻关的方向，全力投入到聚丙烯催化剂的研发之中，毕生致力于国内催化剂与烯烃聚合生产工艺的研究工作，自主研制了络合Ⅱ型催化剂、N 型催化剂和 DQ 球形催化剂，改变了中国聚丙烯催化剂依赖进口的局面。并且，还在美国、英国、法国、德国、意大利、日本得到了专利授权，将发明的催化剂技术出口到发达国家，为国家获得了高额的专利许可费用，更为中国实现聚丙烯的自主生产及中国石油化学工业的发展做出了重大贡献。

在石油化工行业工作的 40 多年间，他一路走来，始终不忘初心，事思敬，不居功，即使在成为中国工程院院士之后，他仍然坚守在科研岗位上，兢兢业业地从事科学研究，赢得了国家和人民的尊敬。

毛炳权简介

毛炳权，高分子化工专家，博士生导师，中国工程院资深院士。现任中国石化北京化工研究院科技委名誉主任，兼任多个国家重点实验室学术委员会顾问。

毛炳权出生在广东省广州市一个小康家庭，自幼在父亲开办的私塾里读书。“七七事变”爆发后，毛炳权跟随家人到处流浪。1947年进入东莞中学学习。1950 年朝鲜战争爆发，年仅 17 岁还是学生的毛炳权毅然报名参加了中国人民解放军，在部队担任文化教员。1952 年，毛炳权被部队选派去大连工学院化工系学习。1954 年因成绩优异被保送到前苏联门捷列夫化工学院，攻读高分子专业。1959 年学成回国，在成都工学院从事高分子化学与高分子材料加工技术的教学和科研工作。1971 年调至北京化工研究院。

毛炳权长期从事高分子聚合机理、聚合工艺、高分子结构与性能等方面研究工作，是我国聚丙烯催化剂生产技术的奠基者和开拓者。他与团队一起历经数十年研制出络Ⅱ、N、DQ 系列三种类型聚丙烯催化剂，成功解决了不同阶段我国聚丙烯生产所用催化剂依赖进口的瓶颈问题，大幅度降低了聚丙烯的生产成本，为我国跻身世界聚丙烯催化剂技术强者地位做出了卓越的贡献。三种类型催化剂分别获得国家技术发明二等奖 2 次、三等奖 1 次。1991 年成为享受国务院特殊津贴专家，1995 年当选中国工程院院士，2004 年获何梁何利基金科学与技术进步奖。

聚丙烯络合Ⅱ型催化剂——填补国内空白，奠定中国聚丙烯催化剂技术基础。20世纪70年代，国外开始大量生产聚丙烯树脂，而我国则刚刚开始研究工作。使用的进口催化剂，活性低、成本高，无法满足国家快速推广的要求。1978年，在老一辈高分子化工专家唐士培教授的带领下，毛炳权与他的团队研制出相当于国外第二代聚丙烯催化剂的络合Ⅱ型催化剂，催化剂活性比原来提高数十倍，等规定向能力达到96%~97%。从此，国内先后建成50多套聚丙烯(本体法)生产装置，年产量达40万吨左右，年产值约为30亿元。

聚丙烯N型高效催化剂的成功开发——拥有完全自主知识产权，确立世界聚丙烯催化剂强者地位。20世纪80年代起，我国先后从国外引进了多套大型聚丙烯生产装置，配套的进口催化剂每年花费上千万美元。毛炳权及其团队着意原始创新，研发出“N型高效催化剂”，一举打破意大利海蒙特公司和日本三井石化公司聚丙烯催化剂在国际市场上的垄断地位，相继获得了中国、美国、日本及欧洲的发明专利。1988年该专利以1500万美元成功许可给美国菲利普斯石油公司，这项技术至今还保持着中国单项专利技术许可费的纪录。

聚丙烯DQ球形催化剂系列产品开发——催化剂生产技术实现从跟跑到领跑。为了适应新一代高性能、多用途聚丙烯产品的工业生产的需要，20世纪90年代起，毛炳权带领他的团队研发出了载体颗粒形态优良、粒径大小可以控调、具有更高的活性和定向能力的DQ球形聚丙烯催化剂。同比条件下，该催化剂的聚合活性明显高于国际同类产品。同时针对不同的聚丙烯生产工艺，先后开发了DQ-1、DQ-2、DQ-3、DQ-4等催化剂系列专利技术，并在茂名等国内多家大型聚丙烯生产企业得到广泛应用。国际市场份额逐年扩大，成为世界聚丙烯催化剂的主要开发单位之一。

毛炳权在70岁高龄时加入了中国共产党。他对年轻人说，这是他半个多世纪的夙愿。

北京化工研究院和北京化工大学材料科学与工程学院分别以毛炳权名义设立了奖项："毛炳权青年科技奖"和"毛炳权院士专项奖学金"。他指导的多名研究生现都已成长为年轻技术人员中的佼佼者，化工战线上的生力军。

目　　录

第一章

追本溯源

祖居东莞

1933年11月2日，毛炳权出生在广东省广州市。但他的祖籍却是广东东莞县万江区新和乡邦凹村。

东莞县位于广东省中南部，珠江口东岸，东江下游的珠江三角洲。因地处广州之东，境内盛产莞草而得名。东莞是广东历史文化名城，于1700多年前的三国时期建郡，是岭南文明的重要发源地，中国近代史的开篇地和改革开放的先行地。

毛炳权三四岁就离开广州到东莞居住，一直在东莞生活成长到1950年。只有抗日战争时期，日寇侵略广东，他随全家人离开东莞，逃亡了一年多时间。毛炳权曾听家中长辈们讲，他们祖上好像是从陕西一带南迁过来的。据说，也有人亲眼见过从陕西祖地传下来的物件。但家族中从来没有人能够说得清楚这段传说，毛炳权记忆中的祖先逸事大概也要上溯数百年了，似乎与他没有多大关系。他的记忆则都与东莞紧密相联，特别是他住过多年的万顷沙村。在毛炳权记忆中，在很长的时间内，万顷沙是在东莞县的管辖之下。新中国成立之后，万顷沙划入番禺县。改革开放后，番禺县成为广州市的一个区。如今的万顷沙属于广州市南沙区管辖。而据当地史书和传说，在200多年前，万顷沙一带称乌珠大洋。万顷沙境内原为浅海滩涂，清道光十八年(1838年)，东莞“明伦堂”在此围垦，寓意是在汪洋巨浸之中，造成万顷良田，万顷沙因此而得名。万顷沙位于广州的最南端，地处穗、港、澳“金三角”的中心，距离香港、澳门非常近。万顷沙的村民是从四面八方汇集而来，真正土生土长的很少。在这个地方，毛炳权度过了他的童年时光，也听说了家族中的许多逸事，但给他留下深刻印象的，只有曾祖父、曾祖母辈及其后代们的故事。

毛炳权的祖上一直以种地为生，直到出了曾祖父毛凤笙这个读书人。毛凤笙，字松鹤，少年入县城私塾读书。本想读几年书，走当时读书人的共同道路，先秀才，后进士及第，“学而优则仕”。却不料，在后来的科举考试中屡屡落榜。为了生计，毛凤笙平时帮人写写书信、诉状，收些费用过生活。虽然没能出人头地，也算是踏入了读书人的行列，结识了一些同为读书人的朋友，毛炳权母亲的祖父詹盘石便是毛凤笙的友人之一。母亲的祖父是一名秀才，标准的读书人，与毛凤笙私交甚好，视他为知己，后两人又商定亲上加亲。詹盘石作主将彼时年仅 16 岁的孙女詹丽华许配给毛凤笙的孙儿，这便是毛炳权的母亲和父亲。毛凤笙对这门亲事十分满意，为遂自己四世同堂的心愿，很快便给两个孩子完婚，就盼着能早点抱上重孙。只是“天有不测风云”，毛凤笙还没等到抱重孙，便遗憾地离开了人世。毛炳权心中的曾祖父，除了小时候看过的那张画像外，只有那一个个在家族中流传下来的故事了。

毛凤笙先后娶过两位妻子，第一位妻子是毛炳权的亲生曾祖母，因老人去世早，毛炳权一直不知她何名何姓，生于何处。只知道她为毛凤笙生育了两个儿子和三个女儿，孩子们还没长大成人，她就先撇下丈夫和孩子们，撒手人寰。几个孩子年长者尚不及束发之年，小的还嗷嗷待哺，毛凤笙一介书生，为照顾五个孩子忙得焦头烂额，于是便很快续娶了一个林姓的女子，这便是毛炳权的继曾祖母。

曾祖父在世时曾住过的房子让毛炳权印象深刻。据说那房子是继曾祖母和她的妹妹共同购置的，是一栋面积很大的砖瓦房，外观看起来很气派。房屋正房的门匾上书三个大字——“松干簃”，“松”取曾祖父字中的一字，“干”取曾祖父连襟，也就是继曾祖母的妹夫翟干臣字中的一字，意指这房子是两家共有的。后来房子年久失修，倒塌重建，新建的房子共有三大间，一间仍为翟家住，另外两间，祖父一间，叔公一间。门匾上的三个大字倒没有丢弃，仍旧使用，直到文化大革命“破四旧”的时候才被当作“四旧”抹掉。

继曾祖母是一位贤良淑德的女子，她嫁给毛凤笙后未曾生育，却一直悉心抚养毛凤笙亡妻的几个孩子，视他们如己出。五个孩子中，除毛炳权的祖父以外，其余几个都是毛炳权这位继曾祖母抚养成人的，所以这几个孩子对这位继母充满敬意，待她亦如自己的生母一般。

毛炳权的祖父是家中长子，又生了独子毛智明，即毛炳权的父亲。到毛炳权这辈，因为是毛家的长子嫡孙，他也备受众人疼爱，继曾祖母自然也十分疼爱这位长子嫡孙。如今回忆起继曾祖母来，毛炳权是这样形容的：

只记得她年纪很大，脑海中的她就是个老太太。她裹过脚，但后来放了脚，所以走路还算比较正常。

通过毛炳权的叙述，人们得知这位继曾祖母是个白发苍苍、和蔼可亲的老太太。令人惋惜的是，继曾祖母一生向善，无私付出，劳累终生，却意外葬身火海之中，令毛家人每每提及都痛惜不已。

在此之前，毛柄权曾亲身经历过一次火灾。那是 1942 年 10 月的一天，他们一家居住的东莞万顷沙村发生了一场突如其来的灾祸。临街一户人家因用火不慎，引燃了自家的房子，偏偏这天的秋风劲吹，很快引燃了邻居家的房子。在极短的时间里，整条以茅草屋为主的街道迅速蔓延成一条火龙，在秋风中肆虐。顿时，整条街道上哭声、喊声、惊叫声响成一片。当大火逼近毛家时，继曾祖母还不忘收拾包裹，装几件衣服。9 岁的毛炳权眼看情况紧急，边呼唤祖母出屋，边上前去搀扶她，将她带至空旷的安全地带。这场突如其来的火灾夺去了万顷沙这个小村落里许多人的生命。劫后余生的人们面对一片残骸，默默地收拾心情，重建家园，坚强生活。

在房屋重建期间，毛炳权的继曾祖母被送去她的侄女(毛炳权称呼其为姑婆)家暂住，本想房子盖好后就将继曾祖母接回，没想到，这一去却成了永别。

这件令毛家人痛惜的事件发生在1942年12月，距离第一次火灾仅两个月。第二次火灾起火突然，起火后火势以惊人的速度袭击了毫无防备的村民。火源是毛炳权姑婆的邻居家，继曾祖母与姑婆两个老太太身处火源地，大火很快就烧到了姑婆家。当两个老太太发现火情时，因年事已高，走路不方便，被困在了火场里。毛炳权的祖父得知姑婆家起火后，立刻请了人去抢救，不过火势太猛，就连消防人员都难以靠近，只能眼睁睁地看着姑婆家的房屋连带两位老人被无情的火海吞噬……等到消防人员把大火扑灭时，火场已经是一片灰烬。

浓烟散去，归于平静。水火无情，全家人痛哭失声。

富有传奇色彩的祖父

毛炳权的祖父名叫毛灌榕，字树珍，有一个弟弟和三个姐妹。毛炳权分别称为叔公和姑婆。

毛炳权的祖母曾育过三个孩子，大儿子(毛炳权的大伯)5岁时便夭折了，后来又生了一个儿子(毛炳权的父亲)和一个女儿(毛炳权的姑姑)。毛炳权对祖父的经历知道得较多，认为祖父的一生富有传奇色彩。

毛灌榕是家中长子，自小就到别人家商铺当学徒工，学习如何做生意。那时候做学徒是件很辛苦的事情，不但要手脚勤快，更要机警灵活。上班时要勤奋干活，无论什么杂活都要干，什么苦都能吃；下班后还要伺候师傅，只有这样才有可能学到些东西。毛灌榕出师后，没有留在学徒时的商铺，而选择去了香港，在一间名叫“平安客栈”的旅馆里打工。毛灌榕的姨父（即毛炳权继曾祖母妹妹的丈夫）是美国华侨，当时住在旧金山。姨父一直劝说毛灌榕到美国发展，在每个人的心中都有个发财梦，毛灌榕也不例外，在姨父的劝说下，他终于动心同意到美国去。于是，姨父帮助他坐轮船偷渡美国。毛灌榕乔装成船上烧锅炉的工人，将自己浑身上下抹得黑乎乎的，只剩下两只眼睛还露着一丁点白色，一直躲在船底的锅炉。在海上漂了几十天，才来到美国旧金山。

1947 年毛炳权与祖父祖母和父母亲及姑父姑母（前排左一为祖母，前排右一为祖父，后排从左至右分别为毛炳权、姑父、父亲、姑母、母亲）

到了美国以后，因为没有正式身份，毛灌榕只能打黑工。黑工在美国根本没有社会地位可言，只能做些纯手工的工作或者做一些体力活。身处异国他乡，要与别人交流，必须要掌握当地的语言。毛灌榕利用打工以及休息的时间，向同事和邻居们学一些日常交流用的英语。到后来，已经可以用英语开展一些简单的交流了。他在美国一待就是两年，直到 1914 年第一次世界大战的爆发。如果不是这次世界大战，他或许还留在美国，他和家人的人生轨迹也许会是另外一个样子。在第一次世界大战中，当时的中国北洋政府加入到英、法、美、俄一方对德国宣战，但没有派军队，派了十几万华工到欧洲做修筑工事和运输、后勤等工作。与此同时，美国政府因军力不足，也开始在国内大量抓捕打黑工的华工，并将他们送到欧洲去修防御工事、运物资。毛灌榕的阿姨见此情景，十分担心他的安全，在跟丈夫商量后，感觉还是回到香港更安全些。夫妇俩又花了一笔钱，帮毛灌榕再次偷渡回香港。

回到香港后，毛灌榕重返“平安客栈”，继续做他的工人，直到1925年。这一年，为了支援上海人民五卅反帝的爱国运动，广州和香港爆发了规模宏大的大罢工，史称“省港大罢工”。香港的工会由共产党人邓中夏(中华全国总工会总书记)及苏兆征(香港海员工会)等人以中国国民党员身份组织，以全国总工会名义，召集香港各工会联席会议，成立全港工团联合会，决议罢工。6月19日起，包括电车、印刷、船务在内的工会首先响应，其他行业工会纷纷效仿，三日内即有二万人离开岗位，返回广州。毛灌榕正是在这个时候由香港返回广州，亲身参加了这场历时1年零4个月的世界工人运动史上时间最长的一次大罢工。毛灌榕曾亲口对毛炳权讲述过当时的经历，为支持大罢工，他和许多香港工人一起回到广州，投身到轰轰烈烈的大罢工中去，并成长为骨干力量。当时，广州、香港各行各业的人民群众团结起来同英帝国主义做斗争，使香港变成了“臭港”。这次令人热血沸腾的经历，在毛灌榕的记忆中留下深刻的印象。更令毛灌榕难忘的是，他曾作为“省港大罢工”的一名代表，跟随代表团来到北京，与段祺瑞政府谈判。在此期间，他抓紧时间参观了北京的许多著名景点，游览了故宫等地，在故宫太和殿，他还看到了传说中的“龙椅”，围着“龙椅”转了一圈。这时，离清王朝被推翻只有十几年时间，人们对皇宫还是很好奇的。

省港大罢工促成了第一次国共合作。罢工结束后，从香港回到广州的毛灌榕，在广州市警察局任职。当时的局长是李章达，他是早期同盟会员之一，民国时期曾任孙中山第二警卫团团长兼大元帅府参军，1948 年 1 月，中国国民党革命委员会在香港成立，他被选为中央常委兼秘书长。中华人民共和国成立后，李章达历任中央人民政府委员、广东省人民政府副主席兼广州市人民政府副市长等职务。毛灌榕当时在同为东莞人的李章达手下当一名督察员。毛炳权还看见过祖父担任少校督察员时的一张照片，照片中的祖父身着警服，意气风发，英姿飒爽。

1935 年，毛灌榕辞去了广州市警察局的督察员工作，到东莞明伦堂任职。明伦堂原是指各地孔庙、书院、太学、学宫的正殿，后来演化为聚集生员，读书、讲经、讲道、研究的场所。清代广东各县学宫都建有明伦堂，归学官(教谕)掌管。民国以后，基本上为地方士绅和民国政府所控制。东莞明伦堂原在广东省东莞市可园附近，建于明代晚期。其不仅读书、讲经，还致力于助学。一般的明伦堂都是象征性的机构，影响力不太大。但东莞明伦堂与众不同，其通过在清道光年间的围垦造田，拥有了六七万亩良田，可以凭借财力做不少事情。早在 1929 年，东莞明伦堂就曾拨款 9 万元，支持东莞县立中学(今东莞中学)新建教室三座，共十二间。这所中学也是毛炳权的母校。毛灌榕到明伦堂后，主要承担会计工作，负责财务收支与出纳。他的工资是一家人的主要经济来源，一家几口的生活并不富裕，倒也不贫穷。在这短暂的和平岁月里，一家人过起了温饱的生活。

这种安逸的生活仅仅过了两年，就被日本军国主义的侵略给打破。1937 年，随着卢沟桥的枪声响起，抗日战争全面爆发。日寇的铁蹄从北向南，践踏了中国大地。1938 年 10 月 12 日，日寇在大鹏湾强行登陆，以广州为进攻目标。登陆仅十余日，已突破广州的防御阵地数十里。10 月 21 日，日军战车部队进攻广东省会——广州城，广州沦陷。自日本发动侵华战争以来，日本鬼子的暴行臭名昭著。特别是“南京大屠杀”，更是让中国老百姓对日军恨之入骨，但也非常恐惧。自日军进攻广东后，老百姓们纷纷离开家乡四散逃难。在战乱中，独自在广州的毛灌榕连家也没时间回，随着逃难的人流从广州逃至香港，在香港住了一段时间后又逃至澳门，投奔自己的亲弟弟毛燮良，在毛燮良家住了近两年左右。直到1940年以后，才又返回东莞万顷沙。此时他已上了年纪，便不想再外出奔波，呆在家里养老。

毛炳权跟祖父毛灌榕感情很深，听祖父讲故事是毛炳权儿时最开心的事情之一。在毛炳权的印象中，祖父原是个高高大大，十分健壮且有些胖的人，直到他晚年后生病，身体才逐渐消瘦下来。毛灌榕自小就外出当学徒工，没读过多少书，但他的字却写得很好。后来毛炳权的父母开店，万顷沙店铺的牌匾就是由祖父来书写的。牌匾一挂出来，被其他店铺的店主看到了，都说这字写得好。于是，有不少店主找到毛炳权的祖父，请他给题写牌匾。祖父倒是来者不拒，为此很是忙了几天，祖父也为此有了点成就感。也许是自己读书太少的原因，毛灌榕把希望寄托在后代身上，“望子成龙”“望女成凤”。对于孙儿毛炳权，他要求得似乎更严格些，老是恨铁不成钢，经常骂孙儿字写得太差，还说一代不如一代，儿子不如自己，孙子不如儿子。老人为了子女的成长也付出了很大心血，他经常监督毛炳权临帖写字，先后临过赵孟頫、颜真卿、柳公权等大家的字帖。虽然，取得了不错的成效，但毛炳权笑着评价说，自己写的字跟祖父相比还是差得太多。

与此同时，毛灌榕还特别注意关心毛炳权学业上的全面进步。既有严厉的要求，也有和蔼的指导。毛炳权学生时代重理轻文，对文科不甚感兴趣，学习时下的功夫自然少些，文科成绩也就差强人意，这使毛灌榕很不满意，想方设法督促毛炳权加强文科的学习。时间过去了几十年，毛炳权至今仍记得当年祖父指导自己学习英语的情景：

他问我：“妇女怎么说?”我说：“Woman”。“几十岁的妇女怎么叫？”“不知道，我只晓得我们学的是 woman”。他说：“年长的妇女是 old woman，年轻的妇女是 young woman……”

除了注重孙辈的文化教育外，毛灌榕还常常指导孙辈们如何做人。在他们这一辈人心目中，文章和道德是分不开的。他常说的两句话就是：“要好好做人，要勤快。”言浅意深，这是一位经历过数十载风霜的老人对孙辈们最简单、最真诚的告诫。同时，这也是中国优秀传统文化的传承，古人有过“业精于勤荒于嬉”的教诲，孔府门前的对联中赫然写有“文章道德圣人家”，由此可见，中国的传统文化对文章和道德的重视。而中国优秀传统文化的传承，正是因为有许许多多像毛灌榕这样的老一代的努力，才能够一代一代传了下来。

1950 年，毛炳权参加中国人民解放军，离开了东莞县。在他参军后的几年内，年过花甲的毛灌榕身体一直不好。1955 年，毛灌榕因患脑血管病不治身亡。当时，毛炳权正在大连读大学，两地距离遥远，加之通信和交通不便，等他得到这一噩耗时，已经是许多天之后了。至今提及，毛炳权都因为没能回家见上祖父最后一面而感到深深的遗憾。

毛炳权的祖母也是东莞县人，毛炳权说，自己的祖母是个典型的家庭妇女，她与众多中国的传统女子一样，在家相夫教子，照顾家庭几乎成了她生命的全部。她特别疼爱毛炳权这个长子嫡孙，当初毛炳权的母亲生子时刚满 17 岁，自己都还是个孩子。当突然成为母亲时，她不知道该如何照顾儿子，经常顾此失彼，手忙脚乱。于是，祖母便把照顾毛炳权的重担承担了下来。抚养长子嫡孙健康成长，祖母也非常开心，享受天伦之乐，其乐融融。在祖母的心中，毛炳权这个长孙成了她心尖上的肉。毛炳权从出生、长大、读书，一直到参军离家，祖母一直在他身边陪伴。毛炳权的中学是在东莞县城读的，当时陪他住在东莞的是祖父母两位老人，父母则在万顷沙照顾家里的店铺。在他 17 岁读高中时，爆发了抗美援朝战争，已经是青年团员的毛炳权响应党中央的号召“抗美援朝，保家卫国”，毅然报名参加了中国人民解放军。虽然毛炳权参军是一件光荣的事情，可对于深爱着他的祖母而言却是一个沉重的打击。在老人心中总是憧憬儿孙绕膝的生活，特别是对自己特别疼爱的孙子，感情更深一些。得知他报名参军后，老人家每日无精打采，以泪洗面，一想到跟自己生活十几年的孙子要离开自己，老人家就像没了主心骨似的。毛炳权不忍祖母伤悲，更担心她会忧郁成疾，便写信请在万顷沙的母亲来东莞给祖母做做思想工作。母亲劝解了几日，祖母的情况总算有所好转，毛炳权也能安心离家了。毛炳权参军走后，祖父母便从东莞搬回了万顷沙居住。

毛炳权自参军后便很少回家，后来又到东北和苏联读书。其间，仅在 1957 年暑假期间回过一次老家，还是为了探望病重的父亲。此前，祖父已于 1955 年患脑血管病去世。此次回家探亲是因为听说父亲身体不太好，回家后才得知他患了鼻咽癌，整个人颜色憔悴，形容枯槁，已经病入膏肓。看到父亲的病容，毛炳权心如刀绞，很想在父亲身边照顾他，但终因学业要继续，不得不返回苏联。回到苏联不久，他就得到了父亲病逝的消息。父亲离世不足一年，祖母也突发疾病猝死。听母亲说，祖母去世当晚曾发出一声惊呼，母亲闻声急忙赶去，看到祖母情况不好，便赶紧背她去医院，可惜医院也无回天乏力，祖母当晚在医院病逝。在当时的医疗条件下，医院也没有对老人的病情下最终结论。毛炳权则根据家人的叙述，猜测祖母应该是患了心脏病或脑溢血。在不到一年时间里，毛炳权相继失去了两位他在世上深爱的亲人。而且身在异国他乡，未能及时给他们送行，这也成了毛炳权心中的最大遗憾。

在毛家的众长辈中，毛炳权除了与自己的祖父最为亲近外，来往最多的就是叔公毛燮良一家了。毛燮良字仲彬，在他读书的时候，科举制度刚刚废除不久，他成为中国最早一批现代小学毕业的学生。毛燮良家子女众多，在毛炳权小的时候，两家都住在东莞县城，曾毗邻而居，毛炳权还常跟自己这些堂叔、堂姑们一起玩耍，彼此之间非常亲近。这段经历也成为留在毛炳权童年记忆中比较深刻的一部分。抗日战争爆发后，叔公带着他的妻儿搬去澳门。后来，毛炳权一家从香港逃难至澳门时还曾见过他。当时他年岁并不很大，也就五十多岁。毛燮良留在毛炳权的记忆中的印象，一直是那张胖胖的、总是笑嘻嘻的脸庞。抗日战争结束前夕，毛燮良不幸病逝于澳门。他的妻子和儿女又在澳门生活了一段时间，抗战胜利后辗转搬回东莞和广州，最终定居广州。

经历坎坷的父辈

毛炳权的祖父毛灌榕生养了一男一女两个孩子，即毛炳权的父亲毛智明和姑姑毛小慧。

在中国人的传统里，一般是崇尚“多子多福”的。这种观念似乎对毛灌榕的影响不太大，他终其一生，没有再生育其他孩子。也许是孩子少，负担相对轻一些的原因吧，尽管在战乱不断的旧中国，生活很不容易，但毛灌榕一直都在通过辛勤的操劳，希望能给孩子们创造好一点的生活条件。他凭借一名职员不太丰厚的薪酬，勤俭持家，把大量心血放到了培养子女上。在那个90%以上的人是文盲的时代，他辛苦供养儿子进入高中读商科，女儿也被送至护士学校读书，这在那个时代是相当不容易的。这样做的影响是显而易见的，出生在这个家庭的毛炳权，从小就在祖父和父亲的文化熏陶和关怀之中，一直受到良好的教育，并为今后的成长打下了良好基础。

毛炳权的父亲毛智明，生于1912年。他在读高中的时候，在父亲毛灌榕的安排下选择了商科。那时的商科，学历相当于现在的中专，但是学习的知识却是与工作实际密切相关，实用性很强，毕业后的学生都能够很快在专业方面发挥作用。本来，毛智明打算高中毕业后去读大学。等到高中毕业时，家中因经济条件有限，不能继续帮助他读书，他只能外出找事情做。虽然没去考大学，可在当时那个时代，高中生也算是大知识分子了，在社会上很受尊重，而毛智明却一直因为没能踏进大学校门而感到遗憾。于是，他同毛灌榕一样，把希望放到了子女身上。毛智明在子女教育上十分用心，他寄厚望于自己的长子毛炳权，希望他能考进大学，圆自己的大学梦。当时的广东，在第一次国共合作北伐之前，一直处于军阀混战、政权频繁更迭的状态，政治环境混乱，官僚贪污腐败。虽然与中国其他地方相比，总的经济环境还算不错，但官吏们的贪污腐败却使广大民众感到心寒。所以，毛智明坚决不让自己的孩子走仕途这条路，而是从小教育毛炳权长大后要当科学家。他经常给毛炳权讲古今中外科学家的故事，讲张衡、讲蔡伦、讲爱迪生，讲爱因斯坦，讲居里夫人，讲他们的成就对人类和世界发展的贡献，讲他们的崇高威望。同时，也还常给毛炳权介绍那时国内著名大学中的知名教授和科学家的事迹，言谈之中，跳动着一颗求知的心。这一切，帮助和影响着毛炳权从小便开始树立了人生目标。后来毛炳权成为国内外著名的科学家，与这段经历有着很重要的关系。

高中毕业后，毛智明先后到广州、东莞等地工作过。他先来到东莞的一家公共汽车公司当职员，后来，又到当时江门地区新会县辖下的一家公司当职员。抗日战争爆发以后，他因为远离妻儿，再加上到处一片混乱，回家的路已成危途，只好独自踏上了逃亡之路。几经辗转，毛智明终于同妻儿在万顷沙重逢，一家人定居在万顷沙。

为了谋生，毛智明先是在万顷沙开了一间私塾，自己当私塾先生，教几个学生读书识字，收些学费。可是，做私塾先生只赚了一个好名声，所得收入菲薄，远远不够父母妻儿生活之用。为了生计，他只好另外寻找赚钱的路子。南方人以水稻为主食，从收获的水稻变成可食用的大米中间要经过舂米这一工序，好多人对此感到比较麻烦，同时也不懂如何舂米。尤其是在城市，更多的人习惯于买米，而不是舂米。毛智明从中间看到了商机，他买回一些水稻，自己舂米。他先用磨磨去稻子的外壳，稻壳回收之后用作煮饭的燃料。然后再舂米，舂米时脱下来的糠皮回收后可以做猪饲料。舂好的大米摆出来出售后，没想到很受大家欢迎，不少人都来他这里买米。这让他喜出望外，跑到自己的叔叔那里借了一点钱，和妻子开了一个经营柴米油盐的小商铺，以弥补家用。这个小商铺的开张，缓解了家中的困难状况。

因为上学时读的是商科，毛智明对会计知识非常熟悉。在学习会计知识的同时，他也养成了认真细致的习惯。据毛炳权回忆，他小时候常见到父亲的经营账本，账本上那一条条账目记录得清清楚楚，一丝不苟，让人一目了然，给毛炳权留下了深刻的印象。父亲不仅做事认真细致，对帮助毛炳权学习也是如此。毛炳权回忆说，自己儿时的数学启蒙教育是由父亲来完成的，包括最简单的四则运算到后来的开平方、开立方等，都是父亲一手教的。

大概是受父亲的启蒙教育和所从事工作的影响，毛炳权读书后对理工科很感兴趣。可是，父亲在学习教育上比祖父对毛炳权的要求还严格，因为他认为儿子肩负的不仅是自己的愿望，能否读好书、入大学更是关系到儿子前途的大事，万万马虎不得。所以，他对毛炳权的偏科很不满意。除了悉心教导毛炳权学好数学以外，他还监督毛炳权背诵古文。毛炳权的文化启蒙是从私塾开始的，他一开始读的书，是中国传统的启蒙教材，比如《三字经》《千字文》等等。年龄稍大一些，父亲便要求他背诵经典古文，特别是《古文观止》。对于一个十几岁的孩子来说，《古文观止》中收录的古文要比《三字经》《千字文》难上百倍，可是毛炳权却在父亲的监督下背诵了大量经典古文：李斯的《谏逐客书》、司马迁的《报任安书》、诸葛亮的《前出师表》《后出师表》、苏东坡的《前赤壁赋》《后赤壁赋》以及欧阳修的《秋声赋》等。《古文观止》不仅仅是一般的学习教材，更是历代中国散文总集，是清朝康熙年间选编的一部供学塾使用的文学读本，在清代和民国初被称为读书人的启蒙读物。康熙三十四年(1695 年)正式镌版印刷。其共选经典文章 222 篇，这些不朽的经典中，蕴含着丰富的历史知识、成熟的人生经验、艰深的文章美学，乃至博远的宇宙哲理，对青少年的学习成长尤其重要。中国当代著名文学家巴金在回顾自己的成长道路时曾说过：少年时代完整地背诵《古文观止》，是走上文学道路的基础。这是题外话。

为了让儿子用心学习，毛智明煞费苦心，在苦口婆心教导的同时，也少不了棍棒教育。小孩儿都爱听故事、看故事，毛炳权也不例外，自从从姑姑那里听来了《天方夜谭》里的故事后，毛炳权一颗喜爱小说的心便泛滥了。他想方设法借一些小说来看，在姑姑家开的书店暂住时更是看小说看得废寝忘食，一发不可收拾。毛智明对儿子爱看小说这一举动非常不支持，他认为沉迷小说就是玩物丧志，影响学习，将来难成大事。毛炳权从姑姑家回来后，仍然经常背着父亲到处借书看，这是冒着很大风险的，一旦被父亲发现，免不了要受一顿皮肉之苦。每当看到儿子捧着一本小说读得如痴如醉时，毛智明就会火冒三丈，接着毛家的院子里就会出现经常上演的一幕：毛智明怒气冲冲地抄起鸡毛掸子追赶儿子，儿子在前面拼命跑，毛智明白发苍苍的母亲跟在父子俩身后，急急地喊道："不要打了！不要打了！"一旦追上他们父子俩，老太太就会死死地护住孙子，仍旧喊着："不要打了！不要打了！"一场战争就在老太太的阻挡下停歇下来。而那根代表着毛家家法的鸡毛掸子也败下阵来，垂头丧气。为了能够彻底扼杀儿子读小说的欲望，毛智明常会把儿子借来的书没收，在非常生气的时候，哪怕事后要赔偿别人的书，他也会一口气把书烧掉，以断了毛炳权看小说的心思。

毛智明做事很仔细，动手能力也很强，这两者相结合使他擅长制作各种小东西。毛炳权小时候，家里用的小煤油灯罩全是父亲亲手制作的。在他记忆中，父亲弄的煤油灯罩虽然体型小，但是因为纸的内部贴了锡箔纸，所以灯光比那些大煤油灯还要亮，用这样的煤油灯看书也会看得更加清晰。毛炳权每当说到父亲的这些逸事时，脸上总会浮现出笑容："父亲的手还是蛮巧的"。

毛智明的身体从年轻的时候就不算太好，人也长得高高瘦瘦的，常常咳嗽。毛炳权记得，父亲有时咳出的痰里还会带一点血丝，症状有点像肺结核，但一直都没有确诊。生病后的那些年，一直是按治疗肺结核病的方法来医治。直到多年以后才确定，毛智明患的哪里是肺结核，而是鼻咽癌。得知这一消息后，全家人大吃一惊。在确诊为鼻咽癌时，毛智明的身体状况情况已经很不好了。一来是因为病情拖得时间太长，错过了最佳治疗时机；二来当时医疗条件也有限，癌症，别说在 20 世纪 50 年代，即使放到现在，也不能保证百分之百地治愈。

父亲确诊为患鼻咽癌之时，毛炳权正在苏联留学。他在得知父亲病重的消息后，利用暑假时间赶回了老家。他除了守在病床前安慰父亲，照顾父亲外，也没有其他好办法。很快，返校的时间到了，毛炳权含着眼泪，一步三回头地离开了父亲，他知道，这一别也许就是和父亲的永别了。1957 年，毛智明在经受了身体的极度痛楚之后，终因鼻咽癌去世，年仅 45 岁。

毛炳权回忆起父亲来，评价说父亲的一生是坎坷的一生，操劳的一生，为这个家付出了许多，盼着儿女成人，可还没能享到儿女的清福，就英年早逝了。这是他个人的遗憾，更是作为儿子的毛炳权的遗憾。

毛炳权的姑姑毛小慧，从护士学校毕业后，一直从事护理工作。日寇侵占广州后，她也逃难至香港，在一所私人医院里当护士。1942 年 12 月，日本鬼子攻打占领香港，她又从香港返逃回广东，逃至万顷沙村，跟毛炳权一家人一起生活。毛小慧属于知识女性，也有一定的阅历，毛炳权非常喜欢听她讲人生经历或者听说的故事。时间一久，姑姑记忆中的故事讲完了，毛炳权听故事的兴趣却丝毫不减，老是缠着姑姑。为了给他讲故事，姑姑也不知从哪弄来一本阿拉伯民间故事集——《天方夜谭》，每天都会从里面选一个故事讲给毛炳权听，让他听得如醉如痴。后来姑姑忙碌起来，没时间天天给他讲故事，干脆把书放在家里让他自己看。从这时起，每天偷看《天方夜谭》便成了毛炳权的一大爱好，他特别喜欢《阿拉丁神灯》《阿里巴巴和四十大盗》等故事，有时候还在脑海中跟着这些童话故事幻想一番，一本小小的书，给毛炳权的学生生活带来了许多乐趣。

姑姑出嫁后，和姑父赖国钧在东莞县桥头镇开了一间书店。1943 年，毛炳权小学毕业，因万顷沙村没有中学，只能到抗日战争时期从东莞县城迁至桥头镇的私立明生中学读书。读书期间，他就住在姑姑家。所谓“近水楼台先得月”，有了书店这个便利优势，毛炳权在这一时期尽情享受了读书带来的快乐，涉猎了不少文学读物。至今毛炳权还记得自己偷偷在煤油灯下阅读中国古典四大名著之一的《西游记》时的情景。姑姑虽然也不主张毛炳权多看小说，但毕竟不像毛智明那样严格。但是，姑姑对毛炳权的管教很严格，如果遇到做得不对的事情，也会狠狠地批评他。

毛炳权在私立明生中学读书尚不足两个月，就传来了日本鬼子要攻打桥头镇的消息。这一消息让本来就担惊受怕的桥头镇居民人心惶惶，中学很快便解散了，老师、学生纷纷逃离。姑姑为了保证毛炳权的安全，将他托付给一位老师，带着他逃到东莞县城，在亲戚家住了几天。形势稍微稳定一些后，他被家人接回万顷沙。从那之后，毛炳权跟姑姑的接触就逐渐减少了。

姑姑是在 1950 年患肺结核病去世的，她去世时的年龄并不是太大，算得上是英年早逝。毛炳权说，姑姑去世跟她生孩子有一定关系，原本肺结核病患者是不宜生育的。可那时人们的医学常识普遍比较缺乏，防范意识也不强。患病的姑姑生下二女儿后，便发病住院，不久便过世了。襁褓中的二女儿没有母亲的照顾，父亲对照顾孩子手足无措，没过多久，二女儿便夭折了。毛炳权姑姑的大女儿也就成为她唯一的孩子，这个表妹比毛炳权年幼许多，现在香港生活。因生活和工作环境不同，长期以来，毛炳权与表妹的来往不太多，很少联系。只是有机会去香港的时候，曾与她见过一两面。

毛炳权的母亲詹丽华，生于1916年。她也是东莞人，跟毛炳权的父亲不是一个乡，但距离并不远。詹丽华的家族在当地也算是书香门第，她的祖父是晚清的秀才，很有学问。她自己文化水平不高，只读过几年书，识得一些字，读报纸、写书信均不成问题。在那个文盲遍地的年代，这已经是难能可贵了。

毛炳权(左一)与父母亲和弟弟们

当年毛炳权父母的婚事是由两家长辈定下的，毛炳权的曾祖父盼着四世同堂，在婚事定下来之后，很快帮两个孙辈办了婚礼。结婚的时候，詹丽华年仅16岁，到了17岁便生育了毛炳权。自16岁嫁入毛家后，詹丽华相夫教子，为这个家操劳一生，是一位典型的贤妻良母。她平生没有其他愿望，一心一意照顾丈夫和孩子，只希望全家人平平安安。抗日战争时期，在与丈夫失去联系的困难条件下，她带着老人和孩子，踏上逃难之路，为躲避日本鬼子和土匪的侵扰，成天担惊受怕，吃尽了苦。

抗战胜利以后，她领着家人到万顷沙村居住，算是在此定居。她们回到万顷沙不久，毛炳权的祖父和父亲也都逃到了这里，一家人劫后重逢，百感交集。安定下来之后，他们夫妇二人开了一间小店铺维持生计，还雇佣了一名工人。只有小学文化水平的詹丽华能写字、会珠算，十分能干，店铺里大大小小的事情都离不开她，尤其在经营方面的能力，詹丽华不比男人差。

新中国成立以后，从1953年开始，国家在全国范围内组织开展了对农业、手工业及资本主义工商业的社会主义改造，这个过渡时期的总路线和总任务，就是要实现"一化三改"："一化"即社会主义工业化，就是要发展生产力；"三改"就是要改变生产关系，即对农业、手工业实行合作化，对资本主义工商业实行公私合营。1956年10月，北京首先宣布实现全行业公私合营。接着，上海、天津、广州、武汉、西安、重庆、沈阳等大城市以及50多个中等城市相继实现全行业公私合营。也正是在这一年，在改造的大潮中，毛炳权父母经营的小店铺也实行了公私合营。合营后，毛炳权的父母到村里成立的合作社工作，收入虽不比自己经营店铺时多，但也平平稳稳。

其实在这个时候，毛炳权的父亲毛智明已经患了鼻咽癌。公私合营后，生活平平稳稳，他的病情也被确诊，日渐加重，不到一年时间便病逝了。毛智明的病逝让这个家庭失去了顶梁柱，照顾全家人的重担全压在了詹丽华身上。这也是她一生中最难熬的时期——丈夫病逝，婆婆年迈，子女尚小，大儿子正远赴苏联求学。幸而有老二和老三的帮衬，老二在一所小学里当老师，工资收入不高，但也会拿出一部分来贴补家用；老三在毛智明去世后接替其岗位，在合作社上班。老二和老三的帮助总算使詹丽华没有陷入绝境，也促使她能够肩扛重担，终将几个年幼子女抚养成人。

1957 年之后，中国逐渐进入“以阶级斗争为纲”的政治环境，对家庭成分的划分成为许多家庭绕不过去的坎。毛炳权听家人讲，“土改”时，他家被划为“工商业兼地主”的政治身份，这种成分在当时的政治条件下，属于改造的对象，受家庭成分的影响，毛炳权的四弟和五弟失去了读大学的机会。好在当年毛炳权高中毕业前报名参加中国人民解放军的时候，家中还没有划成分。否则，也许会是另外一种结局。即使如此，同样的家庭成分，对四弟和五弟造成了影响，却没有影响到毛炳权，他能被选送到苏联读大学，这在当时是非常了不起的事情。家庭中的这些事情，毛炳权多年之后才知晓。

毛氏七兄妹

毛炳权共有兄妹七个，他是家中长子，下有六个弟弟和一个妹妹，妹妹排行第六。因为孩子多，家里的经济条件不宽裕。但在艰苦的条件下，父母仍然对长子毛炳权寄予了厚望，尤其是父亲，希望儿子弥补他自己没考大学读书的遗憾，更是全心全力地供他读书。毛炳权也不负厚望，学习一直非常认真，成绩也不错。虽然读高中的时候，主动报名参军，成为一名军人，但后来又脱颖而出，重新得到读书的机会，并被选送去苏联留学，最终成为一位优秀的科学家。

毛氏七兄妹和母亲

毛炳权的二弟名毛灿东，比毛炳权小 4 岁。在家里众兄妹中，毛炳权跟二弟的关系是最为亲近的。他们年龄相差最小，儿时在一起的时间又最长，感情自然最深。毛灿东读书比较晚，在毛炳权参军之际，13 岁的毛灿东尚未小学毕业。后来父亲考虑到供养子女的困难，就把他送进一所简易师范学校读书。简易师范学校相当于初中程度的师范学校，主要就是培养小学师资。当时这样的学校不仅不收学费，还有伙食补助，对于毛家这样清贫的家庭再合适不过。毕业以后，毛灿东在一所小学当老师，每月的工资也不高，但是养活自己是够了。他很喜欢教师这一行，虽然毕业学校的起点不高，并不影响他对专业的钻研。功夫不负有心人，经过多年的教学实践和不断进修，毛灿东的各方面水平提高很快。最后终于进入了一所中学，成为一名很受欢迎的初中物理老师。

老三名叫毛煜堦，比毛炳权小 9 岁。毛炳权在东莞读书的时候，毛煜堦与祖父母一起陪同毛炳权住在东莞县城，哥俩儿相处得也很亲。在毛家的几个兄妹中，毛煜堦跟毛炳权长得最为相似。

毛炳权参军后，他所在的部队有一段时间驻扎在离东莞不算太远的中山县，母亲曾带着毛煜堦前去探望。那时毛煜堦刚刚 9 岁，来到部队后，毛炳权的战友们看到老三后，都惊呼他与哥哥真像是一个模子刻出来的，虽然不是双胞胎，可弟兄两个长得也太像了。这也成为毛炳权在部队里的一段佳话。

在毛家众兄妹中，毛煜堦读的书算是少的。他小学刚毕业，父亲就去世了。家庭经济上的压力很大，他只好辍学回家，接替了父亲的岗位，在合作社里工作，挑起了家庭的重担。毛炳权提起这个弟弟来是赞不绝口："老三是老毛家的大功臣"。当时，大哥毛炳权远在外地，二哥毛灿东在外地当教师，也很繁忙，根本顾不上管家。在这种情况下，全家大大小小的事情都由老三毛煜堦来张罗。他义无反顾地帮助母亲照顾年幼的弟弟妹妹，使弟弟妹妹们得以健康成长，也减轻了母亲的负担，一直在老家生活的毛煜堦，成为了几个弟弟妹妹们生活中的"老大哥"。一个品格高尚的弟弟，为了全家人的幸福，毅然做出了自我牺牲。

2012 年在东莞毛炳权(前排右四)与亲人合影

除老二和老三外，毛炳权其他的几个弟弟妹妹跟他年龄差距太大。毛炳权离开家时，他们有的年岁太小，有的还没出生，所以毛炳权对他们的印象十分淡薄。至于几个弟弟妹妹则因为跟大哥见面机会太少，几乎对他没有什么印象。后来在毛家还发生过一件趣事。那是1957年，因父亲患病，毛炳权第一次从苏联回家探亲，当时他提着一个箱子迈进家门，迎面走来一个小女孩，小女孩眨着大眼睛问他："你找谁呀？"这个小女孩就是毛炳权的小妹毛昭彤。真的就应了那首唐诗"儿童相见不相识，笑问客从何处来"。

20世纪60年代初期，老四毛宇澄、老五毛煦槐高中毕业了，以他们的成绩是有希望考上大学的。但因为受家庭成分的影响，他们没有被批准参加高考，失去了读大学的机会。当时的政策一直在宣传是"有成分论，不唯成分论，重在政治表现"，但是许多具体执行政策的人，只记住了"有成分论"这一点，给很多人造成了影响。相比之下，毛炳权是幸运的，他所在部队、他所在学校的领导们显然有较高的政策水平，才使毛炳权这块金子有了发光的机会。毛炳权的四弟和五弟，高中毕业后，也想工作，就跑去跟人学理发，打算学个一技之长，为今后的生活打个基础。在此期间，他们经历了史无前例的"文化大革命"。在"文革"开始的几年，人们忙着造反，忙着揪"走资派"，然后就是分成好几派斗来斗去。什么派别也不参加的老四和老五，倒是在这期间逍遥了几年。一直到了"文革"后期，先是有知识青年的"上山下乡"运动，后来又有城市居民提出"我们也有两只手，不在城里吃闲饭"，有些城市居民也开始上山下乡。在这种潮流下，老四和老五也被要求下放插队，他们和老六、老七都来到农村插队。据毛炳权几个弟弟妹妹回忆，插队的生活是很艰苦的，劳动强度大，手头的粮食经常不够吃，主要是没有什么菜吃，粮食自然消耗得多。詹丽华知道自己的孩子正在吃苦，却也有心无力。虽然家里的经济情况也不是太好，但她还是买了很多咸菜送到了孩子们插队的农村，也算给孩子们提供一些帮助。

20世纪60年代，从广东东莞、深圳偷渡到香港的事情时有发生，广东和香港的生活差异是导致偷渡时常发生的根本原因。当时香港经济发展得非常迅速，而大陆的底子薄，经济发展不平衡，广东和香港只有一江之隔，两地的人员来往也比较多，许多广东人在香港都有亲戚，对香港的情况非常了解。在香港经济高速发展的同时，广东的生活状况却很差，两边的对比太强烈，引发了大规模的偷渡。毛炳权的几个弟弟妹妹插队归来后也分批偷渡到香港。偷渡的方法也极为简单。老四是最先去香港的。当时他们有几个知青合伙买了一艘小艇，趁着晚上潮水上涨的时候，他们从万顷沙坐上小艇，顺着潮水一路南下，抵达香港。他们能跑到香港去，还有个有利条件——万顷沙离香港很近，又是个小海湾，只要了解潮水的规律，坐上船就能跑过去。不过偷渡绝非一件易事，江海是变幻莫测且充满危险的，曾有一些从其他地方逃港的人在偷渡的过程中被淹没在浩瀚无际的大海里。不久，毛炳权的五弟也步了四哥的后尘，他偷渡到港的方法极其危险，先来到深圳，然后从深圳游泳偷渡到对岸。如果被边防军发现，是会被逮捕或者击毙的。说起当时的经历，他自己都有些后怕。

老四、老五先后去了香港，到港后他们先是到处寻找亲戚，靠一些在香港的亲戚帮助，哥俩儿总算有了落脚的地方。后来，毛炳权的妹妹昭彤也跟三个男孩子一起坐船偷渡到香港。妹妹说，一般偷渡的人都不愿与女孩子同行，因为女孩子划不动船，出不了力，大家都怕拖累自己。妹妹偷渡的过程也十分惊险，他们的小船行到途中发生了渗漏，只好就近停靠在珠江口的一个小岛上。在岛上等了几天，小岛周围一直没有船经过，眼看船上的粮食很快就要吃完了，大伙都感到有些绝望。所幸一天晚上，他们远远看到一点光亮，原来是有一艘船在慢慢往小岛方向行驶。这时候，同行的几人也顾不得考虑其他事情了，几个人一起扯着嗓子向来船呼救。在当时的政治条件下，偷渡也就是叛逃，被抓回去后，处理是很严肃的。好在来船不是政府派来抓偷渡的船只，只是一只普通渔船。他们与渔民商量，到香港后支付给他们一定费用，请渔民把他们送到香港去。就这样，毛炳权的妹妹一行人坐着这只渔船到了香港，投靠老四、老五，算是九死一生吧。又过了一段时间，毛炳权最小的弟弟也去了香港。

几个弟弟妹妹相继去了香港后，家中老母亲詹丽华的日子很不好过，孩子偷渡到香港，这在当时的罪名是“叛国投敌”。所以每天都有工作组的成员来家中检查，也许是这种情况在当地比较普遍，除了要经常接受调查后，詹丽华没有受到太大的压力。这个时候，多亏毛炳权的三弟一直陪在母亲身边，陪她渡过了一段最难熬的时光。弟弟妹妹们偷渡到香港的事件对这个家庭的其他人都造成了影响。“文革”期间，毛炳权还专门就此事写了检讨，主动向领导交待了这些情况，承认自己有对弟弟妹妹们的教育缺失，犯了错误。毛炳权之所以主动交待此事是吸取了其他人的教训。那时，毛炳权在成都工作，当时四川大学有个学生到东北串联，趁机从东北偷渡到朝鲜，朝鲜政府将其遣送回国后，其在成都被以“叛国罪”公开枪决。此事对毛炳权震动很大，毕竟家中几个弟弟妹妹“叛国投敌”，这可是很大的罪名，于是才主动交待了此事，避免了被追究。

老四毛宇澄逃到香港以后，先是找了一份工作，替人打工。后来他有机会学习画油画，慢慢在绘画上形成了自己的特色，便开始以卖画为生，经济情况也逐渐好转。他在香港结婚成家，婚后生了一儿一女，一家四口生活很美满。在几十年的时间里，虽然生活上也有些波波折折，但都是有惊无险，过得还不错。我国实行改革开放以后，大陆的经济环境越来越好，毛宇澄也回来探过几次亲，并在佛山市的南海区开了一间餐饮店。他的晚年生活比较安逸，妻子去了美国，子女也都在美国读书和发展，已无后顾之忧。

老五毛煦槐在香港的境况比老四要差一些，他一直靠给人打工来养家糊口，做些木匠、泥瓦工的工作。婚后生了几个孩子，现在都已大学毕业，都在香港发展。老五生于 1947 年，现在已是 70 多岁的高龄了。

2008 年毛炳权(前排右 6)在香港参加侄女婚礼时与亲属合影

妹妹毛昭彤出生于 1950 年，那年毛炳权报名参军，临行前，母亲就是抱着妹妹前去为他送行的。妹妹后来上学、插队，再后来又偷渡到香港。她在香港也是靠为别人打工为生。1997 年，香港正式回归祖国怀抱。在香港回归之前，由于英国不甘心把这个“东方明珠”归还给中国，港英当局在香港搞了许多负面宣传和一系列小动作。在这种背景下，有不少香港人踏上了移民北美之路，有的去了美国，有的去了加拿大，毛炳权的妹妹也在这些人的中间。她来到美国以后，起初在一家餐馆里打工，工作很辛苦，收入还不高。她想改变这种局面，便先后参加了一些补习班，重点学习财会知识，边学习边不断寻找机会多介入财会方面的工作。经过自己的刻苦努力，她最终进入一家医院做起了专职财务工作，如今 65 岁的她仍工作在岗位上。

老七毛示本比毛炳权小 19 岁，出生于 1952 年。当年他偷渡到香港后投奔了毛炳权堂姑姑的儿子(即毛炳权的表弟)。当时，毛炳权的表弟开了一间公司，毛示本就在他的公司打工。他也在香港结婚后生子，有了两个儿子。他的妻子和孩子后来都在毛炳权妹妹的帮助下到了美国。刚到美国的时候，他们的生活并不理想，没有技术，不会英语，只能做些粗工。随着两个孩子长大，先后考上了大学，并且毕业后都找到了一份不错的工作，家庭的经济情况才真正好转起来。前几年，老七的妻子因患癌症病逝于美国。老七一直独自一人在香港生活，两个儿子会按时给他寄一些生活费，让他可以安然地享受晚年生活。

第二章

乱世求生磨难多

1933 年 11 月 2 日(阴历九月十五)，毛炳权在广州出生后，随母亲和祖父母在这里住了 3 年。当时，祖父在广州工作，而父亲刚刚在东莞找到一份工作，要住在东莞。姑姑还在护士学校读书，母亲詹丽华只能带着他跟祖父母一起住在广州。因家境不好，他们没钱买房，只能拖家带口地租房子住。年幼的毛炳权对于那几年的生活几乎没留下什么印象，家中的许多事情是从家人们口中得知的。

据家人们说，当时毛炳权一家租住的房子位于越秀区的中山五路。越秀区是广州最古老的中心城区，自秦朝在越秀区境内设南海郡治起，西汉南越王赵陀建南越国宫署，南汉国刘龚建广营宫室。自东吴设广州起，历朝所设军事、行政中心均在越秀区域内。中山五路清朝称惠爱街，民国 8 年(1919 年)建成马路，称惠爱中路。为纪念孙中山，民国 37 年(1948 年)后改名中山五路。中山五路几乎算是当时广州市最热闹、最繁华的街道，离它不远处是广东另一条繁华街道北京路，这条北京路见证了广州的发展变迁，也是广州城内第一条按照现代规格建造的马路。清朝时，该路段名叫“双门底”，辛亥革命后被改称为“永汉路”，民国年间改称“汉民路”，为的是纪念民国元勋、番禺人胡汉民。广州解放后，复称“永汉路”，1966 年易名“北京路”，一直沿用至今。

毛炳权一家租住的房子条件一般，所处的生活环境却比较方便。附近遍布着经营各类商品的店铺，生活购物非常方便。他们的房子邻近广州市当时最大的电影院——新华电影院，家人们有时还到影院看电影。新华影院是广州市第一家影院，1932 年农历年初一，正式开业，一直到新中国成立以后，其一直是广州市最大的影院。1995 年，广州市因为修建地铁的需要，将新华影院原址拆除搬迁。

颠沛流离逃难路

1937 年 7 月 7 日，日寇制造了卢沟桥事变，抗日战争全面爆发。面对日本军国主义的野蛮侵略，国共两党实行了第一次合作，联合抗日。1938 年 10 月，日本侵略军为封锁中国的海上交通线，配合武汉会战，发动了对广州方面的进攻。当时国民政府抽调驻粤军队增援武汉等战场，在广东地区仅留 7 个师、2 个旅，兵力分散且装备落后。身在广州的毛家人听到日本鬼子不久就要打过来的消息后，觉得广州是个大城市，日本鬼子必先攻打这里，故不宜久留，远不如到小一点的县城更加安全。因工作需要，毛炳权的祖父暂留广州，而毛炳权在祖母和母亲的带领下来到了东莞，与在一家公共汽车公司里做职工的父亲会合。尽管当时人心惶惶，可人们的日常生活并没有受到什么影响。广东人有喝早茶的习惯，父亲每天早上都会带着年幼的毛炳权去喝早茶。看着大人们喝着早茶，天南地北地聊着天，童年的毛炳权感觉很有趣。

毛家从广州来到东莞县城后住在迈豪街 11 号，这里共有三间房子，住了三户人家：一家姓翟，是毛炳权曾祖父的连襟；一家是毛炳权的叔公家；另外一家就是毛炳权一家。在日本鬼子尚未打到东莞的时候，这段生活还是非常稳定的。

毛炳权那时的玩伴就是隔壁叔公家的堂叔、堂姑们，他们有的比毛炳权大得多，有的只长毛炳权几岁，毛炳权很愿意跟他们一起玩耍。叔公家的几个堂叔叔年轻时都很喜欢玩，他们最喜爱的游戏莫过于斗蟋蟀，每当叔叔们跟别人斗蟋蟀的时候，毛炳权都会跑去看热闹，跟着其他孩子们一起喊“加油”。可是毛炳权的叔公不喜欢孩子们沉迷游戏而耽误了学业，一直反对孩子们玩蟋蟀，但孩子们对他的要求阳奉阴违，总是背着他偷偷玩。终于有一天，孩子们的小把戏被叔公发现，他顿时大发雷霆，要将孩子们的蟋蟀连同装蟋蟀的器具扔掉。几个堂叔叔为了保住蟋蟀，只好忍痛将蟋蟀送给了毛炳权，让他好好照顾。年幼的毛炳权如获至宝，贴心地照顾蟋蟀，曾经有一段时间，听着蟋蟀的鸣叫入睡成为他的一种习惯。

2012 年在广州与堂叔、堂姑合影

叔公家有一个女儿，只比毛炳权大半岁，他俩在一起玩的时间比较长。因年龄相仿，虽然按辈份毛炳权要叫她“姑姑”，可在一起玩的时候却毫无辈份的概念。一起玩耍的时候，也会因一言不和就发生争吵，甚至打架。每次他们打起架来，各家的父母都会出面教育自己的孩子，而这种教育多是以棍棒教育为主。一遇上毛炳权和自己的小姑姑挨打，最着急的莫过于毛炳权的曾祖母，她要两边拉架，两边劝导，不让各家的父母打孩子。

短暂无忧的时光就在与叔叔姑姑们斗趣玩耍、玩笑打闹中度过了。在这期间，毛炳权还有一段在幼儿园的经历，在他的记忆中，幼儿教师们每天领着孩子们做游戏、唱儿歌，也就起了个照看小孩子的作用，没有教过什么知识，可提起这段经历，毛炳权还是很开心的。1938年8、9月份，毛炳权从幼儿园升入东升小学一年级。入校时间不长，大约只有两个月，日寇的铁蹄就踏进了这里，他和家人被迫逃亡，学校也因为日寇的入侵而解散。1937年12月，日军攻占南京后，在南京制造了惨绝人寰的“南京大屠杀”，自此以后，中国民众的反日情绪高涨。1938年10月10日是当时的国庆节，东莞城内举行了盛大的游行和抗日捐款活动，许多民众自发为抗日战争捐款。那一年，年仅5岁的毛炳权懵懵懂懂地被大人拉进了游行队伍。5岁的他已经有了清晰的记忆，他的脑海中留下了这样的画面：大人们手中提着的灯笼一盏盏地越过自己的头顶，一阵阵的口号声慷慨激昂，长长的人流充满激情地向前涌动。这个游行既是为了哀悼在战争中被残忍杀害的逝者，又是中国人民不做亡国奴，为了民族的生存而奋斗的行动。虽然幼小的毛炳权对这些道理还不太懂，但是他在家人、老师及社会舆论的影响下也知道了日寇的可憎之处，一提到日本鬼子，心中总是充满了憎恨。

战火总是在人们毫无防备的时候说来就来，东莞县城很快就遭到了日本鬼子飞机的轰炸。那天，毛炳权正坐在教室里上课，就听到了轰隆隆的爆炸声响彻天际。他和同学们跑出学校回到家才知道，原来是日本鬼子往东莞县城投掷了几枚炸弹，东莞县城的一些房子和工厂被炸毁，县城里燃起了大火，冒起了滚滚浓烟。其实，这是日寇在对广州狂轰滥炸，东莞只是受到了波及。眼看战火已经烧到了家门口，东莞人纷纷外出逃难。毛炳权的家人觉得，此刻只有农村才是最安全的去处，于是全家人赶紧往农村逃去。

这次逃难是一次艰难的旅程，当时的毛炳权还是个儿童，二弟尚在襁褓中，家中的主心骨是祖母和母亲，还有为毛炳权二弟请的一位奶妈。此时，家中的男人们已经在外地自顾不暇。毛炳权的祖父仍在广州，东莞10月21日被日寇占领，广州10月22日沦陷。日本鬼子冲进广州后，毛炳权的祖父开始随着人们逃难。后来，祖父叙述说，在逃难途中自己的头部受了轻伤，鲜血直流。但那时只想着逃命，根本没有时间到医院治疗。匆忙中，自己弄了一些烟草灰敷在头上，用来止血。毛炳权的父亲这时正在江门工作，也随着躲避战火的人群踏上了逃难之路，直到后来逃到万顷沙后，一家人才再次重逢。

战争来得突然，逃难也十分仓促。没有男人的帮衬，一切都靠几个女人张罗，女人们身单力薄，孩子们又小，所以肩担手提的重活对她们来说非常困难。情急之下，只能简单收拾一些现金、首饰和一些换洗衣物，以备路上不时之需。仅仅这些东西，已经使她们感到吃力了。从东莞逃往乡下的路上，到处是逃难的人，根本找不到任何运输工具，只能靠两条腿走路。毛炳权的祖母和母亲领着大的，抱着小的，一路餐风露宿，好不容易来到了母亲的出生地下坝村。这时的下坝村也是人心惶惶，当他们来到毛炳权的外祖父和外祖母家时，外祖父、外祖母也已经收拾好东西，准备外出逃难。交谈中得知，下坝村这个地方距离东莞县城太近，村里人都感觉不安全了，纷纷逃走。两家人互相一交流，才发现彼此逃难的方向不一样，只能分手，各走各的路了。

离开下坝村后，毛炳权的祖母和母亲商量一下，打算先到祖辈世居的万江区新和乡邦凹村躲避一段时间，毕竟那里还留着曾祖父传下来的祖屋。邦凹村是一个很小的村庄，祖屋本是由毛炳权的祖父与叔公共同继承，但后来二人都没有在此地生活，房子也一直没有人住。当他们来到邦凹村时，呈现在面前的几间祖屋年久失修，已经十分破烂了。不过，在战乱时期总算有了一个容身避难之所，他们总算松了一口气。毛炳权的祖母和母亲她们，把房子收拾收拾，全家人暂时住了下来。

全家人惴惴不安地住了没几天，又遇到了意外的事情。一天半夜时分，响起了急促粗暴的敲门声。毛炳权的祖母和母亲在惊吓中，小心翼翼地打开了门。有几个人立刻冲了进来，每人手上都拿着明晃晃的刀，口里嚷着要她们交出财物。她们明白，这是遇上了土匪打劫，土匪们逼着两个女人进了屋子，逼着母亲将家里的钱都拿出来，母亲看了看两个还在熟睡的孩子，对土匪们说："要钱，全给你们，只求你们不要动我们的孩子！"用来逃亡和养家的钱财、首饰被土匪们一扫而光。

财物被抢后，他们只能依靠家中仅剩的一些余粮度日，可这么下去总不是长远之计。毛炳权的祖母和母亲商议再三，觉得这个地方不能再待了，为了生活下去，必须再次逃亡。这次她们决定要去的地方是一个名叫万顷沙的村镇，这个村在珠江口，邻近香港，地理位置更加偏僻，最重要的是，毛炳权的叔公一家也居住在那里，过去以后不至于无依无靠。

从邦凹村到万顷沙路途比较远，需坐船过去。在战乱时期，她们只找到了一只仅能容纳两三个人的划桨小船，所以毛炳权的母亲和祖母决定分批离开。最先离开的是毛炳权和他的祖母，他们先是坐小船到达一个名叫道滘镇的地方，又从这里换乘了可容纳二三十人左右的航运船，一路直达万顷沙村，也就是现在的广州市南沙区万顷沙镇。相隔几天后，毛炳权的母亲带着保姆和老二也来到了万顷沙。

在万顷沙住了大概一两个月后，毛炳权的祖母得到了祖父已逃往香港的消息。原来，祖父工作的东莞明伦堂在香港有个办事处，他逃到香港后可以继续工作。此时，毛炳权的姑姑也已经逃到香港并安定下来，在一家私人医院做护士。当时整个广东的形势都很不好，日本鬼子在广东各地烧杀抢掠，无恶不作，美丽的南粤大地变成了人间地狱。这时的香港还是英国的殖民地，日本还没有与英国进入战争状态，所以暂时没有进攻。香港也因此成为了战乱中的一处避风港。

1938 年年底，全家人决定去投奔祖父，毛炳权一家再次踏上了向香港的逃难之路。还是因为船的原因，全家人仍然是分批从万顷沙逃往香港。毛炳权跟着祖母先行一步，母亲带着老二和保姆紧随其后，那时，香港和大陆两地来往运送的货物是要收税的。许多商人为了逃税，私下偷偷运送货物。时局混乱的年代，走私船越来越多。她们便是搭乘这样的走私船去往香港的。到达香港后，先期到达的毛炳权和祖母，与毛炳权的姑婆和她的儿子会合，四个人租了一间小房子。毛炳权祖孙俩睡一张床，另一张床则给毛炳权的姑婆和儿子。母亲他们到达后，全家人在香港的西营盘地区租了一间房子住了下来。这个地方以前曾是英国军队的军营，故名西营盘。这里位置比较偏僻，房屋条件也很差。也正是如此，这里的房租比其他地方要便宜一些。因此有许多难民都选择在这里立足。尽管生活条件很差，毕竟不用颠沛流离了。这对于在战乱中担惊受怕、饱经风霜的毛炳权一家人来说，已经是难得的安宁了。

第一次到香港的毛炳权对很多东西都充满新鲜感。其中给他留下印象最深的莫过于香港的有轨电车，电车铃声那清脆的“当当当”声，至今回荡在他的耳边。香港的电车分为一等座和三等座，其实就是电车的上下层。上层属一等位，价位高一些；下层属三等座，价位便宜一点。

在香港住了不到半年时间，全家人的经济情况越来越困难。祖父在明伦堂办事处的工作也不太乐观，收入很有限，一家人的经济来源没有保障。再加上当时的香港，因为战争的原因，内地有许多人逃到这儿躲避战火，使当地的日常生活用品和食品都很贵。并且随着难民的增加，房租也在涨价，这对于他们来说是一笔相当大的开销，每天的生活是捉襟见肘。这时，他们听说日本鬼子在占领区开始实行绥靖政策，不再到处乱杀人，广东的形势已经基本稳定下来，经济上的过大压力使毛家人有了离港的想法。商量再三后，他们决定返回广州看看。

因日本鬼子的封锁，这时香港到广州没有便利的交通工具，只能绕道澳门再返回广州。当时澳门的情况非常特殊，它是葡萄牙的殖民地，而葡萄牙在第二次世界大战中是中立国，日本也需要通过葡萄牙这些中立国来和同盟国交换战俘和进行一些外交活动。所以，在日本侵华战争中，澳门没有受到战争的波及。他们坐船来到澳门后，感到此地的社会环境还是很稳定的。在战乱中难得有这么一个地方，令人心动，松了一口气的毛炳权叔公一家来到澳门后便不想再走了，后来更是长期居住在澳门，直到1946年抗战胜利后才回广州。

而毛炳权全家为了等待去往广州的交通船，在澳门停留了一个多月，在此期间，全家人租了一间很破旧的房子，五六个人挤在一个小房间里，天天算着日期过日子，直到找到了返回广州的轮船为止。全家人是搭乘一艘日本商船返回广州的，毛炳权对这件事记得很清晰，因为当时日本船只都有一个共同点，船名都带一个“丸”字，很好辨认。另外，那时坐日本船还有一个要求，上船前要先注射防疫针，具体是防疫什么的毛炳权记不清楚，大概是霍乱、伤寒一类。虽然中国人坐日本船心中总有些忐忑不安，可总算顺顺利利回到了广州。

当他们回到广州时，这座熟悉的城市却让他们感到了陌生。这时的广州，虽说已没有了枪炮声和厮杀声，没有了战火和硝烟。但生活在这里的人仍然时时有一种压抑感，在日本侵略者的统治下终日提心吊胆。过去十分热闹的广州街道冷冷清清，寥寥无几的行人也都是满面紧张，脚步匆匆。毛炳权一家走在既熟悉又陌生的街道上，心中也有几分紧张。母亲想起自己逃难时还有些东西留在广州家中，想收拾一下顺便带走。没想到回家一看，家中的家具、衣物和值钱的东西全被抢空，至于是日本人所抢还是流匪或难民所抢就不得而知了，只剩下了两间空荡荡的房子。全家人只能在两间空房子里暂时落脚，再去其他地方。

在广州停留的几天里，全家人一直在为向何处去而犹豫再三。老家邦凹村虽然有祖屋，可房间又小又旧，这么多人根本住不下。何况，这一带还经常有土匪出没，上次遇到劫匪的事情，让全家人仍然心有余悸，不想再次受到土匪的侵扰。毛炳权的母亲提出，可以先投奔自己的哥哥，也就是毛炳权的舅舅。毛炳权的舅舅当时是东莞万江区下坝村的村长，下坝村是毛炳权母亲的老家。当村长的舅舅在村里说话还是很管用的，毛家人感觉投奔他也算有个依靠。于是，一家人从广州乘小船抵达下坝村。舅舅先将他们安置在腾空的柴草房里暂时落脚，算是有了一个遮风避雨的地方。

究竟在下坝村能住多久，毛炳权不知道，毛家的长辈们也说不清楚。生活终究安稳下来，其他的都是小事了。不知不觉间，他们已经在下坝村住了半年。这期间，村里利用祠堂开办了一间小学。毛炳权的母亲跟舅舅商量了一番，决定将毛炳权送入小学读书。学堂里学生不多，虽然分为大班和小班，但大家都在同一间教室上课。毛炳权被分在小班，主要学习《千字文》等古代启蒙经典，对于大班学习的《桃花源记》及《五柳先生传》等古文也略有所闻，年幼的毛炳权虽听不太懂其中的意思，但对于古文却表现出浓厚的兴趣，有故事性的古文更是非常吸引他。

在下坝村的半年中，除了日复一日地学习外，毛炳权最开心的事情莫过于跟着几个表姐弟四处游玩。不用战战兢兢地奔跑在逃难的路上，不用忍受饥饿的煎熬，每天读读书，弹弹玻璃珠、打打铜板、滚滚铁环，这些简简单单的幸福时光，成为毛炳权年幼时最美好的记忆之一。

在心中播下科学的种子

自 1938 年年底至 1939 年年底，一年多的时间里，毛炳权和家人不断在外奔波逃亡，从广州到香港，跑澳门，再回广州，最终落脚在毛炳权的舅舅家，停留了半年。1940 年年初，毛炳权的父亲回到了万顷沙，自己开办了一间私塾，生活逐渐趋于稳定。全家人也都从下坝村回到万顷沙，过起了相对安稳的生活，这时，家中只剩毛父、毛母、祖母、弟弟与毛炳权 5 人。

此次回万顷沙与前次逃难至此情况不同，前次逃难至万顷沙实属万般无奈，只为逃避战火。当时借住在叔公家中也是权宜之计，对今后的生活何去何从很茫然。此次回万顷沙，叔公一家在逃难中已经落户于澳门，没有回来，毛炳权一家人则是打定长期居住的心思。他们在万顷沙的商铺街上，建起了属于自己的茅草房。茅草房是全家人一齐动手搭建的，虽然条件简陋些，但总算有了自己的家。老话说，金窝银窝不如自己的草窝，在外漂流了几年后，终于有了安身之所，毛家人不再因为四处漂泊而担心了。

毛炳权一家居住的商铺街上，有各种名目繁多的商铺，百货杂货一应俱全。这众多商铺中，只有少量建得稍微好一些的砖瓦房，多数都是茅草屋。屋顶是用稻草堆起的，墙壁是用稻草与稀泥和成的土坯围盖而成，再用数根竹竿固定起来。这样的茅草屋修盖起来虽然很简单，却存在相当大的安全隐患，一旦发生火灾，后果将不堪设想，毛炳权的曾祖母就是丧生在茅草屋的火灾中。

毛炳权父亲创办的私塾就在他们自建的茅草屋里，家里的三个房间，其中一间用来上课。因条件有限，学生们上课都要自带桌凳。毛炳权也记不清当时父亲教私塾是收学费还是收粮食，只是依稀记得每逢八月十五中秋节之时，学生们都会给父亲送来月饼。那时家里的生活不算太好，能吃饱饭就已经不错了，至于月饼这类点心，毛炳权平时是想也不敢想的。再加上月饼一年才能吃上一次，自家也买不起。广东人自己制作的月饼都很精巧，也很好吃，对毛炳权来说，这是少有的美食。直到如今，毛炳权想起小时候吃的月饼时，仍然意犹未尽。

父亲开办私塾期间，毛炳权也同时跟着读了一些书。私塾共有 20 多个学生，这些学生分为大、中、小三个班，都由父亲一个人授课，三个班分开上课。毛炳权因读过一点书，被分到了中班。这时的学习内容已不再是简单的《三字经》《千字文》了，而是以《古文观止》这样的古文选本为重点攻读对象。《古文观止》中选录的文章不乏文辞优美的篇章，却也有些文章晦涩难懂，碰到无法理解的内容时，毛炳权也只能死记硬背，几年时间里，他背诵了大量古文。同时，父亲还教会了他算术里面的四则运算。童年时近 4 年背诵古文的经历，使毛炳权具备了一定的文学素养，也培养了他热爱文学作品的良好习惯。虽然他日后从事的是化学物质方面的研究，但对于文学和艺术的爱好却一直保持下来。

几年后，毛炳权的父亲因身体不好，难以支撑教学，只好停办了私塾，与毛炳权的母亲一起开了一间店铺。过了一段时间，毛炳权的姑姑与祖父也相继从香港和澳门返回，一家人有了难得的团聚。因经营着店铺，一家人的生活还算过得去，能吃饱，能穿暖，过年的时候还有肉吃，有新衣裳穿，比上不足，比下有余。据毛炳权回忆，那时广东人喜光脚，只有在冬天的时候才会买木头拖鞋穿上，木头拖鞋踏在地面上发出“嗒嗒嗒”的响声，别有一番情趣。

万顷沙并未给毛炳权留下什么特殊的记忆，但是，他感觉在万顷沙的生活是很快乐的。除了读书之外，大部分时间都是和小伙伴们在江河里玩耍。因为万顷沙最初是由珠江水系的泥沙冲击而形成的沙田，经过多年的沉淀后，沙田才可用于耕种。偌大的沙田要被分割成若干块，每块沙田里都会有水闸，潮水上涨时就将水闸打开，引水入田，潮水退时再关闭水闸，确保沙田里有足够的水源。因此，田中经常有大片的水洼，里面有小鱼小虾，和小伙伴们一起钓鱼、捉虾也就成为了毛炳权童年的乐趣之一。那种与大自然完全融合在一起的快乐，恐怕是现在的许多孩子都体会不到的。

在这段快乐的生活中，毛炳权学会了游泳。他从出生以来，基本围绕着江、河和大海生活成长。对于生活在水边的孩子们来说，学习游泳有着得天独厚的条件。家中大人们常在河里游泳，孩子们耳濡目染也就学会了。因江面与河面不宽，水也不算深，学习游泳也没什么危险。而且，游泳的时候也不管姿势好不好看，只要能游起来，就是最简单的狗爬式也行。毛炳权多是跟大人一起游泳，所以也并未发生过什么危险的事情。童年的这段生活很有乐趣，没有读书的压力，也不必像以前那样到处奔波，还要成天担惊受怕。能常常和同龄的孩子玩耍，戏沙玩水，过得十分开心。直到 1942 年前后，毛炳权从父亲的私塾进入万顷沙小学读书，才结束了这段快乐的童年生活。

万顷沙小学原名为“农民义务学校”，据说是由明伦堂出资创办的。学校创办虽有比较长的时间，但因该校的老师流动性比较大，在一定程度上影响了教学质量，所以生源有限。毛炳权入校后从四年级读起，他还是像以前一样，读书很勤奋，这已经成为他的习惯。毛炳权在这所小学读了两年书，直到五年级毕业。这一年是 1944 年，抗日战争已经进入了后期。

毛炳权小学毕业后在家无事可做，这时候，到处都传着日本鬼子快不行了，可究竟抗日战争还要打几年，平常百姓们谁也说不好。父母觉得，不管时局怎么发展，小孩子多读些书总比在家里闲逛好。他们计划将毛炳权送入中学读书。那时因受日本侵略者的侵扰，原东莞中学的师生四下逃散，好好的学校成了一个摆设。日本人在当地成立了伪政府，为了显示他们所谓的“皇道乐土”，同时，也为了加强日寇的奴化教育，伪政府在原东莞中学的校址上组建了东莞第一中学，当地老百姓为了区别于以前的东莞中学，将这所学校称为“伪莞中”，这也是当时东莞县城的唯一一所中学。既然想读书，只能进这所学校。于是，毛炳权进入了这所中学读书。

从万顷沙去东莞读书，路途有些远，学校又不提供住宿，只能自己解决住宿问题。正巧毛炳权的一个亲戚住在东莞县城，这就成了他落脚的地方。这家亲戚是毛炳权母亲的姑姑与姑父，即毛炳权的姑姥姥与姑姥爷。这位姑姥爷是一名骨科中医，生活十分简朴，毛炳权住到他家后，每日在家中吃两顿饭，睡一觉。姑姥姥家的客厅即是就诊的地方，也是休息的地方。白天有患者的时候，姑姥爷便在客厅中给人看病。晚上吃过晚饭后，毛炳权搬来两个长板凳，在上面搭上一张床板，就在这儿睡觉。晚上照明用的是油灯，点灯用的油是当地盛产的桐油。桐油的烟很大，点的时间长了，不仅屋子里有一层黑烟，就是人的鼻孔里都是黑的。因此，人们一般只是把桐油灯用来在睡觉前照照亮。读中学的毛炳权学业虽然不重，但也需要有复习时间。但是，姑姥姥家中没有他学习用的桌凳，他又受不了晚上桐油灯的熏烤，平时的学习只能依靠在课堂上认真听课和课后抓紧时间做作业。

这时的东莞县城是日本鬼子的占领区，日寇在占领中国土地同时，也不忘对中国人的奴化教育，以方便他们长久占领中国。他们在学校里硬性规定日语是必修课，不学不行。毛炳权在这所学校里学过日语的50音符及平假名、片假名的写法。但是，从小听着岳飞、文天祥故事长大的中国孩子们都憎恨日本人，上日语课的时候自然也不认真。毛炳权的日语老师是一名女教师，虽然她是中国人，但因为教日语，很多人在恨日本人的同时也恨上她，私下都骂她是“日本婆”。抗战胜利以后，这位被众人骂为“日本婆”的老师便不知去处，恐怕是过起了隐姓埋名的日子。在东莞的这段日子，让毛炳权深切感受到了什么是“亡国奴”。在东莞的日本人到处横行霸道，却没人敢管。走在街道上，日本兵看哪个中国人不顺眼就过去检查“良民证”，经常有中国人被打。不仅如此，日本鬼子在东莞规定：中国人见过日本人必须鞠躬，不鞠躬就要挨打。驻在县城的日本人经常下乡要钱要粮，不能满足时就抓人、抢劫、放火烧村。所以，一听到日本兵下乡，村里的人不论男女老少都跑得远远的。毛炳权的外曾祖父当时已经是位六七十岁的老人，日本兵闯进村子时，老人因为年纪大，走不动路而留在家里。因为听不懂日本兵的问话，受到日本兵的殴打，第二天就去世了。

毛炳权在东莞第一中学读了一年书，期间放假时他都要回万顷沙。1945 年 8 月份，从澳门传来了日本投降的消息。而此时的毛炳权正在万顷沙过暑假，因与外界没什么联系，他和一家人还不知道东莞城已经发生了巨大的变化。东莞第一中学校长和老师在得知日本投降的消息后，害怕替日本人工作的事情被清算，都纷纷逃散了。原东莞中学的校长和老师们闻讯返回东莞，接管了学校，恢复了正常的教学秩序。出于对日本鬼子的愤恨，东莞中学不承认东莞第一中学这段历史，对于曾在东莞第一中学读书的学生也要进行重新甄别才决定是否录取。远在万顷沙的毛炳权因消息渠道不畅，没有接到重新甄别的通知。当他再次来到学校时，才知道错过了甄别考试的机会，自然也就被东莞中学拒之门外。毛炳权就这样莫名其妙地失学了。

正在他和家人为莫名其妙地失学而感到郁闷地时候，原来桥头镇的私立明生中学也迁回了东莞城区。此时的明生中学校长是该校过去的教务主任，与毛炳权的姑父相识，也知道毛炳权这个过去的学生。大喜过望的毛炳权姑父便找到这位校长，将毛炳权安排在私立明生中学里读初中二年级。

抗日战争胜利后，私立明生中学接受国民政府的统一管理。因此，此时的私立明生中学便有了一个不成文的规定，凡是年过 15 岁的学生都要加入三青团。这在当时的政治环境下，是全国普遍存在的现象。毛炳权读初二时年仅 12 岁，有幸躲过了这一规定。不过好多年纪比较大的同学就没有这么幸运了，包括毛炳权的一个堂叔，他们虽然不知道三青团是怎么回事，可是学校对此有要求，就这样糊里糊涂地集体参加了三青团。虽然学校里的三青团组织根本没有举行过什么活动，可参加过三青团的同学，在新中国成立后的历次政治运动中因此而受到牵连，就连要求加入中国共产党都受到影响。

在私立明生中学读书时，学习的科目与东莞中学差不多，但是，两所学校的老师教学风格明显不一样。私立明生中学的老师非常年轻，他们多是从广州的中山大学、岭南大学过来的一些没有毕业的大学生。因为当时广州的大学还没有正式开课，他们就被私立明生中学暂时请来当老师。因为年纪轻，这些老师很活泼亲切，与学生的关系十分融洽，讲起课来也生动活泼，激发了学生们的学习热情，毛炳权至今还能清晰记得当年很多老师的名字。

开学的第一个学期，因明生中学的校舍在战乱中遭到严重破坏，需要整修。学校师生们只好先到明生中学创办者李扬敬的家中解决上课问题。据东莞民间传说，明生中学是国民党陆军中将李扬敬以他父亲的名义开办的。他的家境富裕，家中有不少空余的房子，解了学校燃眉之急。从第二个学期开始，师生们又重新回到明生中学的校舍上课，学校生活走上正轨。据东莞当地老人们讲，明生中学在民国时期是东莞有名的学校。当时的明生中学还修了一座宫殿式风格的图书馆，名为“崇礼堂”，现在的崇礼堂已经成为东莞的一处名胜。

明生中学是私立学校，东莞中学是公立学校，在明生中学读了一年后，学校的教学质量不错，毛炳权自己也很喜欢老师们的教学风格，可他父母却为了儿子未来的发展考虑，跟儿子商量：“私立学校不如公立学校好，你还是转学吧。”1946 年，毛炳权参加了东莞中学组织的考试，成功转入东莞中学读初中三年级，他被分在了初三乙班。

当时东莞中学除校长外，另有三大主任主管全校事宜：教务主任主管教学工作，训育主任主管政治品德教育，庶务主任主管事务工作。三大主任里面，给毛炳权印象最深的就是训育主任李觉清。李觉清为人非常严厉，常常训骂学生，禁止学生做这做那。到了高中阶段，他还经常有事没事往学生宿舍跑，查访学生中有没有人参加共产党的活动。因毛炳权当时年岁小，父亲又自小教导他不要参与政治，只管好好读书，他自己也信奉“学好数理化，走遍天下都不怕”的说法，所以向来不问政治。尽管如此，他对这位主任的做派也非常反感。

1997年毛炳权(后排中)回母校东莞中学看望老师
(前排右起为何潮海、卢国兴、卢鋆南老师)

在毛炳权的中学时期，共产党的力量已经相当强大了。特别是抗日战争胜利之后，共产党的力量更是发展得非常迅速。学校里的共产党活动还是很多的，有不少人私下说，学校的庶务主任卢炽辉就是一名共产党员。他的亲弟弟是毛炳权的中学好友。这位庶务主任兼任初三年级的外国历史课程，他知识渊博，能举一反三，授课方式深受学生们的喜爱。他对于外国历史如数家珍，由他讲述的古罗马与古迦太基之间的布匿战争，和因争夺世上最美女人海伦而发动的特洛伊战争令毛炳权印象深刻。有一天，卢炽辉突然被国民党抓了起来，一会儿说他是亲共分子，一会儿说他是地下党员。只是一直找不到证据，后来被保释出来。保释后的卢炽辉不知去了什么地方，直到广东解放后，他才出现在广州，并在广东省最好的一所中学——广雅中学担任校长。这时候，原来东莞中学的师生们才知道，卢主任真的是共产党员。他被保释后，根据党组织的安排，离开广东前往香港，在香港的香岛中学担任校长。多年以后，毛炳权还曾向卢炽辉的弟弟打听过他的消息，这才得知，他在前些年已高龄过世了。

在初中三年级这一年间，除了一些小插曲外，毛炳权的主要任务还是学习。在校期间，他的学习成绩一直是中上等水平，他在学习上并不追求高分，而是存在着及格万岁的想法，能保证每门成绩都在60分以上就可以。那时的他学习全凭兴趣，学习成绩自然也跟对课程感不感兴趣有很大关系。在几门功课中，他最为头疼的一科莫过于英语，一来老师注重语法，忽略应用，不免使人产生枯燥感；二来当时的条件落后，没有录音设备来辅助学习，老师上课教授的很容易被遗忘，再加上他对英语学习不感兴趣，基本不太复习。所以，他的英语成绩一直不好，能够勉强维持在60分已经很不错了。

一年的初三生活转瞬即逝，毛炳权跟许多同学一起，参加了东莞中学高中部的入学考试。回忆起当年参加高中考试的经过，毛炳权津津乐道。他笑言，当年共考了国文、数学和英语三个科目。有意思的是，第一次国文考题发生了泄漏事件，所有人的成绩作废。然后，重新出题再次考试。两次国文考试的题目均选自古文，第一次考试的题目为"士先端品然后文艺说"，第二次考试的题目是"无敌国外患者，国恒亡"论，对题目进行论述，阐明自己的观点即可。

考试结束后，毛炳权顺利升入东莞中学高中部，1947年，毛炳权正式开始了高中生活。为了方便照顾他的生活，他的祖父、祖母带着他的弟弟也住到了东莞。毛炳权高中三年的学习信条与初中时相同，不求得高分，只求及格，仍然只对自己感兴趣的科目下功夫。他的数学成绩还可以，同时也对物理、化学比较感兴趣，这些功课的成绩自然也比较拔尖。课余时间他仍然把时间用来阅读古今中外的小说、名著。高中一年级的时候，他到图书馆借了一本法国大仲马写的小说"基督山恩仇记"，立即被书中曲折的故事情节所吸引。当他一口气看完了这本书的上集后，迫不及待地跑到图书馆去借下集，却得知下集被别人借去一直没还。顿时，他感到非常失望，也成了他的一个遗憾。直到几十年后，“文革”结束，大量的国内外文学作品出版发行。毛炳权在书店里发现了这本书，如获至宝地买回家，完完整整地看完。

当时几个科目中，毛炳权最感兴趣的莫过于化学，这是因为当时的化学老师刘老师带给毛炳权影响很大。刘老师是从法国里昂大学留学归国的，他之前曾在广州一所大学任教，后来不知什么原因来到东莞中学教书。他的化学课讲得非常好，正式讲课之前，他首先向同学们讲述了化学的重要性，他告诉同学们，不管是对农作物至关重要的肥料的生产，还是军事上用的炸药的制作，都离不开化学知识，化学与工业生产息息相关，也是发展民生大计不可或缺的一个因素。毛炳权一听，学习化学可以制造炸药，非常兴奋。刚刚过去的抗日战争，让毛炳权一直对侵略者有刻骨的仇恨。他听说学习化学可以制造炸药，能消灭侵略者，顿时对学习化学产生了兴趣，也是因为刘老师的这一席话，毛炳权后来从部队调干读大学的时候才选择了化工专业，可以说，这是一个影响毛炳权一生的抉择。这也证明，一位好老师对学生的影响有多么深远。这也应该是毛炳权最终成为化学家的基础。

毛炳权读高中之时，正值中国政治风云变幻之际，进入了决定中国命运的关键时刻。尤其是1947年之后，国民党军队在战场上节节败退，共产党领导的人民解放军乘胜追击，国内各阶层都感觉到形势的变化。但毛炳权却没什么政治敏感性，一门心思只管读书。加之受家庭教育的影响，父母认为一旦涉及政治便需承担风险，而搞科学、搞研究则能保障生命安全，所以从小就用爱迪生、居里夫人、爱因斯坦等人的故事来教育他，希望他好好学习，将来考取大学，成为一名出色的科学家。毛炳权也没有辜负父母的意愿，上学期间，一直都是“两耳不闻窗外事，一心只读圣贤书”，从不过问政治。另外，他年纪小，个头矮，很不引人注目，班上即使有些政治性的活动一般也不大会来找他参加。

除了学习之外，在东莞中学高中部这几年里，能够给他留下深刻印象的事情寥寥无几。他那时虽已十四五岁，却是个个头不足1.6米，体重不足40公斤的男孩，看起来就跟八九岁的小孩子似的。也因此，他少了很多这个年龄孩子的乐趣，篮球不能玩，单杠、双杠不能玩，只能偶尔参加一点乒乓球活动。而且，他也不爱好文艺活动，自己五音不全，不爱唱歌，跳舞就更是一窍不通了。他把几乎所有的时间都用在了学习上，每逢寒暑假时，毛炳权就会很开心地回到万顷沙去看望父母，在那儿有他的亲人和喜爱的大海。

1947年刚入高中时，因毛炳权年纪太小，家中长辈对他的学习总是有些不放心，担心他的学习成绩不优秀，将来考大学会很困难。为了打好基础，将来更有把握地考大学，他的长辈在征得学校的同意后，决定让毛炳权重新再读一年高一，这一年是1948年。而就在这一年，解放军在国内战场转入了全面反攻，国民党军队连连败退。特别是解放军打过长江，占领南京后，更是锐不可挡。国民党政府不甘心失败，仍然在拼命抵抗。到1949年10月，解放军已经打进了广东境内，广东境内到处是国民党撤退的军队还有政府人员。在解放军攻入广州后，国民党军队在撤出广州时，把海珠大桥炸毁。当广州城还激烈战斗的时候，离广州不远的东莞县城因为国民党人员的撤离，已经处于无政府状态。在这种情况下，东莞中学暂时停课，学校里的师生都各自回家。学校停课后，毛炳权的父母担心儿子的安危，要他立刻赶回万顷沙，等待局势稳定后再重返校园。

1949年10月1日，毛泽东主席在北京天安门城楼宣布："中华人民共和国中央人民政府成立了"，并亲手升起了第一面五星红旗。一个旧的政权倒下了，一个新的政权诞生了，伟大的中华人民共和国成立了。当新中国在北京宣告成立时，千里之外的广州还在激烈的战斗中。因为没有实际的对比，尚在读书的毛炳权对于新政府的成立并不是特别激动。他只是听说共产党占领了北京，成立了中华人民共和国，选定的国歌就是那首著名的“义勇军进行曲”。但所有这些听闻来的消息，对于毛炳权而言都是那样的遥远而陌生，他只知道共产党的军队很厉害，总是打胜仗，到底共产党是什么样的，他们能否带领老百姓过上幸福的生活，对他来说都是一个未知数。

1949 年 10 月 17 日，解放军解放了东莞，当时解放东莞的解放军多是由两广地区的共产党游击队组成的。解放军占领广州后，挥军解放其他城市。驻东莞的国民党军队一看大势已去，也无心抵抗，纷纷逃散。所以东莞没放一枪一炮，和平解放，毛炳权一些在东莞的同学还组织起来迎接解放军入城。解放军入城后，他们的纪律十分严明。毛炳权听家人说，毛家在东莞城的家门前有块空地，这些解放军战士为了不打扰老百姓，入城后没有住进老百姓家中，有许多解放军战士统一露天睡在了毛家门前的那块空地上，这让见惯了大兵扰民的东莞人民称赞不已。解放军的这一举动，使共产党一下子就赢得了民心，也让毛炳权对共产党有了新的认识。

东莞解放后，共产党迅速建立了政权，全面接收管理这座城市。制订和实施了许多稳定人心的措施，时局很快就稳定下来。与此同时，东莞中学也恢复开学。在万顷沙休息了一段时间的毛炳权重新回到东莞中学，继续读书。

解放后的东莞中学同样发生了很大变化，原来由国民党政府派遣来的校长、训育主任、军训教官等官员纷纷逃跑。中共东莞县委派人来校成立了校务管理委员会，任课老师基本没换。这时，毛炳权的几位同学也公开了自己是中共地下党员的身份。东莞解放后的变化也给学生们带来了一些影响，社会一变化，许多人的思想活跃起来，有的学生不安心学习了，有些人报名参军，也有些人出去参加了工作。当时还是中苏友好时期，政治上“一边倒”。有些思想偏激的学生就闹着不学英文，而要改学俄文。在这个社会的过渡时期里，学生的思想比较活跃，过了好长时间才慢慢稳定下来。

高二暑假期间，当时的新民主主义青年团东莞县团委组织了一个“暑期青年乐园”，有点类似于现在的“骨干学习班”，将一些要求入团的积极分子组织起来学习。当然，并不是所有人都能参加这个“暑期青年乐园”的，参加学习者必须是革命立场坚定、表现积极、各方面都不错的青年。参加这个“暑期青年乐园”的学生都被称为“青年学员”，毛炳权就是这批“青年学员”中的一员。在“暑期青年乐园”里，他们主要学习了艾思奇的《大众哲学》和毛主席的《在延安文艺座谈会上的讲话》，还有一些其他学习资料。通过系统的学习，毛炳权对共产党和新中国有了进一步的认识，坚定了政治信念，树立起了认真学习文化知识，为建设强大的新中国而努力的决心。毛炳权历史清白，表现积极，学习优秀，成为团组织的重点发展对象。在学习期间，他的同学、共产党员张国僕找到他，鼓励他积极要求入团，表示愿意做他的入团介绍人。在学习班结束时，毛炳权向团组织递交了入团申请书。

那时入团和入党的标准都很严格，对入团申请书的要求同样严格。毛炳权在写入团申请书的时候被告知，在申请书中除了讲明对团组织的认识外，还要认真写好“自我检讨”部分。这一部分相当重要，如果对自己的分析认识不深刻，入团的希望还是比较渺茫的。于是，他认真回想了自己认为比较明显的缺点和老师同学平时给自己指出的存在问题，在入团申请书上对这些缺点做了深刻检讨，并对照团章做了认真对比分析。对自己的自高自大、自由散漫、“冷热病”等缺点都提到了政治的高度来认识，并承诺一定要以青年团员的标准严格要求自己，克服缺点，积极进步。他在申请书中写道：(青年)团是一个先进性、群众性的青年组织，是在中国共产党领导下，以马克思主义毛泽东思想来教育团员的组织。我为了能够走群众路线，为了思想上逐渐走向工业化，为了建设新中国，为了搞通思想，积极学习和能得到工作上的经验，所以，我要参加团。申请书写好后，根据规定，入团要有两名入团介绍人。其中一名就是张国僕，她是毛炳权的同班同学，在广东解放前就是一名地下党员，她对毛炳权的情况十分清楚。毛炳权参军离开学校后，张国僕也从东莞中学毕业考入华南工学院。华南工学院毕业后分配到北京，在第二机械工业部工作。1983 年，深圳大学成立后，她从北京调到这所学校工作直到退休。20 世纪 80 年代时，毛炳权还到她在深圳的家中看望过她。2013 年，张国僕因为患病于年末去世。

1950 年东莞中学学生会全体干事合影（前排右起为卢鋈南、谭铸尧、卢彭铿、张士怡、谭亮等老师；最上排右一为毛炳权）

由于政治清白，老师同学的评价高，对青年团的认识深刻，毛炳权的入团申请书交上去之后，很顺利地得到批准，并填写了“入团志愿书”。“入团志愿书”是油印的，封面上有入团誓词：我志愿加入中国新民主主义青年团，坚决拥护中国共产党的主张，努力学习马列主义、毛泽东思想，遵守团的纪律，执行团的决议，全心全意为人民服务，在各种工作中起模范作用，团结广大青年群众为新民主主义中国的建设、全人类的彻底解放奋斗到底。毛炳权郑重地在誓词下面签下了自己的名字，并进入了5个月的候补期。他的候补期是从1950年9月至1951年2月，后因毛炳权于1950年12月参军，缩短了候补期，参军前提前转正。

参军是毛炳权人生中的一件大事，也可以说是改变他人生的一件大事。他参军的时间是在高三的下半学期。1950年6月25日，朝鲜战争爆发，1950年10月8日，朝鲜政府请求中国出兵援助，中国根据朝鲜政府的请求，作出"抗美援朝、保家卫国"的重大历史性决策，10月19日，第一批中国人民志愿军参战部队入朝，与朝鲜人民军并肩抗击侵略者，与此同时，中国全国各行各业轰轰烈烈行动起来，支援"抗美援朝、保家卫国"。这时，党中央也号召知识青年积极投身抗美援朝战争。全国许多城市都在招收军校学生，毛炳权所在的广州地区也不例外。因为当时的中国士兵的文化水平普遍较低，国家急需大量的知识青年加入到军队中来。毛炳权对此积极响应，他以一名青年团员的身份，在全校学生中带头报名参军。

对于自己报名参军，毛炳权是做了一番思想斗争的。他亲身经历了日本鬼子占领广东的时期，也亲身经历了那种"亡国奴"的羞辱。所以，当他得知以美国为首的外国军队打到了鸭绿江边，威胁着新中国的安全时，他非常气愤，想要报名参军，保家卫国，绝不能再让侵略者的铁蹄踏上中国。同时，他又有几分犹豫。虽然非常想为抗美援朝战争贡献自己的一份力量，可也知道参军后也许就要离开心爱的课堂，梦寐以求的求学之路也许会就此中断。他从小受到的教育就是要好好学习，将来争取当一名科学家，这也是他自己奋斗的目标，要告别自己追寻了那么多年的梦想，心中还有许多的不舍。另外，当了兵就要时刻准备上战场，战争是残酷的，随时都会有生命危险。即使没有上前线，当兵几年后复员时，无法预料个人的去向，不知道还能不能继续上学，这些事毛炳权都认真考虑过。而且，他报名参军还有个最大的困扰，就是与祖父母的亲情。毛炳权自小一直受祖父、祖母的照顾，中国的传统就讲究“隔代亲”，祖母对这个长孙更是疼爱有加。如果参军离家，祖母肯定会伤心不舍，毛炳权非常孝顺老人，他不希望年迈的祖母因为自己而伤心。可参军一事迫在眉睫，没有多少考虑时间。最终，毛炳权克服了自己的思想矛盾，决定参军。至于如何安慰祖母，他想到的是只能求助在万顷沙的母亲了，他迅速给母亲写了一封信，请母亲来东莞给祖母做做思想工作，开导劝解一下。

广州虽然不是革命老区，但青年们的参军热情仍然非常高涨。毛炳权回忆说，当时几乎全校的学生都拥到了报名处，整个学校顿时空空荡荡。只是当地的许多人对参军当兵还是有着各种考虑，特别是要参军抗美援朝，要与当时的第一强国美国作战，当地的不少老人们有着顾虑。县委县政府的领导们都是参加革命多年的老同志，对此种情况很有经验。他们组织报名参军的年青人的家属观看了一部话剧，这部话剧是讲苏德战争时，苏联青年如何参军并打败德国侵略者的，看完这部话剧后，家属们觉得明白了许多道理，思想发生了转变。同时，县委和政府组织的亲切慰问和照顾措施也给大家吃了定心丸，毛炳权的母亲也观看了这场演出。演出结束后，她对毛炳权说，放心去当兵吧，我会在家中好好照顾和开导祖母的。

毛炳权得到了家人的支持，带着对未来的美好憧憬，开启了自己的军旅生涯。

2002年参加东莞中学建校一百周年庆典

与中学校友何镜堂院士合影

2012年莞中校庆110周年校友合影

中学同学合影

第三章 铮铮男儿从军行

1950年12月31日下午，东莞中学广场上人山人海。东莞200多名参军入伍的年轻人带着行装在此集合，即将汇入中国人民解放军的行列中去，年仅17岁的毛炳权也在队伍之中。他向四周望去，只见这200多名新战士中间，有自己相识的同学，也有从未谋面的陌生人。但他们的脸上都洋溢着自豪和激动的神情，为即将成为解放军中光荣的一员而兴奋。在东莞中学集合后，他们就要离开学校，离开东莞，到珠江军分区所在地中山县集中。

以这支200多人的队伍为中心，围满了前来送行的人群。200多名子弟参军，这在东莞是前所未有的大事，家属们扶老携幼地前来送行。人越聚越多，有人对自己的孩子千叮咛万嘱咐，希望他们在部队好好表现，为国家作贡献；有的则拽着孩子的手不肯松开，流下不舍的眼泪……。毛炳权的家人也来送他，母亲搀扶着年迈的祖母来到他的面前，说不完的送行话。祖母一想到自己疼爱的孙子要离开身边，不禁老泪纵横。送君千里，终须一别，人们总是挡不住离别的脚步。

随着一声声口令发出，聚焦在学校广场上的送行人群，让出了一条路，200名青年迈着整齐的步伐在声声呼唤和叮嘱中走出学校，向东莞码头进发，准备在此乘船起程。码头上停泊着两艘大船，青年们按序上船，按规定坐好。登船不久，天色便渐渐黑了下来，随着黑暗的到来，船上和码头上陆续亮起了闪闪的灯光，带给人温馨的感觉。同时，也悄悄地触动了青年们离别的心。面对着船上和码头上，还有那些远处的灯火，不知是谁轻声唱起了苏联歌曲“共青团员之歌”，优美的旋律和充满感情的歌词引起了大家的共鸣，船上的青年们不约而同地高歌起来：

> 听吧，战斗的号角发出警报，穿好军装，拿起武器，共青团员们集合起来。踏上征途，万众一心，保卫国家。我们再见吧，亲爱的妈妈，请你吻别你的儿子吧。再见吧，妈妈，别难过，莫悲伤，祝福我们一路平安吧！

歌声总有凝聚与安抚人心的力量，它让这些年青人在这参军队伍中显得不再孤单，他们有了集体的归属感。他们虽然告别了家乡，离开了亲人，但是他们是带着坚定的信念出发的，他们有一个共同的目标，这就是将自己的满腔热血用在保卫祖国和人民上，为祖国贡献自己的一份力量。

夜色越来越深，大家唱得累了、困了，渐渐沉入梦乡……

第二天醒来时天色已大亮，青年们精神抖擞地迎接新一天的到来。这一路上，大家一面相互交谈，一面欣赏沿途的风景。经过一夜一天的航行，临近傍晚时分，终于抵达中山县。这时，许多原先的陌生人已经成了熟悉的好朋友。

下船后，毛炳权和其他人一起，先被安排在中山县的一所中学落脚待命，暂时住在教室里，所有的人都是打的地铺。在中学住了一两天后，他们又得到命令，前往中山县一个名叫竹秀园的村庄并正式驻扎在此。竹秀园村的村民大多数是华侨，村子里的的条件非常不错，房屋建得也比较好。这时节，广东才解放一年，村里不少人或者对共产党不了解，没有留下来；或者有人远在海外还没有回乡。因此，村里的许多房屋都是空的，这些空房子也就成为了毛炳权他们这些新兵的宿舍。在这里，毛炳权他们真正成为人民军队的一员。新战士们在这里开始接受最基础的训练。训练之前，部队领导给他们每人发了一套军装。对于这些年轻战士来讲，军装是身份与荣誉的象征，所以大家拿到军装的那一刻，别提有多兴奋了。大家兴高采烈地换上军装，挺起胸膛来到操场参加训练。开始的训练并不辛苦，只是最基本的队列训练，齐步走、正步走。而且，这时的正步走没有后来要求得那么严格，因此也没有太大的运动量。但是教官的要求比较严格，要求新战士们的动作一定要标准到位。除了参加训练之外，还要参加各种各样的劳动，也算是对这些新兵的一种锻炼。

训练一段时间后，部队开始组织对这支200人的队伍进行体检。体检过后，对新兵重新分配：一部分体检达到标准的人直接被送往军事干部学校，其他人则继续留在中山，参加珠江军分区的青训队。在青训队经过两个月左右的训练，来自东莞的新战士们分配到了新的单位。青训队中一批读过高中的年轻战士被分配至教导队，做为储备干部培养，毛炳权也是教导队的一员。听部队领导说，经过教导队的训练后，这些高中生一般会分配到连队当文化教员或文书。到了教导队之后毛炳权才知道，他们这200多名东莞新兵在接受体检时，是按陆、海、空三军的不同标准进行的。输送到军事干部学校的新兵，在毕业后有可能成为飞行员，也有可能成为海军战士。所以，对这些新兵的体检就比较严格。他们走后，毛炳权等新兵就自然成为了陆军的战士。

毛炳权军装照

2002年回东莞时与一起参军的中学同学合影(前排左起为毛炳权、方苞等)

教导队也驻扎在广东省中山县，教导队所有的队员为清一色的小伙子，朝气蓬勃。在教导队期间，毛炳权和其他战士们一起，每天的任务就是操练与学习，他们的学习主要是政治学习，以学习毛主席著作为主，学习毛主席关于人民军队忠于党、人民军队建设等方面的论述。针对教导队以学生兵为主的特点，还重点学习了毛主席《在延安文艺座谈会上的讲话》，强调知识分子要向工人农民学习，要与工农群众打成一片，要加强世界观的改造，成为真正的革命军人。

1951 年在部队任文化教员

1951 年，从教导队结业后，毛炳权被分配到了基层连队，他来到了位于下栅村的华南军区独立十五团三营七连。这支部队的前身是广东人民抗日游击队东江纵队，在抗日战争时期，东江纵队坚持在敌后浴血奋战，与日寇展开殊死搏斗。1946 年 7 月 5 日，根据中国共产党和国民党政府达成的协议，广东人民抗日游击队东江纵队主力等部队北撤至山东烟台，进入山东解放区，归新四军和山东军区领导。1947 年 3 月，中共中央决定以东江纵队为基础组建两广纵队，隶属华东野战军。1949 年 3 月转隶第四野战军，两广纵队成立后，从华东转战至中原再回到华南，在战斗中发展壮大，锻炼保存了一批两广籍骨干，为华南的解放和建设作出了贡献。

1949 年 10 月，两广纵队由襄城南下至赣南与粤赣湘边纵队会师，参加广东战役，经和平、河源沿东江挺进珠江三角洲，解放惠阳、博罗、东莞、宝安、番禺、顺德、中山县城及横琴、三灶等岛屿。1950 年 1 月 1 日，两广纵队列入华南军区建制。2 月，组建珠江军分区，纵队及 2 个师番号撤销。大部分部队编成军分区所属的 3 个步兵团，1 个炮兵团，一部分编入华南军区。其中，包括毛炳权所在团。

在与教导队的战友们分别时，大家都依依不舍，还相互留下了通讯地址，相约保持联系。在刚分到连队后，大家彼此之间还有着书信联系，可后来部队多次调整，到毛炳权离开部队时，原教导队的战友们基本都联系不上了。

毛炳权到了七连以后，一开始是担任连队的文书。虽然文书有专门的职责范围，但在连队里照样也要参加军事训练。当时是新中国成立初期，百废待兴，部队的生活条件也是艰苦的。但是主要的艰苦还是体现在训练上。在七连，每天的训练都安排得特别紧凑，不仅有常规的队列训练，还有专门的军事技能训练，比如投掷手榴弹、射击、紧急集合、急行军等。毛炳权一开始进行投弹训练时，遇到了困难。因为身体弱、个子矮，他每次投弹训练都无法在距离上达到要求，投弹训练的成绩常常不及格。这一点让他非常苦恼，也激发了他不服输的勇气。他坚信“世上无难事，只怕有心人”，他平时认真向老兵们请教，抓住一切机会拼命锻炼，加强训练，比其他的战友付出了更多的努力，不知吃了多少苦，终于达到了投弹标准距离。

而相对于行军训练的考验来说，投弹训练简直不值一提。行军训练考验的是人的综合体能，特别是在全副武装的条件下。全副武装要带的东西很多，包括被褥、粮食带、背包、水壶等，最主要还是武器装备。当时毛炳权所在连队使用的步枪主要有两种：一种是日式三八步枪，其子弹半径为 6.5 毫米；另一种是汉阳生产的七九步枪，其子弹半径为 7.9 毫米。除了步枪，每人还配备一把刺刀、4 枚手榴弹、80 发子弹以及钢盔等，全部装备十分沉重。在行军训练中，有些老兵看毛炳权个头小，常常会伸出援助之手，帮他背背包，减轻他一部分负担。但是连队也有硬性规定，行军时，任何人武器不能离开自己的身体，所以再苦再累，毛炳权也不让其他人帮助自己背武器。

毛炳权第一次行军的经历，如今回忆起来仍历历在目。当时行军是以下栅村为起点，一口气要走80里路。从来没背着沉重的东西走过这么远路的毛炳权叫苦不迭，到达目的地的时候，他感到精疲力尽，两个脚掌上全是血泡。对于当时中国人民解放军来说，练走路是很重要的训练。从红军开始，共产党领导的军队就练出了“铁脚板”，在抗日战争和解放战争时期，更是用“铁脚板”战胜敌人的汽车轮子。解放军拿手的运动战就是凭走路调动敌人，打击敌人并战而胜之。在行军过程中为了鼓舞士气，连队领导会带领大家唱唱歌，比如《八路军进行曲》(后改称《解放军进行曲》)、《我是一个兵》、《志愿军战歌》等等，大家在歌声中大步前进。到了驻地，连队首长和老兵们像战争年代一样，帮助新兵打洗脚水，帮他们挑脚上的血泡。

行军训练虽然很累，却很好地磨练了新兵们的意志。毛炳权说，自己非常感谢这段当兵的经历，它教会了自己什么叫勇敢、什么叫坚强、什么叫坚持。如果没有平日的行军锻炼，没有磨了血泡也要坚持前进的拼劲，真上战场的时候，就会拖战友们的后腿。所以，每次行军对毛炳权来说，都是一次身体与灵魂的双重洗礼，通过不断的训练，他的身体更强壮，他的意志更坚强。

连队的生活是有规律的，白天军事训练，晚上站岗放哨。站岗放哨实行轮班制，夜间每人站两个小时的岗。毛炳权在一次站岗时还闹了个笑话，那是部队参加剿匪时期的事情。当时正值“镇反”时期，斗争比较激烈。当地连队所在地区土匪比较多，经常制造事端。部队就对一些重点部位加强了保护，其中包括驻地的水井，以防止被土匪投毒。毛炳权站岗的这天晚上，天比较黑。他忽然看到有一团黑影正向自己缓缓逼近，他立刻举枪警告：“前面是谁？停下，不停下开枪了!”没想到，他的警告丝毫不起作用，黑影仍在靠近。为确保安全，毛炳权朝黑影开了枪。夜半枪声格外响亮，一些负责巡逻的战士闻声赶了过来，询问发生了什么事情。在听了毛炳权的叙述后，大家立即跑到发现黑影处查看。这一看大家都哭笑不得，原来被打死的是村民养的一头猪。庆幸没有出现大问题，不过连队肯定要赔偿老百姓的损失了。后来毛炳权站岗打死猪的事成为了战友们之间的笑谈，很久才被人淡忘。

除了军事训练、站岗放哨之外，作为连队文书，毛炳权还有大量的具体工作要做，他每月都要将连队人名及出勤情况上报，还要将连队的训练成果及具体的工作情况总结呈报，说明连队有无发生违反纪律或出现事故的现象等。对于毫无文书工作经验的毛炳权来讲，起初接手这个任务，对他帮助最大的就是指导员与连长了，一般就是听指导员的指导，他说怎么写，毛炳权就怎么落笔。

到连队两个多月后的一天，团部里派来一位干事，找毛炳权谈话，了解了他的情况。这位干事听说毛炳权是高中的时候参军的，如获至宝，笑着说，这可是咱团里学历最高的人呢，像这种高学历的人才，就应该多为部队贡献些自己的力量。于是，他提议让毛炳权在做好文书工作的同时兼任文化教员。不久，团政治处在离下栅村不远的会同村办了一所干部学校，他和同是东莞中学一起参军的张勇怀又一起调到干校，做了两个月左右的文化教员，主要任务是给干校学员讲授文化知识，甚至包括基本的文字扫盲。到了干校他才知道，他的学生全部是军官，其中包括团长、政委及各营长、股长等。

教领导们学习文化知识对于毛炳权来说并不是什么难事，不少内容，他不用课本照样讲得学员们爱听，学习效果很好。当了两个多月文化教员，他跟团里的领导们都相处得比较融洽。当时的团长名叫邱特，年纪长毛炳权二十多岁，是位来自东南亚的华侨，在国家存亡之际毅然回国参加抗战，成为一名铁血军人。2000 年，毛炳权去广州时还向当年的战友们打听他。战友们说，老团长早已从陆军转到空军，已经离休多年。毛炳权和战友特地赶到广州空军干休所看望了邱特。看到当年的新兵成了如今的科学家，老团长也是兴奋不已。

在团部干校教了两个月课后，毛炳权又返回连队，继续担任文书兼文化教员。在连队里，文化教员的工作与文书略有不同，文化教员的职责一方面是教那些文化水平低的军人识字，教他们能够读书写信，另一方面也要注意丰富连队的精神文化生活。七连指导员曾经对毛炳权说过这么一段话："不能让军人闲着，这些军人都年轻，一空闲下来就会想东想西，情绪不稳。所以要让他们时刻有事做，不管是打枪、认字，还是唱歌、训练，要尽量把他们的时间安排得特别紧，让他们没有闲工夫想其他的事情，这样的部队才好带"。文化教员就是为了带好部队做具体工作的。

1951 年，在连队担任文化教员的毛炳权

在这个连队里，除了平时的训练外，毛炳权参加过最重要的军事行动就是万山群岛战役了。万山群岛位于广东省珠江口外，居香港与澳门之间，是扼守广州的战略要地。群岛总计有 48 个岛屿。1950 年 5 月 1 日海南岛解放后，国民党海军总司令桂永清到垃圾尾岛部署万山群岛防御，决定组成"万山防卫司令部"，企图控制进出香港、澳门的主要航线，封锁珠江入海口，阻止人民解放军解放万山群岛。人民解放军第 15 兵团根据中共中央军委和中南军区关于解放万山群岛的指示，决定"力求早打快打"，集结部队，乘守军立足未稳，奔袭泊地，逐岛攻击，稳步前进，全歼守军。解放军集中位于中山县沿海的兵力 1

万余人于1951年5月25日凌晨打响了万山战役，战役于8月7日结束，历时75天，万山群岛得到解放。毛炳权所在连队也参加了这次战役，作为战役的预备队备战待命。军人们都想在战场上杀敌立功，指战员们求战心切。全连队指战员每天盼星星，盼月亮，盼着战斗命令早日下达，可直到战役结束，他们连队也没能参战。在整个战役过程中，毛炳权和他的战友们一直留守后方，为前线作战提供后勤保障，直到战役结束

在两年多的部队生活中，毛炳权与许多战友结下了深厚的友谊，其中关系最好的战友是张勇怀。他们都是从东莞中学参军的，毛炳权比张勇怀高一年级。而且，两人一起被调到团部做文化教员，接触的机会比其他战友更多了些。两人来自同一所学校，有相同的经历，共同语言也多。在一起聊天的时候会常常回顾在东莞中学读书时的情景，也会畅想一下未来。他们当时并没考虑过复员转业这些事情，觉得部队也许就是他们人生的最终归宿了。两个人互相鼓励，要在部队干出个样子来，不负青春。

俗语说，“铁打的营盘流水的兵”，他们并没有意识到部队只是他们人生旅途中的一站而已。几年后，两人先后离开部队，开始了新的生活。起初二人还有联系，后来随着频繁的调动，再加上那时的通讯也不那么方便，就逐渐失去了联系，只能各自从同学和战友口中了解一些对方的情况。直到20世纪八九十年代，在湛江工作的张勇怀到北京出差，打听着找到了在北京定居的毛炳权。老友离别数十年后再次重逢，格外高兴。因毛炳权很少回老家，再加上科研工作繁重，所以与张勇怀的联系一直不多，但心中一直挂念着他。前几年，毛炳权委托自己的女婿帮忙打听张勇怀的情况，他的女婿是湛江人。消息是打听到了，却是不好的消息——张勇怀已经逝世了，毛炳权听后半晌没有说话，两位有着跨世纪友谊的老人最终没能见上最后一面。

第四章

从军人到学生

1952年春天的一天，毛炳权所在的华南军区独立十五团三营七连接到新的命令，调往安东(即现在的辽宁省丹东市)，支援抗美援朝战争。当时，抗美援朝战争已经打了将近两年，中国人民志愿军在有力打击了所谓的“联合国军”的同时，也付出了巨大的牺牲，有许多志愿军指战员牺牲、负伤。作为兵力兵源，华南军区的一些部队被调到前线，准备入朝参战。

从广东到安东是从中国的最南边到最北面，行军时间是漫长的。部队调动乘坐的是闷罐车，这是那个时代部队调动常用的方式。闷罐车是封闭式的，空气质量非常差，加上又是长途跋涉，火车速度很慢，毛炳权和战友都感觉非常疲惫。闷罐车从广东出发，行至武汉时再换乘轮渡渡江，中途先后经过了几个大城市，一路向东北方向行进。这时的广东仍然是温暖如春，繁花似锦。可随着列车的北进，毛炳权和战友们感到越来越凉爽，沿途的风景虽不像广东那么绿树繁花，却因为春天的缘故，到处春意盎然。因为此次行军是保密行动，所以战士们不允许下车，毛炳权所在部队的指战员们一直在闷罐车里憋了几天几夜。战士们都知道部队是要前去支援抗美援朝，是要上前线的。打仗总是要死人的，有些指战员心里也会有一些害怕，但是部队的思想工作在闷罐车中也一直没有停下过，首长们鼓励教导毛炳权和他的战友们，当兵就要不怕苦、不怕牺牲，就是要时刻做好为祖国和人民献身的准备，遇到战斗的时候要勇敢冲锋陷阵，要有一往无前的精神。

经过几天几夜的行军，部队抵达了安东，一下火车，他们竟然感到了几分寒意，与广东完全是两种气候。毛炳权不由感叹：祖国真大。下车后，他们得到的第一个指示是待命。这时的安东，一派繁忙景象，到处是身着军装的军人。根据统一安排，毛炳权所在的部队分散居住在安东附近的农村里面，安东的对面就是朝鲜，他们偶尔还能听到美国飞机在鸭绿江边轰炸的声音，让他们再次感受到了战争的气息。在待命期间，部队的主要任务仍是军事训练，不过

1950年在北京与抗美援朝参军的东莞同学合影(右二为毛炳权)

此时的军事训练与以前不同，一切从实战出发。他们训练如何躲避飞机轰炸、如何钻山洞、如何挖战壕、如何挖坑道。特别是挖坑道，有许多的内容和技巧，不单纯是挖个藏身洞这么简单。在著名的上甘岭战役期间，中国人民志愿军指战员们就是凭着这些坑道，在上甘岭修建了“地下长城”，并依托“地下长城”战胜了武装到牙齿的美军，创造了战争史上的奇迹。毛炳权他们的训练内容都是老兵们用鲜血和生命总结出来的。因此，毛炳权他们训练得非常认真。至于前线的战况如何，部队会定时通报。作为参加部队只要认真做好准备，加紧训练就行了。

在安东的农村一待命就是一两个月，这期间，交战双方已经开始进行停战谈判。但是，双方对协定的内容一直没有达成一致。与此同时，各个战场上的战斗并没有停下来。美国企图通过战场上的压力迫使中朝让步，中朝方面坚决回击，以打促和。尽管如此，正在积极备战的毛炳权他们也能感到形势比过去缓和了许多。美国的轰炸机少了，战争气氛也不是那么紧张了，只是大家还不知道要在这儿等多久。直到六七月份的时候，上级下达通知说，朝鲜战争虽未完全结束，协定也没有签好，但双方基本已经达成协议，外地来的部队可以不必在此长期待命了。

从战士到“调干生”

随着这道命令下达的，还有解放军总政治部的一个文件：要求从全军各机关、部队中抽调一部分文化水平较高的指战员去大学学习，当时称为“调干生”，毛炳权很幸运地被列入“调干生”的名单中，这标志着毛炳权将要离开部队，重新进入学校学习。可以说，毛炳权的命运在这里发生了巨大的转折。

接到命令时，毛炳权简直不敢相信。他自从参军之后，便打算在部队干一辈子，虽然也想到过会有复员或者转业的一天，可从没想到过会进入大学读书。调干生的命令让他非常意外，他觉得自己真的是太幸运了，从心底感谢党组织和部队的培养。不过，他也认真分析了自己被选中的原因。自己所在部队里被选中的人并不多，自己之所以被选中，除了在连队表现不错之外，还要得益于自己在团里当过文化教员，团里的一些领导都知道他年纪小、文化水平高，对他比较了解。再加上那时部队中的文化水平普遍不高，高中生都算是“大知识分子”了，上大学对许多领导和战士们来讲是高不可攀的事情。各种因素凑到一起，毛炳权所在团才向上级推荐了他，并获得了批准，毛炳权也因此获得了极为可贵的学习机会。

从1950年年底至1952年，毛炳权在部队战斗生活了近两年时间。在这近两年的时间里，他学习并收获了很多东西，也得到了很

1952年8月于长春
东北人大干部补习班

好的锻炼。以前在家读书时，虽然生活条件不好，但是毕竟没有吃过什么苦头。到了部队，吃住都比较艰苦，还有高强度的军事训练和各项军事任务，这对于体弱的毛炳权来说无疑是巨大的挑战。在解放军这所大熔炉里，毛炳权学会了坚持，再苦再累的训练他都坚持了下来，各项军事任务也都得以完成。通过两年的锻炼，他的体魄更强健了，心灵也更强大了，他已经由当初参军的那个青葱少年成长为一个不惧辛苦的硬汉。可以这么说，军旅生活让毛炳权发生了脱胎换骨的变化。另外，经过在部队两年的锻炼，毛炳权对读书也有了新的认识。参军前，他读书全凭兴趣，感兴趣的科目好好学习，不感兴趣的科目应付了事。到部队后，他发现做什么事情也离不开文化，各科文化都用得到。每到这时，他就想，如果有机会一定要再去读书。当他重新获得了读书机会的时候，激动的心情难以言表。

拿到调动命令后，毛炳权与连队的战友们依依惜别，然后到团部集合。团首长们对他再三叮咛，要好好学习，不要给老部队丢脸。他也再三表示了自己的决心。团部派汽车把他从安东直接送到长春，来到当时的东北人民大学干部补习班（现在的吉林大学）报到。从踏进大学校门那一天起，毛炳权的人生便揭开了新的一页。从这天开始，他由一名中国人民解放军战士，成为一名新中国的大学生。

当毛炳权踏进东北人民大学校门的时候，他还不知道，这个地方曾经是伪满洲国政府的所在地。昔日残酷压榨东北人民的伪满洲

1952年8月与东北长春人民大学干部补习班同学合影(前排中为毛炳权)

国政府旧址，被新中国改造为培养新中国建设人才的大学，非常具有历史意义。离学校不远的地方是当时长春最繁华的“斯大林大街”和“斯大林广场”。当时的东北，以斯大林命名的街道、建筑并不少见，一是与苏联红军出兵消灭了日本关东军解放了东北有关，最主要原因还是新中国成立之初，在外交上只有以苏联为首的社会主义国家承认和支持中国，而斯大林当时是苏联的领导人，这是一种时代现象。毛炳权对长春的第一印象是，比广州和香港还要干净、整齐。

到东北人民大学报到后，学校给毛炳权分配了集体宿舍。一个宿舍住20人左右，毛炳权所在宿舍的学生全是来自部队的调干生。共同的部队生活，让同学们一见如故。把宿舍安排好之后，学校又通知他们，为了更好地适应大学生活，他们要在正式进入大学学习之前，进行一段时间的文化补习，补习合格后，再根据学员的志愿分配专业，开始真正的大学生生活。同时还有一个附加条件，就是要求这些调干生只能留在东北的高校读书。原因是当时东北的高中生比较少，东北几所大学中的学生大部分是外省考过来的，学校希望能有越来越多的学生到东北的大学读书，以适应东北重工业基地的建设需要。

东北人民大学十分重视调干生的文化补习任务，当时这所大学是一所偏重文科的学校，直到 1952 年院系调整后才改名为“吉林大学”，成为一所理科大学。在此之前，学校里几乎没有理工科的教师，为了给这些调干生进行补习，学校特意从东北工学院的长春分院借了一些数理化老师，来给调干生上课。毛炳权在补习的这段时间过得比较轻松，一方面因为他是高三时才参军，只要重点学习高三下学期尚未学到的数理化知识就可以了。另一方面，他参军时间不算太长，在学校学习的内容很容易被拾回，所以他上课还是比较轻松的，学习成绩也比较优异。

在东北人民大学的生活比在部队里改善了许多，解放初期有一个折实工分的政策，这些调干生每月发十元钱，用来保障他们的基本生活，伙食费由学校负责，其余的生活用品就用这十元钱来购置。

毛炳权是在 1952 年 7 月初进入东北人民大学的，在补习班期间，他还担任了一个学习小组的组长，和小组的同学们相处得非常融洽。1952 年的“八一”建军节，他所在小组的全体同学还专门到长春的照相馆照了一张合影。他们的合影也是有原因的，一来是庆祝建军节，大家都是从部队走出来的，对部队有深厚的感情。二来考虑到补习班的性质，短期培训的时间不会太长，随时有可能结束，同学们抓紧时间留下永久的纪念。补习期间，学生们的生活很有规律。在不上课的时候，只要时间宽余，毛炳权会和同学们一起到街上散散步。他们常去的地方就是斯大林大街与斯大林广场。斯大林大街并不十分热闹，因为战争原因，长春的人口减少了很多，所以街道上也显得比较冷清。斯大林广场非常宽阔，苏联红军出兵消灭日本关东军解放东北后，一直有部队驻扎在东北，并在此建了一些广场，建造了一批有特色的纪念碑。沈阳的广场上面有一个坦克纪念碑，长春广场上则有一个飞机形状的胜利纪念碑，这些纪念碑在相当长的时间内，都成为这几座城市的标志性建筑。后来，这些建筑随着城市规划的变化，都被慢慢拆除了。

1952 年 8 月底，补习结束，学校组织调干生们填报志愿，自选专业。毛炳权一开始对于该选哪个专业感到有些犹豫不定，但他心里却一直有一个目标，就是一定要读工科。为什么要读工科？毛炳权认为，这时国家的工业化程度不高，需要更多的工业人才。而且，今后国家的发展建设都离不开工业化建设，所以学工科是一个大方向。在他在考虑选择专业的时候，脑海里闪现在出中学化学老师的教诲，那位从法国里昂大学留学归来的老师曾向毛炳权介绍过化工的重要性，老师说，不管是农业生产还是军事活动，都离不开化学工业，他在中学时代也曾萌发过学习化工的念头。经过认真考虑，毛炳权坚定地选择了化工专业。当时东北有三所工科院校，一所是东北工学院（现东北大学），一所是哈尔滨工业大学，一所是大连工学院（现大连理工大学）。东北工学院以冶金专业为主，重在钢铁加工；哈尔滨工业大学的老师多为苏联专家，所以入校第一年是要学习俄语的，另外还要读 5 年的专业课，共计 6 年才能大学毕业。毛炳权想读化工专业，又想早点毕业，早点工作，所以放弃了东北工学院和哈尔滨工业大学，而是报考了大连工学院的化工系。

在补习班期间，毛炳权的学习成绩比较优异，一些老师们很看好他。听说他要报考大连工学院，有几位老师便出面做他的工作，挽留他在本校就读，并告诉他说，东北人民大学正在创造条件，将学校改造成为一所理科大学，发展前途肯定不错。但毛炳权则坚持要读化工，婉拒了老师们的挽留，于 1952 年 9 月离开长春前往后来更名为大连的旅大市。

难忘的大连工学院

1952年9月，毛炳权离开位于长春的东北人民大学，坐火车来到了位于旅大市的大连工学院就读。从此，他正式开启了大学生活，迈向了另一个人生新阶段。

1952年11月于大连

和他一起报考大连工学院的还有一些调干补习班的同学，所以虽然来到了一所新学校，他并不感到孤单。大连工学院1949年4月建校，是1949年中国共产党为迎接新中国成立而创建的第一所正规大学。学校当时的位置在市区，地理位置极佳，出了火车站，步行不过十余分钟便可到校。学校周边还有两个公园，一个是鲁迅公园，鲁迅公园的前身是日伪时期的小村公园；1945年，大连市政府将其改名为文化公园；1947年年初，再次改名为鲁迅公园；1948年10月，全国第一座鲁迅先生铜像在这里落成。如今，鲁迅公园的原址已经成为大连动物园。另一个是劳动公园，原先这里是一片大森林，1889年沙俄占领大连后，在此地建了个小公园。1905年，日本占领大连后，对公园进行扩建。大连解放时，这座公园已经荒废。解放后，大连市组织广大市民利用假日开展义务劳动，挖掘并修建了荷花池、曲桥、池心亭等，为纪念市民的创造性热情，在池边立起了一座高

4.2 米，宽 1.8 米的青石碑，上面刻着“劳动创造世界”六个大字，从此公园定名为“劳动公园”。这两个公园离海边也不太远，平时都是大连市民喜欢游玩的地方。对大连熟悉以后，毛炳权也常常跟同学们一起到学校周边的这些地方游玩，十分愉悦。在毛炳权的眼中，大连是个十分美丽的海滨城市，与广东的南海沿海城市有不一样的景色。尤其是大连火车站，它曾是东北最具影响力、最具人气的地标性建筑。1937 年新火车站建成，曾被誉为“亚洲第一火车站”，解放后正式命名为“大连火车站”。

1953 年毛炳权(上排右二)和其他大连工学院调干同学合影

大学入学报到程序基本差不多，毛炳权到大连工学院后，轻车熟路地办理好了各种手续。在安排好宿舍和班级后，他的大学学习与生活均步入正轨。毛炳权就读的化工系一年级课程设置比较简单，包括普通化学、投影几何、高等数学等科目，这些科目本身就是毛炳权比较感兴趣的科目，加上他深知能重回课堂有多么不易，所以在学业上格外努力，力求取得最好的成绩。20 世纪 50 年代初，因受苏联的影响，中国的大学课程为 5 分制，分为优、良、及格与不及格等几个等级，毛炳权大学期间的成绩基本都为优。学校为了让学生做到理论联系实际，在新生入校不久，就组织他们参观了当时国内最大的化肥厂——大连化工厂；最大的炼油厂——大连石油七厂。大连化工厂始建于1933年，是中国最大、最早的基本化工原料、化学肥料生产基地。在当时的东北地区，有七座大型炼油厂，分别是辽宁抚顺的石油一厂、二厂、三厂、四厂，锦西的石油五厂，锦州的石油六厂，大连的石油七厂。其中，以石油七厂的规模最大。在这些企业里，毛炳权和同学们认真听取了技术人员的介绍，对当时国内的炼油化工业的发展有了比较详细的了解。

进入大学后，毛炳权因成绩优异、表现积极，被选为班里的团支部组织委员。当时团支部是很受重视的，管理范围也比较广泛。除负责发展新团员，对团员青年开展经常性的学习教育外，还要结合国内外形势组织一些活动，要经常关注班上同学的生活与思想问题，发现问题后及时与他们沟通谈话，力争纠正他们的错误思想，防患于未然。一旦发现有的学生出现这样那样的问题苗头，团支部的同学就要主动耐心做工作，既不能简单粗暴，又不能引起同学的逆反心情，主要的工作方式是谈心。

毛炳权说，与同学们谈心看似简单，实则十分讲究，既要帮助同学解决思想问题，还不能伤害到同学们的自尊心。所以，谈心要讲究方式方法，也是一门艺术。班里的团支部书记名叫郁祖庚，与毛炳权关系十分要好。毕业多年后，郁祖庚曾在金陵石化公司当过总工程师，也在金陵石化南京炼油厂当过厂长，在北京化工研究院划归中国石化之后，他和毛炳权又再次成为同一个大企业的同事。团支部的宣传委员名叫郑忠文，他是从香港来到大连读书的。毕业后，以他的条件学校是打算将其留在大连工学院当助教的。但他有个身在香港的未婚妻，香港当时是在英国的统治之下，国内对政治审查抓得又很严，学校不同意他与一名香港人结婚。在这种情况

1953 年大连工学院一年级团支部委员与辅导员合影(左一为毛炳权)

下，郑忠文要么放弃婚姻，留校任教；要么离开学校，去和未婚妻结婚。郑忠文考虑再三，最终选择了离开学校，赴香港与爱人成婚，并在香港定居。许多年后，毛炳权赴香港时还曾与他多次碰面，虽然是多年以后再见，但同学情谊却丝毫没有淡漠，第一次久别重逢时，两个人都非常激动。另外一位与毛炳权关系最要好的同学名叫唐为仁。唐为仁是广西人，也是从部队来的调干生。他与毛炳权早在东北人民大学干部补习班期间就认识，而且还在同一个学习小组。后来两人来到大连工学院读书，虽不在一个专业，但私下还是会常常聚到一起，开展各种交流。唐为仁毕业后，分配到位于长春的吉林省化工设计院，一直工作到退休，毛炳权和他一直保持着联系。毛炳权调到北京工作后，还请唐为仁到家里来作过客，毛炳权也到长春去看望过唐为仁。唐为仁前几年已经去世，说起这位老朋友，已是耄耋之年的毛炳权虽已看淡生死，但还是不免有些伤感。

1953 年在大连工学院劳动公园

大学生活是丰富多彩的。年轻的毛炳权在认真学习专业知识并参加班级管理的同时，也积极参加学校的各种文化活动。毛炳权的个子小，参加大球活动不太行，他就学习打乒乓球。大连是海滨城市，这使从小喜欢游泳的毛炳权开心得不得了。大连位于东北地区，东北地区特有的滑雪、滑冰、溜冰在这里很盛行。从小生长在广东没见过雪花的毛炳权，很快喜欢上了冰上运动，在课余时间和同学们一起驰骋在溜冰场上。后来到苏联留学时，还省吃俭用买了双溜冰鞋。大学校园里的业余活动比在部队时丰富了许多，这些活动有学校集体组织的，也有学生团体自发组织的，包括每周六的电影放映、节假日举办的晚会、平日里的歌舞活动等。读大学时的毛炳权与高中时已截然不同，中学念书时，毛炳权的学习目的不明确，有兴趣的就学学，没兴趣的就应付，对成绩也没有严格要求，把大部分时间都用在了看小说上。经过两年部队生活的锻炼，加上年纪的增长，毛炳权深知读书机会的来之不易，对于未来，自己也有了明确的目标，到了大学，毛炳权不再是那个只凭兴趣学习、没有宏图大志的少年，而是成长为一名积极向上、热情开朗的青年，他积极地开展学习、参加活动，努力成为一名优秀的毕业生。

大学一年级暑假期间，几个同学相约外出游玩。所谓外出，也就是在大连附近走走转转，毛炳权到大连后，一直想去旅顺看看。他曾读过一本名叫《旅顺口》的小说，小说作者阿·斯捷潘诺夫是苏联作家，这是一部回忆式的历史小说，基本反映了旅顺口防御战的历史原貌，写出了沙皇封建制度的腐败，歌颂了俄罗斯下层官兵的英勇无畏。但毛炳权却非常清楚，这场所谓旅顺口保卫战，是近代史上，沙皇俄国和日本在中国的土地上进行的一场非正义战争，是中国人的耻辱。不仅如此，在旅顺这个地方还曾有过日寇对中国人民的大屠杀，全城的中国人被杀得只剩下 30 多人。这是所有中国人心中永远的痛。

第一次来到旅顺口的毛炳权，特意与同学们前往旅顺军港实地参观。旅顺军港始建于清代，北洋大臣李鸿章筹建北洋军师时经营旅顺港，扩航道、建港池、筑炮台，使旅顺口成为当时世界闻名的军事要塞，是当时世界上五大军港之一。甲午战争以后，旅顺口相继被日俄侵占。1945 年，苏联红军打败日本关东军，驻军旅顺，直至 1955 年才正式交由中华人民共和国掌管。旅顺口因其重要的战略地位，在中国近代历史上占有一席之地，有“一山担两海，一港写春秋，一个旅顺口，半部中国近代史”的说法。在旅顺，毛炳权和同学们看到了日俄战争期间的战争遗迹，重温着近代中国的那段屈辱史。站在旅顺的老铁山上，看着山下的旅顺军港和蓝色的大海，毛炳权满腔豪情油然而生：要建设强大的国家，必须要认真学习，掌握真本领，中国必须强大！

1953 年大连工学院二年级同班同学合影(二排左六为毛炳权)

2006 年毕业 50 周年大连工学院(现大连理工大学)于化工学院(前排中间为毛炳权)

2006 年大连工学院一年级同学毕业五十周年回校合影
(左一为毛炳权；背后为大连工学院首任院长屈伯川的铜像)

人生的再次转折

正当毛炳权在大连工学院孜孜不倦地学习时，他的人生却面临着又一次转折。

1953 年夏，大连工学院接到了国家通知，要在校内选拔一批学生到苏联留学。此次的留学生选拔工作是在全国范围内开展的，是为我国实施国民经济发展的第一个五年计划培养人才。选拔的标准主要有两个：一是学习成绩，二是政治条件，只有两个条件都过关，才有可能成为一名到苏联留学的预备生。毛炳权因在校期间表现优秀，深受广大师生的好评，被学校推荐为预选人选，并参加了教育部组织的各项考核。最终，他与大连工学院化工系另外十几名同学一同被录取，并被通知到当时位于鲍家街的北京俄文专修学校（现北京外国语大学，以下简称“俄专”）报到。此时，毛炳权在大连工学院刚刚学习了一年。能出国留学是他没想到的事情，只能用“喜出望外”来形容他此时的心情。而且，当时的中国对苏联的政策是“一边倒”，能到苏联留学是许多青年知识分子渴望的事情。一时间，毛炳权和其他赴苏留学的同学，成了大连工学院许多师生羡慕的对象。

1953年大连工学院准备留苏在北京俄专学习俄语的同学(前排中为毛炳权)

1953年10月，毛炳权等人刚刚在大连过完国庆节，就在学校领导和同学们的祝福声中踏上了赴京之路，这也是毛炳权有生以来第一次到北京，在向新中国的首都行进的火车上，毛炳权的心情一直很激动。在毛炳权的家族中，祖父当年是以省港大罢工代表的身

1953 年大连工学院化工系在俄专学习的同学(前排左一为毛炳权)

份到过北京。如今，毛炳权是以国家外派留学生的身份来到北京，两代人的历史在这里交汇。

毛炳权从前门火车站下了车。前门车站原先的全称是“京奉铁路正阳门东车站”，自清朝末年至 20 世纪中期一直是北京最大的火车站。1912 年、1924 年，孙中山曾两次抵京，均于正阳门东车站下车。1937 年后，先后易名为前门站、北平东站、北京站。车站建筑为欧式风格，地下 2 层，地上 3 层。毛炳权下车后，还好奇地打量了一下这座火车站。因留苏预备生来自全国各地，人数也比较多，为了便于维护俄专的校园学习秩序，学校安排各个省市区的学生分批入校，北京、天津的学生离得近，到校时间最早，从大连来的学生则排在一个多月后入校。同一时间入校的学生组成一个自然班，那年的俄专共招了 50 多个班级。当毛炳权来到学校时，首先被学校宫殿式的大门所吸引，大门上“北京俄文专修学校”几个大字，是毛泽东主席的手书。进校后他才知道，学校的前身是1941年成立的延安抗日军政大学三分校俄文大队。1949年，在俄文大队的基础上成立了俄文专修学校，校址在北京鲍家街21号原太平湖醇亲王府(即清光绪帝出生地)旧址。1952年2月，上级决定，北京俄文专修学校成立留苏预备部，凡国家派往苏联学习、进修的人员都要先在此集中学习一年左右的俄语。留苏预备部创办后的第一年即有600多名学员，毛炳权是其中之一。在他们毕业后，俄专又改为“俄语学院”，并在此基础上成立了北京外语学院，“俄语学院”成为北京外语学院的一部分。改革开放后，北京外语学院改为北京外国语大学。“俄专”的原址成为中央音乐学院的校舍。

留苏预备生们在俄专期间的学习任务非常明确，最主要的一项是学习俄语。语言是沟通的基础条件，只有将俄语学好，到苏联后才能更好地学习文化知识。学习外语的人都知道，俄语是一门非常难学的语言，虽然其语言简单，单词量也不多，但是其发音却很有难度，尤其是卷舌音，有许多人因此而过不了语言关。但是，同学们都明白，要想留苏，学好俄语是第一要务，所以即使再难学也要坚持学好。老师们对待这些学生们很有耐心，一个字母、一个音节地教，并在此基础上组织学生互相用俄语对话，帮助学生们克服学习的枯燥，发现语言学习中的乐趣。即使如此，要在不到一年的时间里完全掌握一门语言，难度也是很大的，能学到的内容很有限。毛炳权虽然学习很努力，但一直到赴苏联留学前夕，他也仅仅学会了基本的交流，至于用俄语上课，则只能听个大概。面对这种情况，毛炳权不禁对自己留学苏联后的学习感到了几分担忧。后来到了苏联他才发现，用俄语上数学、物理、化学等理工科目倒并不是什么难事，因为这些内容在大学一年级的时候已经学习过，用数字和符号就能够交流了。而且数、理、化的语言是世界通用的，基本不受民族语言的影响。可一涉及文科学习便有些麻烦了，尤其是政治科目《联共(布)党史》的学习，大量政治名词和俄罗斯地名对只能听懂简单俄语的毛炳权来说，尤如听天书一般。可是，越听不懂越要硬着头皮听，努力去掌握学习的主动性。对他来说，学习是硬任务，绝不能落到后面。

在俄专的另一个重点任务就是政治审查，所有留学生都要接受严格的政审。国家对于这些留苏学生非常重视，鉴于中苏友好，苏联是社会主义国家的“老大哥”，刚刚起步的新中国自然方方面面都要向苏联看齐，还宣告“苏联的今天就是我们的明天”。为了更好地向苏联学习，再加上国家要从1953年起，实行发展国民经济的第一个五年计划，必须确保作为人才储备的留苏学生的质量，高质量的人才首先要确保对党和国家的忠诚。因此，在俄专的政治审查要求的格外严格。入校前的政治调查比较简单，而校园里开展的调查则比较全面，主要调查学生是否有海外关系、家里是否有历史遗留问题等，必要时还会到实地进行调查。

毛炳权政治审查这关过得比较顺利，当时他没什么海外关系，家里几个弟弟妹妹尚小，生活环境也比较艰苦，家里不存在什么问题。除了调查海外关系，学校还派人到他毕业的中学及他生活的地方进行实地调查，也就是后来统称的“外调”。实地调查一般是不告知本人的，毛炳权原本也毫不知情。直到他多年后回东莞，碰到了东莞中学的同班女同学李顺，她在广东解放之前就是中共地下党员，这时她已是东莞城镇的镇委书记。见到毛炳权后，她询问毛炳权当年到苏联学习的情况。多年没回家的毛炳权对他知道自己留苏的事情感到有些吃惊，毕竟那时候资讯渠道并不十分畅通，同学们之间互相不了解情况也是很正常的。这位同学告诉他，当年俄专的外调人员曾经找她核实过毛炳权的情况。俄专的人在调查过程中了解到，毛炳权无论是在学习还是生活中，虽无大功，亦无大过，读高中的时候还辍学参军，积极为抗美援朝贡献他的一份力量。在整个调查过程中，不管是学校师生还是当年一起参军的战友，对他诸多好评，因此，俄专对毛炳权这名学生还是非常认可的。

20世纪50年代初，新中国百废待兴，国家的经济情况比较困难。但国家对这些作为人才培养的留苏学生却非常重视，从各方面给予了优厚的待遇。入校后，国家给留苏预备生们发放了衣物，男生是统一制作的西服，女生则全是漂亮的布拉吉连衣裙。考虑到苏联冬天的温度比中国的北方冷得多，国家还统一给这些学生配备了毛料面的丝棉大衣。第一次穿上西服的同学们都掩饰不住内心的兴奋，要知道，好多从农村来的孩子夏天穿布衫、冬天穿黑棉袄，从来没有穿过这么整齐漂亮的衣服，即使当兵后，毛炳权穿过最好衣服的也只有那一身黄军装。俗话说，人靠衣装马靠鞍，换上新服装的同学们确实个个英姿飒爽，精神焕发。有的同学还情不自禁地跑到王府井大街的照相馆，拍照留念。在伙食上的照顾让这些同学感受更深，当时他们每人每月的伙食费为十几块钱，还常常能吃到大对虾，比过去的生活不知好了多少倍。要知道，在当时的中国经济条件下，十几元钱是能养活一家人的。国家对这些留苏学生的优待还体现在关注他们的精神生活上，不管是传统的戏剧演出还是外国的舞蹈表演，都会组织他们去观看。其间，毛炳权曾有幸观看过著名京剧表演艺术大师梅兰芳与程砚秋的表演，两位大师的表演都给他留下了深刻的印象，让他真正领略了中国京剧的魅力。

1953年于天安门

在没有课或放假的时候，毛炳权便与同学们相约去校外游玩。当时他们的宿舍在鲍家街附近，走出鲍家街来到西单，花 4 分钱坐上铛铛响的有轨电车，到天安门、太庙(后来的劳动人民文化宫)、中山公园、前门、天坛公园等各处游玩，拍照合影留念。那时候的北京城，还没有开始大规模的建设，不像后世有那么多的高楼大厦，十大建筑还没有动工，天安门广场还没有后世那么宽阔，基本上还是个原汁原味的北京城。巍峨的城墙、雄伟的城楼、各种各样的牌楼和一条条的小胡同、一个个四合院，让毛炳权这个从未到过北京的广东青年深深感到了北京文化的底蕴。王府井和大栅栏的热闹，让毛炳权感觉到了北方和南方民俗的不同，让他很感兴趣。特别是盛夏季节，从一个个小胡同经过时，看到一些老人们坐在四合院门口摇着大蒲扇，从四合院里传出一阵阵京剧的旋律，让人深深感受到什么叫祥和。这次在北京的长久停留，毛炳权最深的感触就是北京人特别讲礼貌，尤其是一些老人，张口一个“您”，闭口一个“您”，那个亲近劲和谦和感让人听着十分受用。1954 年清明时，毛炳权还和俄专的同学一起坐火车到八达岭长城游览了一圈，第一次瞻仰了中国历史上最伟大的建筑，他站在长城的烽火台上极目远眺，看到在崇山峻岭之中，蜿蜒曲折的长城伸向郁郁葱葱的远方。他被雄伟的长城所震撼，感慨中华文明的源远流长，感慨中华民族的无限创造力。这个时候，毛炳权还有两个堂叔也在北京工作，所以他偶尔也会跟两个堂叔相聚，还曾与他们到天安门前合照留念。因为不久就要出国，毛炳权认为自己应该抓紧时间多多了解一些中国的传统文化，就抽空到卖古书、古玩的东安市场和琉璃厂去转转，买些书籍。毛炳权的祖父和父亲都学过国学，他从小受到熏陶，对书法和中国画也很感兴趣。在东安市场和琉璃厂，主要围着卖古书和书法、国画的摊位转，主要也想多了解些中国的文化。

在长城（前排右一）

在北海（左二）

在九龙壁下

在天安门城楼下（前排左二）

1953 年俄专读书同班同学在北京合影

在俄专学习了 10 个月之后，学校开始教这些留苏学生学习一些外国礼节，有人说，这是为到苏联留学做必要准备，也意味着他们要起程了。留学生都是优中选优、经过层层筛选选出来的国内最优秀的人才，他们代表着新中国的形象，帮助他们学好礼节很有必要。毛炳权是从农村来的孩子，但从小受到中国传统文化的教育和熏陶，使他长幼有序，彬彬有礼，为人谦和，但他从没有直接接触过外国人。参军到部队后，更是全身心参加军事训练，学习保卫祖国的本领，成为一名合格的军人，但外国的礼节却一点也不懂，这显然是他的一个弱项。为了更好地适应国外的学习生活，他非常重视礼节训练。他首先学习的是打招呼，到苏联后见到人应该如何称呼，男性怎么称呼，女性怎么称呼。中国人同辈间见面一般直呼姓名，但因为苏联人的名字很长，叫全名很啰嗦，所以同学之间或熟人之间可省略父名，直呼名字，或者直呼爱称；对于长辈或不熟悉的人，可叫老师或教授，但为了表示对人的尊敬，一般还是叫全称。

经过在俄专的学习，接触的人和事情很多，毛炳权对自己能成为一名留苏学生，更加感到十分光荣与自豪。他从大连工学院来到北京的时候，身后是同学们羡慕的眼光。当时苏联是社会主义阵营的老大哥，是经济发达的国家，是中国学习的榜样，能到苏联留学几乎是当时每个学子都非常渴望的事情。而且在俄专学习的时候，毛炳权还听到一个说法：国家培养一名留苏学生的费用相当于培养5个国内大学生的费用，他很受触动。这也意味着，留苏学生身上不仅有荣誉，还肩负着责任。对于毛炳权来说，他更是将这种荣誉感化为一种动力，他决心到了苏联一定要好好学习，争取学成归国，将自己的所学贡献在新中国的发展和建设上，只有这样才能不辜负祖国的栽培。

向莫斯科进发

1954年8月，经过近一年的学习培训与准备，毛炳权和他的同学们接到通知：即日起程赴苏联留学。行前，他们换上了国家为他们定做的西装，拎着国家统一发放的大帆布箱子，带队来到北京站。带着祖国的希望与寄托，踏上了开往莫斯科的列车。从 1953 年 10 月入校，到 1954 年夏离校，毛炳权在俄专学习培训了 8 个月。上车后，毛炳权有些兴奋，也有些忐忑，默默地注视着车窗外的北京城，心儿飞向遥远的莫斯科，一个陌生而又神秘的国家。

火车缓缓启动了，北京城渐渐远去。带着祖国的期望，憧憬着美好的理想，毛炳权和同学们向莫斯科进发。

8 月的北京异常炎热，但随着火车的不断北进，毛炳权和同学们感到越来越凉爽。经过近三天的颠簸，毛炳权他们来到距离北京 2000 多公里的中苏边境城市满洲里，一下车，他们感到这个地方的凉爽与北京的炎热相比，简直是两个世界。他们要在满洲里等待进入苏联境内，这一等就是近 5 天时间。到第六日上午，终于得到消息，苏联为迎接新中国的留苏学生专门派出了一列火车，已经抵达满洲里对岸的苏联城市。于是，留苏学生们乘坐的火车再次启程，驶向中苏边境，准备换乘苏联的专列。满载留苏学生的火车在经过满洲里之后停了下来，因苏联的铁轨比中国的铁轨略宽，所以只能更换火车轱辘，增高车厢，才能行驶在苏联的铁轨上。更换轱辘需要两个多小时，毛炳权与很多同学都觉得火车换轱辘非常新鲜，于是纷纷下车围观，看列车工作人员是如何操作的。一切准备就绪后，列车驶入苏联境内，经过双方的交接之后，火车再次启动，毛炳权和同学们开始了一段长达 9000 多公里的漫长旅行。

这是一列专门为中国留苏学生开行的列车，车厢的条件比国内列车好得多。大家住的都是卧铺，床铺分上下层，四人一个包厢。同学们都是年龄相仿的年轻人，彼此很容易找到共同话题，所以虽然长达七天七夜的旅程全部都是在火车上渡过，但毛炳权并不觉得孤单。餐车内准备的食物都是苏联人平日常吃的食物，第一次吃苏联的大“列巴”(面包)时，毛炳权很好奇，并没有什么不适应感，毕竟他们这些同学中的许多人是从小挨着饿成长起来的，对食品真的没有那么多的讲究，能吃饱肚子就行。何况现在吃的还是平常人吃不到的外国饭。大家在火车上吃着面包，蘸着黄油，喝着红茶和咖啡，很快进入了苏式生活状态。

火车行进在西伯利亚大铁路上，这条铁路是横贯苏联东西的铁路干线，起自莫斯科雅罗斯拉夫火车站，经梁赞、萨马拉、车里雅宾斯克、鄂木斯克、新西伯利亚、伊尔库茨克、赤塔、哈巴罗夫斯克(伯力)，到符拉迪沃斯托克(海参崴)，总长 9298.2 公里，是世界上最长的铁路。奔跑在这一钢铁大动脉上的共有大约 1000 列货运和客运列车。车里雅宾斯克以西，于 19 世纪中建成；以东长 7416 公里，于 1891 年始建，1916 年全线通车。西伯利亚大铁路是世界上最长的铁路，它修建于 1904 年 7 月 13 日，历时 13 年才完工。它穿越乌拉尔山脉，在西伯利亚的针叶林上延伸，将莫斯科和海参崴连接到一起，几乎跨越了地球周长 1/4 的里程。在上个世纪早期，汽车和飞机还没有广泛地投入使用，陆路运输最重要的角色就是火车，西伯利亚大铁路的修建，无疑具有里程碑式的意义。

西伯利亚大铁路将俄罗斯的欧洲部分、西伯利亚、远东地区连接起来。铁路设备优良，其中欧洲部分约占 19.1%，亚洲部分约占 80.9%，共跨越 8 个时区、3 个地区、14 个省份。铁路设计时速为 80 公里，从莫斯科到达海参崴需要 9 天时间。毛炳权他们是走的西伯利亚大铁路的西段，从满州里直达莫斯科，这也需要一个多星期。在这些天中，毛炳权和同学们透过车窗看外面的风景，从中国到苏联还是有着比较明显的差别的。中国的大地上种满了庄稼，苏联则不同，他们种的最多的是树木，尤其是白桦树。从苏联大地上走过以后，他们真切地感受到什么叫地广人稀。苏联的风景也非常优美，专列沿途还经过了很多城市，路过大城市，趁列车进站停车，毛炳权和同学们便会下车去看看苏联大城市的风采，苏联方面还安排了专人给他们讲解城市的历史及概况，更有利于他们了解苏联的历史与文化。有时在列车里待得无聊，毛炳权还会找列车员聊聊天，也算锻炼锻炼自己的口语。没有谁会嫌弃火车速度太慢，同学们都喜欢这样“耗”着，慢慢地喝着咖啡和红茶，悠闲地周游俄罗斯辽阔的领土。沿线可以看到多种风格迥异的风景，见到各种各样的人和各具特色的文化。欧洲部分一望无际的平原、亚洲部分人烟罕至的森林，还经过了全世界最深、蓄水量最大的湖泊——贝加尔湖。该湖位于苏联东西伯利亚南部，狭长弯曲，犹如一轮弯月镶嵌在东西伯利亚南缘。贝加尔湖景色宜人，风景如画，湖水清澈见底，远远望去，蔚蓝色的湖水宛如一片纯净的海洋。沿途还有俄罗斯风情万种的城镇风光，都令人流连忘返。在漫漫旅途中，留学生们欣赏着、评论着美丽的苏联风景，既有惊叹也有感慨，还有着对未来学习生活的种种憧憬，旅途充满了乐趣。西伯利亚大铁路全线的旅行绝不是平淡的旅程，可以说乘火车的本身就是在旅游。

一路上，大家一起聊天，一起欣赏风景，一起唱歌，一起活动，各个车厢里充满着青春的朝气。经过七天七夜的的运行，列车驶进了了苏联的首都莫斯科。毛炳权和同学们将在莫斯科做短暂停留，等候安排。

大连工学院一年级同学 1958 年在莫斯科的合影(后排右一为毛炳权)

到达莫斯科时正是白天，下车的中国留苏学生多达数百人。一时间，莫斯科火车站上响起了一片中国的南腔北调。身在异国他乡，大家听着乡音感到分外亲切。很快，苏联政府接待方用大客车将留苏学生和他们的行李一起送到下榻处。在没有分配留学的学校之前，留学生们的临时住所没有按照专业划分，各个专业的学生混住在一起。同一个房间里的室友，有学建筑的，有学机械的，有学化工的，有学音乐的，五花八门。毛炳权曾跟一个学建筑的学生住在一个房间，这位同学的美术修养很高，对苏联的绘画史也比较了解。他给毛炳权他们讲述苏联一些著名画家的故事，毛炳权他们笑称：听了几堂免费的苏联绘画史普及课。不过，这次小小的普及让毛炳权了解了苏联及其美术界的不少事情，知道了一些著名的苏联及俄罗斯的绘画作品。在苏联期间，毛炳权和同学们一起，看了不少画展，其中有些作品的特点，他还是从那位室友口中知道的，这使他在苏联的学习增加了许多乐趣。

1955 年参加"五一"国际劳动节游行后在红场合照(右一为毛炳权)

初到莫斯科，毛炳权感叹于这个城市的漂亮与先进。20 世纪 50 年代的新中国百废待兴，经济建设刚刚处于起步阶段，还没有开始大规模的城市建设，所以就算是北京这样的首都大城市也少有高层建筑。可当时的莫斯科却已是非常现代化，鳞次栉比的高楼大厦，车水马龙的街道，夜晚闪耀的霓虹灯，都让毛炳权应接不暇。给他印象最深的是莫斯科地铁，他第一次知道也是第一次见到地下铁路，当来到莫斯科地铁时，他的确是震惊了。莫斯科地铁极具特色，它是世界上规模最大的地铁之一，也被公认为是世界上最漂亮的地铁。多采用五颜六色的大理石、花岗岩、陶瓷等建筑材料装饰，所以显得华丽典雅、富丽堂皇，素有地下的艺术殿堂之美称。带着对莫斯科的美好印象，毛炳权开始投入了在苏联的留学生活。

第五章 在苏联的学习生活

万事开头难

苏联的留学分配工作做得非常迅速，同学们很快分配到了各自的学校和专业，毛炳权被分配至莫斯科门捷列夫化工学院染料中间体专业。门捷列夫化工学院是苏联著名的高等化工院校，创建于1920年，也就是说这所学校创建于苏联“十月革命”胜利后的第三年，可见苏联对高等教育的重视。这所学校也是世界闻名的培养化学、化工高级人才的专业院校。

来到门捷列夫化工学院后，有几位本校的学长带毛炳权等人熟悉环境。这些学长也是中国留学生，他们比毛炳权早到苏联两三年，对苏联已经非常熟悉了。在学长们的带领下，毛炳权和一同被分配到化工学院的十几名留学生先去跟学校的党委书记、系主任及任课老师见面，然后再分别到各自的系里报到。

1957 年春与斯洛伐克同学
在莫斯科门捷列夫化工学院门前

一切安置妥当后，几位学长告诉初来乍到的留学生如何到食堂排队买饭。食堂是要根据菜谱选餐的，可他们目前对俄语还不是很熟练，有不少菜名看不懂。没想到初进学校，点菜这样的小事对他们也成了挑战。不过，这也算是个学习俄语的机会，他们找来几张已经用过的菜谱，对照着学习上面的俄文，练习发音。很快，他们就能流利地用俄语买饭了。除了在食堂就餐外，学生们还可以根据自己的口味在宿舍做饭吃，有不少中国留学生买食材、自己做饭。除了各地不同风味的炒菜和主食，他们有时候还会包饺子吃。饺子是中国北方的常见食品，毛炳权一开始不会包，后来跟着北方的同学一起包，慢慢就学会了。此外，随着时间的推移，他们对苏联的饮食习惯逐渐适应。在宿舍里也会放上些苏联食品，不去食堂的时候，就在宿舍里切切面包、蘸上黄油，伴着牛奶、香肠吃苏式"快餐"。毛炳权因有小时候的逃难经历和军旅生涯，对食品看得很珍贵，在吃饭方面没有感觉什么不习惯，很珍惜这样的生活。

门捷列夫化工学院的学生宿舍条件还是相当不错的。一开始，学校为了方便中国留学生互相照顾，将他们安排在一起，两三人一个房间。可是，过了一段时间后，学校发现这样的安排不利于中国留学生学习俄语，因为中国学生聚在一起时总是忍不住使用中文交流。如此一来，他们学习俄语的时间就十分有限，语言上的进步自然缓慢，不利于他们今后的学习。为了改变这种局面，学校有意识将中国留学生分开居住，把他们分插到各国留学生的宿舍混住，希望能以此尽快提高中国留学生的俄文水平。

1957 年在宿舍门口

生活上的琐事一一解决后，毛炳权在苏联的留学生活也就正式开始了。毛炳权和他的同学们深知身上的责任重大，肩负着建设国家的重任，故而学习特别用功，就连业余时间也多用于学习。对于中国留苏学生而言，起初两年学的是专业基础课，这两年也过得相对辛苦一些，一方面是因为学习安排得比较紧张；另一方面，苏联老师上课语速较快，授课比较随意，并不完全按照教科书和教学大纲来讲，这让中国留学生们比较被动。因为他们对俄语的掌握程度还不高，上课时要花费大多数精力在脑子里翻译老师的话，并努力用笔记下来。这样一来，严重影响到对专业知识的学习，语言已经成为制约中国留学生学习的障碍。面对被动局面，毛炳权和他的同学们奋起直追，决心消除这个障碍。本来就以勤奋闻名的中国留学生们，在此时花费了更多的时间在学习上，不仅学语言，也在互相补充课堂上的专业知识。若想学习成绩在本地学生之上，中国留学生更是要付出成倍的努力与心血。他们的勤奋得到了苏联同学的认可，这个时期的中苏关系是最好的，同学们之间也非常亲近，有些苏联同学也经常在学习上给予他们帮助。班上有个苏联同学笔记做得十分工整。每堂课结束后，毛炳权都会借来这位同学的笔记学习一下。课余时间，毛炳权钻进学校的阅览室里补笔记，看参考书，中国留学生付出的努力总算没有白费，许多中国留学生后来居上，在各项学习中都取得了优异的成绩，给苏联师生留下了良好的印象。

在门捷列夫化工学院留学的这批中国学生中，毛炳权相对来说学习要轻松一些。因为他曾在大连工学院读过一年大学，当时大连工学院用的教科书就是用苏联教科书翻译过来的，再到苏联读书时，他已经有了一定的基础，只是俄文水平欠佳。临出国前，他们这些读过一年大学的学生曾跟大使馆提出过申请，希望到达苏联后能直接从二年级读起，但大使馆的领导经过深思熟虑后对他们说：

在宿舍看书

“你们还是晚一年吧，你们的俄文还是不行，这需要一个过程，不急的，晚一年就晚一年吧”。如此一来，来到门捷列夫化工学院的毛炳权仍旧从一年级读起。

到了二年级的时候，他的俄文水平已有了较大提高，上课听讲已经不成问题了，即便有少许不能理解的内容，课下看看同学的笔记，查查字典和参考资料基本上也能解决。不过，有一门科目却是毛炳权最头疼的，这就是用俄文学习马克思列宁主义。当时他们的政治课的主要教材是《联共(布)党史》，《联共(布)党史》主要总结了1883~1937年联共(布)建党、夺取政权和建设社会主义三方面的基本经验。该书的特点之一是“以论代史”，将史实按照主观论述需要加以剪裁，突出部分领导人的个人作用，充分显示出了对斯大林的个人崇拜观念。而且，这门课是围绕苏联和斯大林来讲解马克思列宁主义，对苏联政治、历史和人物及国际共产主义运动史等各方面的不熟悉，使中国学生们学起这门课来十分吃力。好在中国留学生是刻苦努力的，而且，不少中国学生从小学到中学都是在中国读书，锻炼了死记硬背的本事。对课本内容不理解，硬背下来应付考试还是没问题的，再加上有苏联师生的帮助，所以他们在这门课上也能取得不错的成绩。

在门捷列夫化工学院，有许多来自其他社会主义国家的留学生，但苏联师生明显对中国学生要好得多，在生活上和学习上都给予中国留学生很大帮助。有一天，有位苏联同学对毛炳权讲了一句话，让他终生难忘。他说：“你们中国跟东欧那些国家不一样，你们的革命成功是自己打出来的，那些国家是在我们国家的帮助下才解放的……”由此不难看出，苏联人对中国人能够自主抗战，依靠自己的力量打出一个新中国，还能把世界上最强大的美国打得从朝鲜撤军是充满钦佩的，这也是得到苏联人尊重和帮助的主要原因。

苏联师生对中国留学生的关心与帮助体现在方方面面上。苏联同学们的性格热情、开朗、大方，他们私下里还会买电影票请中国留学生看电影，毛炳权也遇到过这种邀请。起初毛炳权受邀时总说自己太忙，学习已自顾不暇，故多次推脱。后来苏联同学告诉他：“其实你应该多看看电影，这对你学习俄语很有好处。”毛炳权觉得苏联同学说的有道理，这时候，随着在苏联生活学习时间越来越久，毛炳权的俄语水平不断提升，跟苏联同学相处得也非常融洽，学习上也不再吃力。于是，他开始慢慢接受苏联同学的邀请，抽时间也到电影院看看电影。几场电影看下来，毛炳权发现对提高自己的俄语水平的确很有帮助。此后，他先后观看了一大批优秀的苏联电影，增长了见识，也对苏联的文化有了更加深入的了解。而且，苏联的老师和同学还热情地邀请毛炳权到他们家中做客，或者喝咖啡，或者喝喝茶，或者聚聚餐，有时还到莫斯科郊区旅游、露营。在这些交流中，他和苏联老师、同学们的感情进一步加深，对苏联的了解也更深入了。

假日与苏联同学郊游(右一为毛炳权)

与苏联同学郊外露营(左一为毛炳权)

与苏联同学在红场游行合影(右一为毛炳权)

与苏联小学生合影(右二为毛炳权)

2000 年在莫斯科门捷列夫化工学院与留校同班同学合影(左一为毛炳权)

最让毛炳权感动和终生难忘的是，他在苏联过了人生第一个生日。那是 1954 年 11 月的一天下午，毛炳权与平常一样下课后回到宿舍。一进宿舍，他却大吃一惊，八九个同学在屋里笑嘻嘻的等着他，全都是苏联同学。看到他惊讶的样子，同学们笑着提醒他："今天是你的生日，我们来给你过生日吧。"毛炳权这才看到，宿舍的桌子上摆满了美食，还有个生日蛋糕。他一下子竟不知说什么好，被同学们的情谊深深感动了。在毛炳权的记忆中，按照中国人的老规矩，只能给家中的长辈过生日，孩子们是不过生日的。而今天，则是他人生中过的第一个生日，这对他来讲，真的很惊喜。在苏联过的第一个生日，自然也有些苏联特色。苏联同学带来的礼物中，既有美食，也有鲜花和巧克力，让毛炳权小小的浪漫了一次。在同学们"祝你生日快乐"的祝福声中，他度过了一个愉快的夜晚，这次在苏联过的生日，让他终生难忘。苏联是个少数民族众多的国家，这里的人民特别喜欢唱歌跳舞，学校里的苏联学生们更是如此。因此，学校在周末的时候常常举办各种舞会。那时，毛炳权所在的宿舍楼一楼大厅便是一个活动室，学校的学生常到这里跳舞。中国留学生刚到苏联的时候思想上比较保守，对于舞会这样热闹的场面感到十分不适应，所以参加活动的人非常少。随着俄文水平的提升，许多中国留学生在语言方面的不适感也渐渐消失，而且通过长时间的相处，中国留学生也被苏联同学的热情所感染，逐渐走出了自己的小圈子，拥有了一片更广阔的天地。周末的舞会上也慢慢出现了中国留学生的身影，参加舞会的不仅有苏联人，还有在苏联上学的保加利亚人、罗马尼亚人、捷克人、波兰人、匈牙利人等等，大家欢聚一堂，通过跳舞交到了很多朋友，收获了友谊。大学的业余生活是丰富多彩的，毛炳权不仅学会了跳舞，还参加了其他活动。后来，他把在大连喜欢上的冰上运动继续发扬光大，不仅跟着苏联同学提高了溜冰水平，还学会了滑雪。一到冬天，莫斯科到处都是滑雪场和溜冰场。当他在滑雪场和溜冰场上飞起来的时候，似乎感到了自己的青春在飞扬。那双伴他飞扬在冰场上的冰鞋跟随他回到了国内，却一直闲置到了现在。

与中国同学、苏联儿童滑冰(右二为毛炳权)

在苏联的行走

毛炳权和同学们在苏联学习专业知识的同时，也很希望更多地了解这个国家。门捷列夫化工学院在了解到中国留学生的愿望后，经常组织他们在苏联参观。首先安排他们到学院附近的中学去参观，中学是接触苏联社会最直接的窗口之一，留学生们在中学与老师和同学们一起座谈，一起搞活动，通过各种类型的交流，对苏联有了进一步了解。同时，中学方面也请中国留学生向中学生们介绍中国，讲中国共产党和人民军队的成长壮大，讲中国人民的反帝反封建斗争，讲中国的经济建设，讲中国的风土人情。中华民族悠久的历史、美丽风光和中国人民的坚强斗争精神，让苏联的中学生们听得入迷。与此同时，门捷列夫化工学院还鼓励中国留学生外出旅游，让他们通过旅游更深入地了解与认识苏联。1955 年，在大学一年级暑假期间，学校团委组织中国留学生到列宁格勒(即现在的圣彼得堡)参观。列宁格勒位于苏联西北部，是苏联第二大政治、经济中心和苏联的第二大城市，同时也是一个著名的观光胜地。1712 年，俄罗斯将首都从莫斯科迁到圣彼得堡定都 200 多年，直到 1914 年，这一时期一直叫圣彼得堡。1914 年第一次世界大战爆发，当时俄罗斯同德国是敌对国，因为圣彼得堡的“堡”字是源自德语发音，当局决定把城市改名叫彼得格勒；1917 年，随着阿芙乐尔号巡洋舰的一声炮响，列宁领导的十月革命在这里获得成功，从此开创了一个全新的苏联时代。

1918 年 3 月，俄罗斯首都从这里迁回莫斯科。1924 年列宁逝世后，为了纪念列宁，城市改名为列宁格勒，“格勒”在俄语中为城市的意思。

在第二次世界大战期间，这里曾上演了一段悲壮的历史，德国法西斯军队将这座城市围困了 872 天(从 1941 年 9 月 8 日到 1944 年 1 月 27 日)，是二战时期持续时间最长的围困与反围困作战，苏联军民在这里进行了艰难的列宁格勒保卫战。为期 872 天的围城战破坏了公共设施、食水、能源及粮食供应，导致列宁格勒地区空前的大饥荒，造成最多 150 万人死亡，140 万人以上的平民及士兵撤离，其中很多人在撤离时死于轰炸及饥荒。列宁格勒其中一个墓地就埋葬了 50 万名围城战的遇难者。在列宁格勒，经济上的破坏及人命损失超过了莫斯科保卫战、斯大林格勒战役、广岛和长崎原子弹爆炸。美国军方在《第二次世界大战》资料片中评价列宁格勒战役说：“一个将军可以赢得一次战役的胜利，但是，只有人民才能赢得战争的胜利！”英国的《旗帜晚报》也称颂道：“列宁格勒的抵抗乃是人类在经受不可思议的考验中取得辉煌胜利的一个榜样。在世界历史上也许再也不能找到某种类似列宁格勒的抵抗。”

对于来自新中国的留苏学生来说，列宁格勒是革命的圣地。“十月革命”在这里取得胜利，并由此创建了世界上第一个社会主义国家——苏联，对中国革命起到了巨大的推动作用。在第二次世界大战期间的列宁格勒保卫战更是作为经典战例，深为中国学生所熟知。因此，来自共产党领导下的新中国留学生们对列宁格勒非常敬仰。毛炳权十分喜爱列宁格勒这座城市，觉得他比莫斯科还要漂亮，市内的建筑与景观颇具特色，让人过目难忘。

首先让他难忘的就是世界四大教堂之一的伊萨基辅大教堂，该教堂位于列宁格勒市区，始建于 1858 年，历时 40 年之久才竣工，内部以墨绿色大理石装饰，天花壁画是用十四种不同宝石镶成，祭坛前之圣像全部用镀金镶成，可谓富丽堂皇，金碧辉煌。

另外两个著名的景点就是闻名世界的夏宫与冬宫。夏宫又称彼得宫，坐落于市郊西面的芬兰湾南岸，占地达八百公顷。在这个富丽豪华的花园中，有各种布局巧妙的喷泉和金像，有的喷泉还装上小机关，若不慎踏中，水柱便由四面八方喷来，其乐无穷，也因此，夏宫被誉为“俄罗斯的凡尔赛宫”。冬宫由于是俄国“十月革命”首先占领的宫殿，名气比夏宫更大一些。以往的冬宫如今已是俄罗斯国立博物馆的一部分，内藏有世界珍贵的名画和雕塑，如著名的达芬奇、毕加索、凡高等名家的油画。名贵钟表器皿达二百七十万件，集世界各地之大成。游览冬宫时，还有不少苏联同学自愿充当导游，向中国留学生介绍起了展览的画作。当然，到了列宁格勒，不可能不到打响“十月革命”第一炮的阿芙乐尔号巡洋舰上参观。

在列宁格勒的参观使毛炳权深有感触，国家只有真正强大起来，才能够维护国家和人民的尊严。而国家的强大是需要付出艰辛的努力，需要亿万人共同的奋斗。

未到苏联之前，毛炳权对欧洲的文化艺术史及艺术作品知之甚少。因为这些东西在旧中国只有进入大学之后才能真正接触到，在中学时期，最多是有所耳闻。到了苏联以后，发现苏联人对艺术作品非常欣赏，既学习本国的文化艺术史，也学习欧洲的文化艺术史，欣赏其他国家的艺术品。不仅苏联同学如此，来自波兰、捷克斯洛伐克、保加利亚、阿尔巴尼亚等国家的同学也是如此。他们聊起天来，经常说到肖邦的钢琴曲、贝多芬的交响乐、裴多菲的诗歌、莎士比亚的剧本等，而毛炳权和中国同学对此却知道得少。而且，他们在苏联看的许多电影是根据俄罗斯的一些大文学家的作品改编的。如，托尔斯泰的《战争与和平》《复活》《安娜·卡列尼娜》；陀思妥耶夫斯基的《白痴》《白夜》等。即便是以前看过这些著作，可在看过电影后仍然会有新的体会，对作品的理解也更加深入。同时，在读其他苏联文学作品时，视野也更加开阔。毛炳权和中国同学们还经常到莫斯科的剧院里观看芭蕾舞表演，如天鹅湖、胡桃夹子、睡美人等，在观看芭蕾舞的同时，他逐渐喜欢上了柴科夫斯基的音乐。在莫斯科的大剧院里还经常有来自欧洲其他国家的艺术家来表演，比如，来自意大利的艺术家们在这里演出过经典歌剧，毛炳权印象比较深的有《卡门》《茶花女》《蝴蝶夫人》《奥赛罗》等剧目。在苏联学习和欣赏文化艺术是全方位的，毛炳权的苏联同学还不时约他一起去莫斯科的特列季科夫画廊和列宁格勒的俄罗斯博物馆，欣赏俄罗斯艺术大师们的传说精品。其中包括油画大师列宾的名画，如“伏尔加河纤夫”“伊凡雷帝和他的儿子”；风景画大师希施金、列斯坦的精品画作。艺术是没有国界的，毛炳权在喜欢俄罗斯艺术作品的同时，也喜欢上了欧洲其他国家的古典名画，像意大利文艺复兴时期达·芬奇的作品“蒙娜丽莎”“最后的晚餐”等，由此也培养出了自己的欣赏习惯。在以后的岁月中，毛炳权一直对欧洲古典画作情有独钟。不知为什么，他始终不喜欢印象派和现代派作品，当然也包括了梵高和毕加索的作品。能经常购票观看演出和出入艺术场所，与中国留苏学生的待遇高有关。他们每人每月都有500卢布用作生活费，这笔钱在当时是相当高的。不仅能保证不错的生活之外，生活费每月都会有盈余，这也成为大家欣赏苏联和欧洲文化艺术的经济基础。也正是从苏联开始，毛炳权喜欢上了欧洲和俄罗斯的音乐、意大利的歌剧、奥地利的轻音乐和圆舞曲，还有古典画作等艺术形式，这也成为他终生的爱好。1959年毕业回国时，毛炳权带回了不少欧洲古典音乐的唱片和画作。其中有他非常喜欢的克拉姆柯依的名画“月夜”(印刷品)和歌剧“叶甫盖尼·奥涅金”唱片。歌剧“叶甫盖尼·奥涅金”是根据普希金同名诗歌改编而成，毛炳权尤其喜欢其中的“连斯基咏叹调”。他把“月夜”带到成都，贴在宿舍的墙上。“文革”中，从苏联带回来的画和唱片都被作为“黄色”和“腐朽”的东西给损毁了。

1956年暑假，学校再次组织他们外出游玩。此次游玩的范围很广，基本上路过了苏联的欧洲主要地区，乘船游览了苏联两条非常有名的河流——伏尔加河、顿河。伏尔加河位于苏联西南部，是欧洲最长的河流，伏尔加河流域是俄罗斯最富庶的地区之一。长期以来，伏尔加河水滋润着沿岸数百万公顷肥沃的土地，养育着约7000万儿女。伏尔加河的中北部是俄罗斯民族和文化的发祥地，那深沉、浑厚的“伏尔加纤夫曲”不仅在苏联受欢迎，在中国国内也有许多人喜爱。当看到美丽的伏尔加河时，有的中国学生情不自禁地唱起了这首歌。马雅科夫斯基、普希金等许多著名诗人都用美好的诗句来赞美伏尔加河，称她为苏联的母亲河。毛炳权等人在伏尔加河停留大概一月有余，行一路，玩一路，每到一个地方便拍照留念，如今这些满载回忆的照片还静静躺在毛炳权的老相册中，默默地诉说着那些已经逝去的过往。

顿河是俄罗斯主要河流之一，是苏联欧洲部分的第三大河，也是欧洲第四大河，它源于苏联中部丘陵东麓，河流先向东南方向流，至卡拉奇转向西南，流经俄罗斯平原南半部，在亚速夫以西15公里处注入亚速海的塔甘罗格湾。顿河河床比降不大，使顿河水得以从容、平静地流淌，故人们把顿河叫做“静静的顿河”。苏联著名作家肖洛霍夫创作的名著《静静的顿河》中的故事便是发生在这条河流流域，这部作品还获得了诺贝尔文学奖。

在高尔基铜像前

《静静的顿河》在四五十年代的中国青年一代中有着巨大的影响，在苏联留学的中国学生基本都看过这本书。大家面对顿河，心情非常激动，纷纷在此合影留念。在这次参观中，毛炳权和同学们还参观了许多苏联名人的出生地，包括高尔基城、乌里扬诺夫斯克市等。顾名思义，高尔基城这个名字来源于这里是苏联著名作家、诗人、政论家马克西姆·高尔基的故乡。虽然其在苏联解体后恢复原名“下诺夫哥罗德”，但在老一代的市民中，人们还是习惯于称这里是“高尔基城”。乌里扬诺夫斯克是苏联伟大的马克思主义者，无产阶级革命家、政治家、理论家、思想家列宁(原名费拉基米尔·伊里奇·乌里扬诺夫)的出生地，该地位于伏尔加河岸，是重要港口，有多所高等学校和科研机构，设有列宁纪念馆和国立图书馆。一路走来，毛炳权和同学们来到了斯大林格勒参观。斯大林格勒 1925 年前叫察里津，1589 年建城，17 世纪初毁于大火，1615 年在伏尔加河右岸重建，是伏尔加河流域最古老的城市之一。18 世纪起为军事要塞，19 世纪后期建成铁路，城市迅速发展，成为俄罗斯南疆重要的工业与商业贸易中心，是连接欧洲和亚洲陆路和水路交通的枢纽。苏联革命战争时期斯大林在这里领导了著名的察里津战役，击溃了来势汹汹的哥萨克白军，对巩固十月革命成果、捍卫初建的苏维埃政权具有重大意义。1925 年为纪念斯大林改称斯大林格勒。

1942 年 7 月，德国法西斯先后动用 150 多万兵力，企图攻占斯大林格勒。斯大林格勒军民浴血奋战了 200 多个日日夜夜，将德军全部歼灭，最后迫使德国法西斯停止了战略进攻并且开始走向崩溃。斯大林格勒战役自 1942 年 6 月 28 日至 1943 年 2 月 2 日为止，单从伤亡数字来看，该战役也是近代历史上最为血腥的战役，双方伤亡估计约 200 万人，参与该场战役的人数也比历史上的其他战役都多。斯大林格勒战役是第二次世界大战东部战线的转折点，不仅终结了德国南方集群自 1941 年以来保持的攻势局面，而且直接造成了苏联与德国总体力量对比的根本变化。赫鲁晓夫上任以来否定斯大林，以反对个人崇拜的名义，在 1961 年将斯大林格勒改名为伏尔加格勒。

在斯大林格勒(左三为毛炳权)

斯大林格勒战役后，原先的城市已经成为一片废墟。整座城市在第二次世界大战后重建，整洁而漂亮。列宁大街两侧的高楼鳞次栉比，伏尔加沿河街和崔可夫元帅街之间是一块块绿草坪，英雄林荫道两旁有白杨、松柏、桦树和丁香，路边花坛上盛开着色彩艳丽的郁金香。全城有近百座纪念碑和雕像以及数十处供人们凭吊和瞻仰的纪念地，大部分与革命历史事件和革命历史人物有关。市内的马马耶夫山岗是著名的纪念地，这里是斯大林格勒保卫战中的主战场，苏联红军与德国法西斯军队最后决战的地方。在城市的中心还建有无名战士墓，墓上耸立着高大的尖塔，上面燃烧着长明火炬。毛炳权和同学们特地瞻仰了马马耶夫山岗上的斯大林格勒保卫战纪念碑。这次出行的终点是罗斯托夫，这里是顿河的出海口，出海口落差较小，水流缓慢。这里也是苏联作家肖洛霍夫的家乡，《静静的顿河》就是在这里写的。

这一次参观也算是毛炳权和同学们的苏联“红色之旅”。

实践出真知

在苏联的留学生活内容是丰富的，学校不仅重视他们课堂上和书本里的知识，也同样重视培养同学们的实践能力。毛炳权在一年级暑期的时候，第一次参加了学校安排的社会实践活动。所谓“实践出真知”，善于把理论与实践相结合，是欧洲国家在教育方面的优秀理念。此次实践活动的地点是著名的乌克兰最大的煤炭基地——顿巴斯，实习地点是炼焦厂。顿巴斯是“顿涅茨煤田”的简称，是苏联最大的煤炭基地，也是世界著名煤田之一。顿巴斯在顿河下游西侧，西距克里沃罗格铁矿约 400 公里。东西长 620 公里，南北宽 70 ~170 公里，总面积 6 万平方公里。总地质储量 1410 亿吨。参加实践活动的不仅仅有中国留学生，也有部分苏联同学。炼焦厂的主要任务是将煤炭炼成焦炭、焦炉煤气和其他炼焦化学产品。焦炭和煤焦气主要用于钢铁工业，煤焦油则是化工产品的原料。虽然此次实践活动仅有两三个小时，而且仅限于参观。但通过这次走进工厂，毛炳权和他的同学们基本了解了工厂的工作流程，还将他们的主要流程记录在册，以供日后参考之用。在参观了炼焦厂的工作流程后，毛炳权他们还来到煤矿井下实地参观，这也是毛炳权第一次进入煤井。他们按照规定穿好了工作服，戴好了有矿灯的安全帽，坐矿车来到了数百米深的井下。在井下，他们时而在宽阔的巷道里并肩前进，时而低低地躬下身子从低矮的采区穿过。在井下遇到的苏联煤矿工人们对他们都面带微笑，一笑起来，一张张满是煤灰的脸上露出白白的牙齿。当毛炳权他们回到井上时才发现，自己也已经是满脸煤灰，只有牙齿是白的。到煤矿的浴池洗澡换衣服时，他们看到，不仅是脸上、耳朵和鼻孔里都是煤灰，就是穿着工作服的全身都是黑色，在浴池里洗了半天才算收拾干净。大家面面相觑："煤矿工人真不容易啊"。

几次实践活动使毛炳权和同学们感到收获很大。通过实践活动不仅了解了苏联工业的一些情况，熟悉了一些专业流程，同时也看到了中国与苏联在工业上的巨大差距，这也激发了中国留学生们努力学习，为发展祖国的工业做出贡献的决心。所以，毛炳权在以后的日子里常常主动争取实践机会，这也是所有中国留学生的意愿。中国留学生们将自己的意愿反映给老师，希望在暑假、寒假及课程空闲时能多参加些实践活动。苏联的老师很欣赏中国学生的求学之心，他们教过的学生中有好多毕业后都在苏联的工厂里做工程师或车间主任，安排学生实习是举手之劳，只需学校或者系里写一张介绍信即可。苏联老师们为中国留学生大开绿灯，为毛炳权和同学们提供了更多的实践机会。每当他们拿着学校开的介绍信到工厂实践的时候，已经毕业的门捷耶夫化工学院的学长们对中国学生十分热情，不但带他们实地参观，还主动给他们介绍工厂里的操作流程及其他需要注意的事宜。在顿巴斯期间，毛炳权和同学们还参观了一些苏联卫国战争的纪念馆、纪念碑，特别是苏联作家法捷耶夫在小说《青年近卫军》中叙述过的地方，感受很不一样。

留苏实习宿舍门口

毛炳权和部分同学曾到莫斯科北部一个城市的醋酸纤维厂参加实践活动。他们在醋酸纤维厂停留了一周左右时间，吃在厂里，住在厂里。醋酸纤维素是一种以醋酸作为溶剂，醋酐作为乙酰化剂，在催化剂作用下进行酯化。而得到的热塑性树脂，是纤维素衍生物中最早进行商品化生产，并且不断发展的纤维素有机酸酯。醋酸纤维素作为多孔膜材料，具有选择性高、透水量大、加工简单等特点。一般的醋酸纤维素加入增塑剂用作注塑制件可制作牙刷把、刷子等产品。二醋酸纤维素塑料则可用来制作各类工具手柄、打字机的字母数字键、电话机壳、汽车方向盘、纺织器材零件、收音机开关及绝缘件、笔杆、眼镜架及镜片、玩具、日用杂品等，也可做海水淡化膜。三醋酸纤维素，其熔点高，只能配成溶液后加工，用作电影胶片片基、X 光片基、绝缘薄膜电磁、录音带、透明容器、银锌电池中的隔膜等。

毛炳权那时要做课程设计，他便将目光放在醋酸纤维上，醋酸的腐蚀性很强，不是一般钢铁能耐受的，需要用铜合金作反应器。毛炳权做课程设计则需要了解醋酸纤维厂的反应器有多大，还要记录醋酸纤维厂购进了多少原料、消耗多少醋酸和醋酐、生产出成品产量和质量如何等。在通过亲身实践完成课程设计后，要向老师上交实习报告。值得一提的是，此次实习不再限于了解工厂的工作流程，毛炳权和同学们直接参与到生产实际中，亲身体会到了生产的要点与难点。在醋酸纤维厂，毛炳权有机会将自己所学的理论知识与生产实践相结合，取得了可贵的实践经验，为他日后能够顺利迈上工作岗位打下了坚实的基础。

除此之外，毛炳权和同班的苏联同学们还到莫斯科附近的弗拉基米尔古城聚氯乙烯加工厂参观聚氯乙烯加工。弗拉基米尔位于莫斯科东北 190 公里处的克里亚济马河两岸，是现今弗拉基米尔州的首府。据俄国历史记载，在中世纪时，这里曾经是著名的弗拉基米尔大公国，而当时的莫斯科还只是弗拉基米尔公国辖内的一个小城。14 世纪弗拉基米尔成为俄罗斯东北部的行政、文化和宗教中心。因此，这里拥有诸多保存完好的著名古老建筑，例如圣母升天大教堂、德米特里耶夫教堂、涅尔利河口圣母教堂等，都是俄罗斯早期历史和文化的见证。弗拉基米尔的名胜和风景保护区具有很高的知名度，跻身于欧洲10大最佳博物馆区之一，是公认的文化旅游中心。弗拉基米尔还是苏联欧洲部分工业最发达的州之一。弗拉基米尔州从17世纪开始发展纺织业，开设了第一批炼铁厂。从18世纪下半叶开始，开办了玻璃制品厂，多数工业企业坐落在村镇和郊区。19世纪的弗拉基米尔州是纺织业中心之一，全俄罗斯31%的棉纺织品在这里生产。手工业，包括圣像画制作(舒亚、帕列赫、姆斯捷拉)都得到了很大普及。弗拉基米尔和苏兹达利泥水匠、波克罗夫和戈罗霍韦茨木匠的名声传遍了全俄罗斯。1917年，十月革命和内战的硝烟没有蔓延到弗拉基米尔省，但从工业化开始之后，弗拉基米尔发生了翻天覆地的变化，建设了纺织企业、机器制造企业、仪表制造和玻璃制品企业。

在伟大的卫国战争期间，弗拉基米尔的国防企业为战争胜利作出了巨大贡献。这里有著名的科夫罗夫工厂，武器设计局的领导B. A. 杰格佳廖夫曾在这里工作过。1944年8月14日，弗拉基米尔州成立，确定了现有边界。1945年，弗拉基米尔州拖拉机厂生产的第一批拖拉机投入使用。1950开始，这里建设、改造了一系列大型工业企业，弗拉基米尔州成为苏联工业最发达的地区之一。

建在这座城市的聚氯乙烯加工厂，是苏联著名的工厂之一。聚氯乙烯，英文简称PVC(polyvinyl chloride)，是氯乙烯单体(vinyl chloride monomer，简称VCM)在过氧化物、偶氮化合物等引发剂，或在光、热作用下按自由基聚合反应机理聚合而成的聚合物。PVC应用非常广泛，在建筑材料、工业制品、日用品、地板革、地板砖、人造革、管材、电线电缆、包装膜、瓶、发泡材料、密封材料、纤维等方面均有广泛应用。PVC是20世纪30年代初实现工业化的，从30年代起，在很长的时间里，聚氯乙烯产量一直在世界塑料用量中占居第一位。直到60年代后期，聚乙烯取代了聚氯乙烯的第一位位置，聚氯乙烯塑料退居第二位。我国自行设计的PVC生产装置于1956年在辽宁锦西化工厂进行试生产，1958年，装置正式工业化生产。毛炳权他们在苏联学习的时候，我国的聚氯乙烯装置已经开始起步了。

在苏联的几年时间里，中国留学生们学习、实习、参观几乎都是在城市里活动，对苏联的农村了解很少。1958年，毛炳权即将毕业的时候，中国大使馆根据国内的指示，通知留学生们在苏联多参加一些农业劳动，多了解一些苏联农村的情况。于是，二三年级的同学先后到阿尔泰地区参加为期三个月的农业劳动。毛炳权所在的四年级是毕业季，毕业实习和毕业论文、毕业设计事情繁杂。因此，大使馆安排他们到莫斯科附近的集体农庄参加劳动。这年8月，门捷列夫化工学院四年级的十几名同学和列宁格勒列宾美术学院的4名同学，来到莫斯科郊区的"真理"集体农庄。到农庄后，男同学分散住在农庄庄员家里，女同学集中住在一个阁楼上。农庄的生活很不错，每天早晨都有新鲜的牛奶喝，食物以面包和土豆为主，还时常有些肉类供应。女同学的劳动内容主要是拔草和挖土豆，男同

莫斯科门氏化工学院与列宁格勒美术学院同学
在集体农场劳动后的合影(后排右三为毛炳权)

学以伐木为主。伐木听上去是重体力劳动，可实际上使用电锯伐木还是比较轻松的。如果不是一件意外事故的发生，他们可能还要在农庄住上一个阶段。

一天上午，男同学们锯倒了一棵很高的树。根据大树倾倒的方位，大家都跑到相反方向躲避。可万万没有想到，这棵大树倒下来的时候砸到另外一棵大树，并将一根粗大的树枝砸断。这根树枝落下来后打在了王琛同学的头上，他顿时倒在地上，头上血流不止。一看出了事故，农庄马上派了汽车在两位男同学的护送下，把王琛送到莫斯科的医院抢救。但由于伤势过重，他不幸去世。王琛同学是四年级的党支部书记，他的父亲是当时国家内务部副部长王子宜。事后，王琛的骨灰被送回国内安葬，这次在集体农庄的劳动也因此事而中断了。

在苏联的特殊岁月

原本平静的校园生活在 1957 年被打破。

1957 年暑假前夕，毛炳权收到来自广东家乡的信，信中说，他的父亲病情严重，希望毛炳权能尽快回家探望。这一年，第 6 届世界青年联欢节要在苏联莫斯科举行，本来毛炳权已经报名参加学校组织的相关活动。接到家乡来信后，他才恍然想到，自 1950 年参军以来从没有回过家。如今父亲又重病在床，吉凶难测，他顿时归心似箭，决定学校一放假就立即回国探亲。留学生们归中国驻苏联大使馆留学生管理处管理，根据管理处的规定，他们在苏联留学期间，可以享受一次探亲假。于是，毛炳权和同年级的一些同学决定一起回国探亲。

学校放假后，毛炳权用自己每个月节余下来的生活补助费买了回国探亲的来回车票，从莫斯科坐了一个多星期火车抵达北京。到达北京后，又换乘北京到广州的列车，回到分别7年的广州。这时的广州与毛炳权离开时相比，有了很大的变化，但毛炳权此时无心在广州驻足，很快换车来到东莞。来到东莞后的毛炳权“近乡情更怯”，恨不得一步踏进万顷沙，探望生病的父亲。当他终于回到万顷沙时，已经是十几天之后了。

回家之后，他马上来到父亲的病床前。此时的父亲已经病重多日，整个人骨瘦如柴，形容枯槁，面色蜡黄。看到离家7年的大儿子回来了，老父亲强打起精神微笑着说了几句话，但很快就无力支撑。毛炳权见到父亲的这种情况，心疼不已，赶忙询问家人父亲的病情。当他得知父亲的病情迟迟没有确诊时，立即和母亲带父亲到广州治病。到广州后，经医生诊断，确认父亲所患为鼻咽癌，而且已经是晚期，没有更好的治疗办法，目前能做的是开些止疼药吃，以缓解病人的疼痛，让他能平静地度过生命的最后时光。医生的话如晴天霹雳，击碎了毛家人最后的希望，事已至此，唯有听从医生的建议。毛炳权和家人将父亲送回万顷沙，悉心照料，只希望他在最后的时光能够免除病痛折磨，平静地离开人世。

为了给父亲治病，毛炳权在东莞广州之间来回跑。这期间，东莞中学的老同学们知道他回来了，于是纷纷和他联系。同学们盛情难却，他也抽时间参加了东莞中学的同学聚会。这是他时隔7年之后再与中学同学们见面，他看到同学们当年那青涩的样貌都或多或少发生了改变，不过大家见面后还是亲密无间，说起上学时的趣事仿佛是昨天发生的一般，让人不禁笑脸盈盈。除了与7年未见的同学相聚外，毛炳权还见到了当年送他参军到中山县的老校长罗阳。罗校长是位老地下党员，两人相见时，罗校长与毛炳权热情交流，鼓励他在苏联好好学习，学好本领后，好好为国家服务。毛炳权没想到的是，与罗校长分别没多久，他就收到了罗校长被打成“右派”

1957年在苏联留学间期回东莞中学与同学合影(左二为毛炳权)

的消息，这突如其来的转变让毛炳权感到十分震惊，也有几分不理解。毕竟就在不久之前，罗校长还是“反右”工作的负责人，而今却被划为人民的对立面。同时，他还听说一些他认识的人也先后成为“右派”。

回国探亲期间，毛炳权从东莞中学的同学口中得知，同班同学张国僕在北京第二机械工业部工作，她是毛炳权的入团介绍人之一。毛炳权返回苏联时在北京换车，特地去二机部看望了张国僕。她对毛炳权说：“我们现在挺忙的，现在正是‘反右’期间，谁也不敢乱说话”。过了许多年后，毛炳权才知道，当时与张国僕在同一单位的男朋友被划为右派，组织上要求他们分手，张国僕的思想压力很大。在北京换车期间，毛炳权还与大连工学院毕业的一些同学短暂相聚，还抓紧时间跑去天津，看望了在天津工作学习的部分同学。在北京停留了三天后，毛炳权启程返回苏联。

其实早在未回国之前，身在苏联的毛炳权也多多少少受到了国内“反右”运动的波及。虽然他们身在苏联，却也密切关注着国内情况，专门订阅了很多国内的报刊与杂志，故对国内的“反右”运动也是知道的。当时的《人民文学》杂志上刊登了王蒙写的一篇小说，名字叫《组织部来了个年轻人》。这部作品是王蒙在1956年“百花齐放，百家争鸣”的方针鼓舞下创作的，小说写的是青年教师被调到区委会后，在工作和斗争中怎样碰壁和怎样遇到挫折的故事。它触及了中国社会生活中出现的新矛盾和新问题，揭露了中国党委机关内部已在滋长并亟待克服的官僚主义现象。1957年“反右”运动期间，这部小说被打为毒草，王蒙本人也被定为“右派”分子。身在苏联，对王蒙的遭遇毫不知情的毛炳权读完这篇小说后对其有很高的评价，还将自己的评价与他人分享。不料被人揭发，说他为“右派”分子辩护。幸而国内的“反右”斗争对留苏学生们影响不大，毛炳权才没被追究。

毛炳权回到苏联仅一个多月，便收到了母亲的来信，告诉他父亲已经去世。虽然他早已做好思想准备，离开时就知道父亲的病情已经十分严重，随时都会去世，但真得到父亲去世的消息时，他还是觉得心里空落落的，觉得自己生命中一样非常重要的东西就这样溜走了，留也留不住，他好几天情绪不高。好在毛炳权自小便比较独立，所以很快便从失去父亲的悲痛中走出来，他想到父亲在世时对自己的期望，想到祖国派自己到苏联留学时的要求，将悲痛化为力量，更加努力地投入学习之中，用自己的所学来回报父亲、报效祖国。

1957年对毛炳权来说，注定是个特殊的年份。这年11月，已经从父亲去世的痛苦中走出来的毛炳权，和留苏同学一起受到毛泽东主席等党和国家领导人的接见，亲耳聆听了毛主席热情洋溢的讲话。

1957年11月2日，毛泽东主席率中国党政代表团抵达莫斯科参加十月革命四十周年庆典活动并出席世界各国共产党和工人党首脑会议的消息发布后，毛炳权和同学们就一直关注着代表团的活动，希望能见到毛主席。果然，中国驻苏联大使馆通知莫斯科各大学的中国留学生，在17日上午到位于列宁山的莫斯科大学听报告，他们兴奋地估计会受到毛主席接见。其实，在此之前，只要有中央领导人到了莫斯科，必定会和留苏的学生会面。毛炳权和同学们先后见到过周恩来、刘少奇、朱德、李富春等领导同志，由此也可以看出国家对留苏学生寄予的期望很高。

这时的莫斯科已进入冬季，寒意已浓。大地覆盖着白雪，在灿烂的太阳照耀下，发出闪亮的金光，而留学生们激动的心情却温暖如春。

11 月 17 日是星期天，正好是休息的日子，毛炳权和同学们早早赶到莫斯科大学大礼堂。只见不少中国同学正从四面八方赶来，不一会儿，大礼堂就挤得水泄不通，连走廊、过道都站满了人。还有一部分人不得不到楼上俱乐部大厅分会场等候。但他们提出了条件，即除在分会场安装扩音器外，还要请毛主席到俱乐部见大家一下。当时我国驻苏联大使刘晓答应了大家的要求。据估计，到会的有 3000 多人，其中有在莫斯科学习的本科生、进修生、实习生，还有部分军事学员。后来有一些外国同学听到消息后，也挤到礼堂，希望目睹一下世界伟人毛泽东的风采。

上午 10 点左右，驻苏使馆留学生管理处负责人李滔宣布，请中宣部部长陆定一做国内形势报告。陆定一的无锡口音很重，许多人听不懂，讲了好几个小时，同学们有点坐不住了。但主要还是大家最想见毛主席，他能否来、何时来，还没有确切的消息，所以听报告思想不集中。大家不断向主席台递纸条，主持报告会的刘晓大使则不断地翻着看，微笑着对陆定一说："都是一个内容：要求见毛主席。"

后来听使馆的同志讲，其实毛主席对留苏学生很关心。他一到莫斯科就向刘晓大使询问留学生们的学习和生活情况。刘晓大使汇报说，我国有 4000 多名学生在苏联学习，绝大多数学习很刻苦、很优秀，同苏联人相处很好，并说，他们非常想见到毛主席。毛主席听后高兴地说："我也非常希望见到他们。我今年 5 月在北京就与到访的伏老(伏罗希洛夫)说过，我不想当国家主席，想到大学当一名教授。我非常愿意同青年们在一起，他们年轻，思想活跃，很开朗，常听听他们的意见，很有好处。我想麻烦你这位大使，去安排一下和学生们见面。”

陆定一的报告直到下午 3 点才结束。大家利用这一休息时间，吃了点随身带来的食品。这时刘晓大使向大家通报说，由于各国共产党、工人党代表会议进入关键阶段，工作十分紧张，昨天毛主席忙了一天，夜里又通宵工作未眠，今天早晨才睡下，等毛主席醒后才能来会场见大家。这个消息使学生们深受感动和鼓舞。大家说，毛主席太辛苦了，应当让他老人家好好睡一觉，只要他能来，我们等多长时间都行。

李滔同志向同学们提出了三点要求：一是为了毛主席的安全，不准往前挤，不准争着同毛主席握手；二是不准照相；三是前两排让位给军事学院的同学(主要是为了安全考虑)。

大家在继续耐心地等待着，谁也不愿离开座位。礼堂内不时响起《东方红》《歌唱祖国》《莫斯科・北京》等著名歌曲的嘹亮歌声。

下午 6 点，大礼堂的水银灯突然都亮了起来，把会场照得如同白昼。歌声停了下来，每个人都使劲地睁大眼睛向主席台望去。幸福的时刻终于来了，毛主席、邓小平、彭德怀、杨尚昆、陈伯达、胡乔木、乌兰夫等党和国家领导人，在刘晓大使陪同下，依次走上主席台就座。顿时全场的人都站了起来，“毛主席万岁”的欢呼声和暴风雨般的掌声响彻大厅，人们沸腾的情绪久久平静不下来。毛主席走到讲台的前沿，从左边走到右边，含笑着向大家频频招手问好，并示意大家坐下来，开始讲话。

毛主席的讲话完全不同于一般的政治报告，而是同大家聊家常一样，有问有答，台上台下，欢声笑语，连成一片。

毛主席的第一句话就是：“世界是你们的，也是我们的，但归根结底是你们的。”毛主席发现有些同学听不懂湖南话“世界”两个字，便用英语说："世界就是 world。"那时同学们会英语的不多，多数人还是听不懂。

毛主席又问刘晓大使："世界"俄文怎么说？刘答："米尔"。于是毛主席就解释说："米尔是你们的，当然我们还工作，在管理国家，米尔也是我们的。但是，你们看，我们都老了，好像下午三四点钟的太阳，就要落山了。"台下高呼"毛主席万岁"。毛主席接着说："你们年轻人朝气蓬勃，正在兴旺时期，好像早晨八九点钟的太阳，希望寄托在你们身上，未来是属于你们的。"这时，礼堂里又响起暴风雨般的热烈掌声。

毛主席说，有些外国人说我们思想改造是洗脑筋，我看也说得对，就是洗脑筋嘛！我这个脑子也是洗出来的。参加革命后，慢慢洗，洗了几十年。我从前受的都是资产阶级教育，还有一些封建教育。孔夫子的书读了不少。我们那时根本不知道马克思、恩格斯，只知道华盛顿、拿破仑。你们就好了，你们很幸福，像你们这么大的娃娃就知道了马克思、恩格斯、列宁、赫鲁晓夫、多列士、杜克洛、陶里亚蒂等。我们那时对中国革命如何搞法，有谁知道？

毛主席说，我们大家都要割尾巴。中国有句古话："夹起尾巴做人"。这句话很有道理。现在人都进化了，摸起来都没有尾巴了，但无形的还有。青年人应具备两点，一是朝气蓬勃，二是谦虚谨慎。

毛主席对青年们还提出三点希望：第一，要身体好，这是革命的本钱。他说，爬山和游泳是锻炼身体的好方法。他问大家："你们会游泳吗？"许多人回答："会！"毛主席说，在你们这个年纪，我已游过不少江湖河海，爬过不少山岳了。他列举自己游历过的江湖山岳的名字，并询问在场的是否有来自那些省份的人。他每提到一个地方，台下就有人站起来，大声地回答："有！"台上台下笑语交流，气氛十分活跃。毛主席说，这样做不仅能锻炼身体，也有利于见世面，接触老百姓和了解社会情况。要在全国推广，把国内的江河湖海中一切能游泳的地方，都开辟成游泳场，让广大人民群众去游泳。他还建议大家，利用留学机会到苏联各地去走走、看看，可以了解苏联人民的生活，建立友谊，增长知识。

第二，要学习好，学好建设国家的本领。毛主席说，苏联有许多先进的科学技术值得我们学习，要虚心向他们学习。他说，学习不一定每门课都考 5 分(当时苏联学校考试实行 5 分制)，重点课考 5 分、4 分，非重点课考 3 分也可以。一个人的时间精力有限，与其门门功课平均用力，不如把力气花在重点课程上，不学则已，学就要把问题解决得透彻些。对次要课程了解个大概，及格就可以了。

第三，祝你们将来工作好，为国家做出有益的贡献。做好工作是不容易的，将来你们去当当厂长、党委书记、校长、教授、工程师……试试看。一做工作，就会有错误，有错误就要认真地改。世界上怕就怕“认真”二字，共产党最讲“认真”。这是毛主席第一次提出这一著名论点。

毛主席说，真正的社会主义革命不是一朝一夕可以成功的。也许你们认为我国地大物博，人口众多，很了不起。可是要知道，我们中国是个大国，又是个小国。在政治上和人口上是大国，但在经济上是小国。我们现在生产力还很低，钢产量还比不上一个小国比利时呢！你们大概不高兴吧？台下回答：“不高兴!”但又有什么可以不高兴的呢？比不上就是比不上。苏联提出 15 年内要赶上美国。英共总书记波立特同志告诉我，15 年后英国钢产能力为 3000 万吨。我国现在钢产量只有 520 万吨。那么，再过三个五年计划或多一些时间，就能超过英国。不过，按人均水平就不行了，因为我国人口比英国多二十倍。这个责任就落在你们身上了，你们重任在肩啊！

毛主席说，我也有个五年计划，再活五年，如能活十五年就心满意足了，能超额完成计划当然更好。可是天有不测风云，人有旦夕祸福，这也是自然辩证法。要是孔夫子现在还不死，两千多年前的人还活着，那还成什么世界？所以，开始我就和你们说了，世界是你们的，我再说一遍，祝贺你们，世界是属于你们的，希望寄托在你们身上。

毛主席在讲话中还介绍了国际形势和国际共产主义运动等问题，阐述了“东风压倒西风”和“中间地带”的思想。

毛主席在主会场讲了一个半小时。随后他又到分会场，见了在那里等候的几百名同学。

毛主席在礼堂内慷慨陈词的情景让毛炳权毕生难忘，这也对他毕业后孜孜追求专业的卓越有非常大的影响。只有学习掌握了真本领，才能更好地建设祖国，这也是毛炳权这一代青年人共同的理想和追求。

人生的重要一步

1957 年对于毛炳权来说是特殊的一年，也是具有重要意义的一年。这一年，他失去了亲爱的父亲，但也亲眼看到了祖国和故乡的巨大变化，亲眼看到了同学们的成长和发展。还让他惊喜的是，他和同学们一起当面聆听了伟大领袖毛主席的谆谆教诲。在这一年，他还有一个重要变化，这个变化彻底改变了他的人生之路，为我国造就了一个科学家。

他在 1957 年暑假回国期间，在与同学们交流时发现，大连工学院的很多同学在 1956 年毕业后从事的都不是与本专业相关的工作。其主要原因是，国内学染料中间体的人数太多，这方面的工作岗位已趋饱和，所以许多同学们不得不转行。这一现象也引起了他的高度关注，同时认真思考自己毕业后的就业问题。经过反复思考后，毛炳权决定转专业。他先去咨询老师的意见，苏联老师提出，苏联的高分子化合物专业处于世界先进水平，也是世界上比较热门的专业，加上当时塑料、合成橡胶、化学纤维这个领域发展比较快，如果根据世界科学技术发展的大趋势来看，高分子化合物专业应该是个不错的选择。

听了老师的意见后，毛炳权又通过其他渠道对专业情况做了些了解，得知当时国内学习高分子专业的学生非常稀少，这时转专业应当没有什么困难。除了毛炳权以外，还有一位女同学也想转专业。她原来也是就读于染料中间体专业，听说毛炳权要转到高分子化合物专业，她也有此意。两人商量后，毛炳权向系主任提出了转专业的申请。系主任回答说："你让中国大使馆写一个证明来，我就可以给你转过去，我们有规定，不能随随便便给中国派来的学生转专业"。于是，两人很快写好了转专业报告，上交给大使馆，大使馆又将报告呈交给主管留学生专业的国家教育部。染料中间体与高分子化合物虽分属不同专业，但这两个专业的基础课是放在一起上的，所以即使调整专业，以后的学习也不会遇到太大困难。教育部有关领导经过综合考虑后，批准了毛炳权他们转专业的申请。这一年，是毛炳权在苏联留学的第三年。

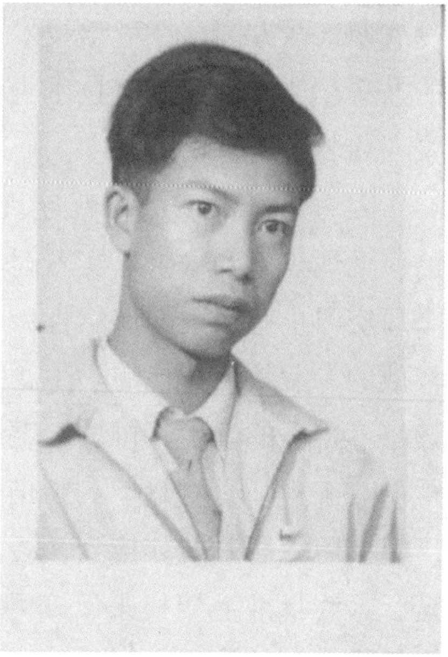

1958 年夏天

专业调整后，接下来的两年除了上课以外，毛炳权和同学们基本上就以毕业实习和毕业论文为主要任务。毛炳权常常泡在图书馆和阅览室里读书、看资料，丰富自己的专业知识。学校的图书馆里专业书籍和资料很全，毛炳权从中得到了很大收获，为后来在专业上做出突出贡献打下了良好基础。从书本中学习知识重要，在实践中学习知识更重要。毛炳权在1958年的毕业实习，为他提高专业知识起到了重要作用。

1958年，毛炳权从位于莫斯科的学校来到乌拉尔中部的一个工厂实习。这个工厂是一座具有保密性质的军工企业，因为在这个厂子里有一套仿制西欧的聚乙烯装置，属于苏联的高度机密。原本乙烯是不易聚合的，若想将其聚合需要很高的压力，稍有不慎就有爆炸的危险，直到1953年齐格勒-纳塔催化剂的出现才改变了这种情况。齐格勒-纳塔催化剂是以德国化学家齐格勒和意大利化学家纳塔命名的催化剂，它是在齐格勒催化剂基础上改进而形成的，可用固态体系(粉末、颗粒)，也可以是不溶于有机溶剂的液态或浆液体系，用于烯烃、烃化合物等聚合，生产聚乙烯、聚丙烯等。高分子化合物——齐格勒-纳塔催化剂研制成功后，两位科学家申请了专利并于1963年荣获了诺贝尔化学奖。齐格勒-纳塔催化剂问世后对化学工业的发展产生了重大作用，引起了苏联的高度重视，但当时世界上以美国为首的西方阵营和以苏联为首的东方阵营已经进入了冷战期，西方国家在科学技术方面对苏联实行封锁。苏联自有自己的办法，他们迅速调集技术力量，在乌拉尔中部秘密组建工厂，对聚乙烯装置进行仿造。

因为是保密工厂，就连许多苏联人都不知道这个厂是做什么的，毛炳权来到这个厂实习时才知道厂子的真实情况。毛炳权到这个厂实习也有很大的偶然性，转专业之后的导师罗谢夫是苏联很有权威的专家教授，他的学生正好是这个厂里的总工程师。为了更好地培养自己的学生，再加上毛炳权又深得导师赏识，罗谢夫教授给他的总工程师学生写了一封信，提出希望自己带的中国留学生能到厂里实习一段时间。接到教授的信后，他的学生层层请示，多方协调，最终批准毛炳权来厂实习。当时仿造齐格勒-纳塔的技术算是世界最尖端的技术，而且仿制这项技术是苏联国内的高度保密项目之一。若不是因为导师的推荐，毛炳权作为一名外国人，恐怕没有任何机会到这个厂实习，也许也就没有了他毕业回国后自主研制催化剂的事情了。

1958 年，门捷列夫化工学院校长和教授与外国留学生合影(二排右七为毛炳权)

毛炳权实习的这个工厂同时也生产军工产品，特别是一些特殊的化学武器，这更是高度机密，这是毛炳权无意中得知的。厂里研制的聚乙烯装置是仿制西方国家的，经过近两年的研究，这套仿制的装置已经达到了半工业化生产的阶段。毛炳权进厂实习时，苏联专家正在对聚乙烯装置做进一步完善。他通过实习，也对聚乙烯的原理和生产流程都有了了解，这些宝贵的经历也成为毛炳权归国后科研道路上的铺路石。毛炳权在多年后回忆起厂里的情况时说到，与现在的聚乙烯装置生产相比，当时的装置还是存在许多问题的，相当不稳定，毕竟是仿造的起步阶段，各项准备与工作都不够成熟，尽管如此，这在当时来说已经是世界级水平了。

毛炳权在工厂里待了一月有余，这一个月里，他的主要工作就是观察、了解仿造工作的实验程序、催化剂的组分和性能。这些程序与后来国内的实验程序是一样的，先做小试，然后中试，中试以后才建生产装置，从小试到建生产装置，一般需要一至三年的时间。当时中苏关系还是稳定的，所以工厂里的工人和知识分子对待毛炳权都非常热情，会陪同毛炳权一同参观，还会向他讲解实验的危险之处和容易出现的问题。有些化学物质如烷基铝一旦暴露在空气中便会自燃，当时有个工人在取样时曾出现过自燃并造成工伤。苏联同志在向毛炳权讲解时，重点嘱咐他在以后做实验的时候要特别注意安全。

除了在聚乙烯厂实习外，毛炳权还到尼龙厂参观实习。尼龙是聚酰胺纤维(锦纶)的一种说法，可制成长纤或短纤。尼龙是美国杰出的科学家卡罗瑟斯及其领导下的一个科研小组研制出来的，是世界上出现的第一种合成纤维。尼龙的出现使纺织品的面貌焕然一新，它的合成是合成纤维工业的重大突破，同时也是高分子化学的一个非常重要的里程碑。1938 年 10 月 27 日，美国杜邦公司宣布世界上第一种合成纤维诞生，并将聚酰胺 66 这种合成纤维命名为尼龙(Nylon)。尼龙的合成奠定了合成纤维工业的基础。从第二次世界大战爆发直到 1945 年，尼龙工业被转向制降落伞、飞机轮胎帘子布、军服等军工产品。由于尼龙的特性和广泛的用途，第二次世界大战后发展非常迅速，尼龙的各种产品从丝袜、衣服到地毯、绳索、渔网等，以难以计数的方式出现。尼龙是三大合成纤维之一。1958 年 4 月，第一批中国国产聚己内酰胺试验样品在辽宁省锦州化工厂试制成功。产品送到北京纤维厂一次抽丝成功，从此拉开了中国合成纤维工业的序幕。毛炳权在苏联尼龙厂实习时，被安排在生产尼龙单体的合成车间，主要学习尼龙生产的原理及工艺流程。

除了参加实习之外，毛炳权临近毕业时，还要集中精力完成毕业论文的写作。毛炳权就读的高分子化合物专业是五年制，自从顺利转专业后，他就在导师的指导下边学习边进行一些与专业有关的科学研究。到毕业前夕，他已有近两年的科研经验。此外，他还做过大量的研究与设计工作，并在大学三年级下学期时参加了科研小组活动。在大学 5 年时间内，他的全部十几门功课考试成绩都是优秀。同时，他还给苏联高分子方面的核心学术期刊《高分子化合物》杂志投了两篇研究报告，在 20 世纪 60 年代就发表出来。毕业论文和研究报告的完成，使毛炳权顺利完成了学位论文和后期的答辩。

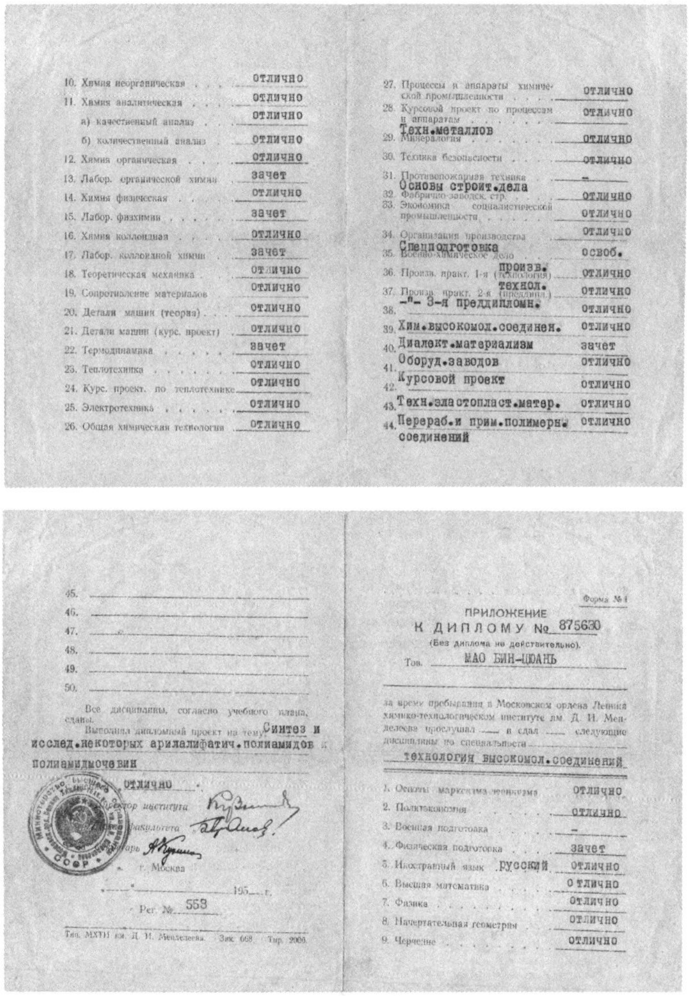

10. Химия неорганическая . . . отлично
11. Химия аналитическая . . . отлично
а) качественный анализ . . . отлично
б) количественный анализ . . отлично
12. Химия органическая . . . . отлично
13. Лабор. органической химии . зачет
14. Химия физическая . . . . . отлично
15. Лабор. физхимии . . . . . зачет
16. Химия коллоидная . . . . . отлично
17. Лабор. коллоидной химии . . зачет
18. Теоретическая механика . . . отлично
19. Сопротивление материалов . . отлично
20. Детали машин (теория) . . . отлично
21. Детали машин (курс. проект) . отлично
22. Термодинамика . . . . . . зачет
23. Теплотехника . . . . отлично
24. Курс. проект. по теплотехнике отлично
25. Электротехника . . . . . . отлично
26. Общая химическая технология отлично

27. Процессы и аппараты химической промышленности . . . . отлично
28. Курсовой проект по процессам и аппаратам . . . . . . отлично
Техн.металлов
29. Минералогия . . . . . . отлично
30. Техника безопасности . . . . отлично
31. Противопожарная техника . . –
Основы строит.дела
32. Фабрично-заводск. стр. . . . отлично
33. Экономика социалистической промышленности . . . . . отлично
34. Организация производства . . отлично
Спецподготовка
35. Военно-химическое дело . . . освоб.
произв.
36. Произв. практ. 1-я (технология) отлично
технол.
37. Произв. практ. 2-я (преддипл.) отлично
38. -"- 3-я преддипломн. отлично
39. Хим.высокомол.соединен. отлично
40. Диалект.материализм зачет
41. Оборуд.заводов отлично
42. Курсовой проект отлично
43. Техн.эластопласт.матер. отлично
44. Перераб.и прим.полимерн.соединений отлично

45.
46.
47.
48.
49.
50.

Все дисциплины, согласно учебного плана, сданы.
Выполнил дипломный проект на тему Синтез и исслед.некоторых арилалифатич.полиамидов и полиамидмочевин
отлично.
Директор института
Декан факультета
Секретарь
г. Москва
"___" ________ 195__ г.
Рег. № 553
Тип. МХТИ им. Д. И. Менделеева. Зак. 668 Тир. 2000.

Форма № 1
ПРИЛОЖЕНИЕ
К ДИПЛОМУ № 875630
(Без диплома не действительно).
Тов. МАО БИН-ЦЮАНЬ
за время пребывания в Московском ордена Ленина химико-технологическом институте им. Д. И. Менделеева прослушал ___ и сдал ___ следующие дисциплины по специальности
технология высокомол.соединений
1. Основы марксизма-ленинизма отлично
2. Политэкономия . . . . . . отлично
3. Военная подготовка . . . . –
4. Физическая подготовка . . . зачет
5. Иностранный язык русский отлично
6. Высшая математика . . . . отлично
7. Физика . . . . отлично
8. Начертательная геометрия . . отлично
9. Черчение . . . . отлично

毛炳权在留苏期间大学五年的全优成绩单

毛炳权在校期间的优异表现让他的导师印象深刻，为此他的导师在很早之前就跟他谈过继续深造的问题。导师提议毛炳权留在苏联，继续读研究生，争取拿到“副博士”学位。“副博士”学位是苏联特有的，研究生毕业后可授予“副博士”学位，前提是要在本科的基础上再读一些专业课程，搞三四年研究，在苏联比较高级的杂志上发表三篇论文。在具备了这样的条件后，才可以参加副博士毕业答辩。毛炳权读本科期间已给杂志投了两篇文章，反应不错，杂志准备发表。所以，如果继续读研究生，只需再上一些专业课，再发表一篇论文便可在两三年内顺利拿到副博士学位了。

导师一心想把毛炳权留在苏联继续深造，他在征求毛炳权意见的同时，还给中国驻苏联大使馆写了一封信，表达了打算让毛炳权留校深造的意愿，希望能得到中国方面的支持，他托毛炳权把信转交给大使馆。说心里话，导师的提议还是很吸引力的，毛炳权一开始有些动心了。但后来经过反复考虑，毛炳权最终还是决定回国。他觉得，国家送他们出来学习，就是为了培养他们建设国家的本领，毕业后自然应当回国效力。加上苏联和中国的报纸上到处都是国内经济大跃进的消息，他看到国家正处于经济发展时期，作为祖国培养的学子，他理应早日回国，为国家建设添砖加瓦，于是，毛炳权果断放弃了继续深造的机会。他将自己的想法告诉了导师，导

1959 年，五一节红场游行后在到莫斯科河畔
向莫斯科告别的合影(左二为毛炳权)

师觉得非常可惜，可也深深被他的爱国之心感染。导师对他说：“如果你以后想继续读书深造，什么时候回来都没问题。只要你们国家同意你过来，我就可以接收你为研究生。”他们都没有想到，两年之后，中苏两党在意识形态方面的分歧不断扩大，矛盾越来越深，两国的关系也因此受到影响，最终走向破裂，想去苏联读书已是不可能的事了。

1959 年，苏联同学在车站欢送毕业回国的中国同学(左二为毛炳权)

1959 年 6 月，毛炳权完成了毕业论文的答辩，5 年的留苏学习生活在此画上了一个圆满的句号。他和数百名完成学业的中国同学告别了学校，告别了苏联，分批从莫斯科乘坐火车返回中国。临行时，毛炳权的苏联老师、同学与他热烈拥抱，依依惜别。虽然此时中苏矛盾已经开始激化，但双方都没有公开，一般的普通百姓都不知道。当时苏联的教育部部长仍专程到火车站来给中国留学生送行，并发表了热情洋溢的讲话，祝愿留苏学生们归国后会有美好的发展，用自己的所学报答祖国的培养，做中苏友好的使者。

1959 年，莫斯科门捷列夫化工学院毕业班合影(第二排左二为毛炳权)

ДИПЛОМ

С ОТЛИЧИЕМ

Л № 875630

Настоящий диплом выдан Мао Бин-цюань

в том, что он в 1954 году

поступил в Московский ордена Ленина химико-технологический институт им. Д.И. Менделеева

и в 1959 году окончил полный курс

названного института

по специальности „технология высокомолекулярных соединений"

Решением Государственной экзаменационной комиссии от 19 июня 1959 г.

Мао Бин-цюань

присвоена квалификация инженера-технолога

Секретарь А.Кузина

Город Москва 1959 г.

Регистрационный № 553

大学毕业证书

第六章

成都十年

1959 年 6 月，毛炳权和留苏同学们分批回国，他们仍然从北京前门火车站下车。一下车，他们就感到了北京的朝气蓬勃。在从北京站到北京外国语学院的路上，他们欣喜地看到，“大跃进”中的北京正在发生着巨大变化，他们看到了一个建设中的中国。

留苏归来的同学们陆续来到北京外国语学院集结，在此等待分配。这时的北京外国语学院已经迁到北京魏公村附近的新校址。原本以为只是短暂的等待，却没想到，在北京外国语学院一等就是四个多月。毛炳权曾打算，回到北京后，等分配完毕就请假回一趟老家，探望探望家人，父亲去世后，他还没有回过家，心中总是有着牵挂。为了能够早日回家，他在莫斯科就买好了从莫斯科经北京到广州的火车票，以缩短在北京停留的时间。可分配问题迟迟定不下来，他也无法请假，即使请假也不会批准，只好退票。在等待分配期间，教育部频频请人做报告，这些报告人中间有好几位是当时中央政府的部长，通过报告会向留学生们介绍国内当前的形势，要求留苏学生们跟上形势的发展，统一思想，统一行动。实际上，是对毛炳权他们进行了四个多月的思想教育。

其实，毛炳权和留苏学生们从北京一下车，已经感到这座城市的巨大变化。虽然从 1957 年回国探亲路过北京仅仅两年时间，北京的变化仍然令他们惊喜不已。此时正是全国都在“大跃进”的年月，北京的城市建设更是日新月异。为了迎接中华人民共和国成立十周年，天安门两侧正在修建人民大会堂和中国历史博物馆，长安街上在修建民族文化宫、民族饭店。1956 年建设的北京电报大楼已经在 1958 年投入运营。此时的天安门附近如同一个大工地，许多老房子拆除了，天安门广场扩大了很多，显得更加气势恢弘。而且，毛炳权和从苏联回来的同学听说，人民大会堂、北京火车站等建筑是要向国庆献礼的十大工程，他们很兴奋地跑到建筑工地去参观，热气腾腾的建筑工地使他们感受到了祖国在发展，在前进，他们心中油然而生一种自豪感和责任感。

在焦急地等待分配的同时，这些留苏学生们也通过家信和其他一些途径了解了国内的一些具体情况。他们在苏联了解的国内“大跃进”情况和回到国内后了解的有些不太一样。在苏联的时候，新闻宣传说，中国“大跃进”的运动，是中国国家生产力水平提高的象征，在这个运动中，中国粮食产品增长多少，钢铁产量增长多少等。可回国后，一开始也是看到了北京热火朝天的建设场面，到处搞建设，红旗飘飘，歌声阵阵，标语遍地，红红火火。但是，从各地同学家乡的来信中，他们却知道了一些报纸上没有报道的事情。比如，大炼钢铁中，从城市到农村，到处都在建高炉，炼出了好多废铁；农村的粮食产量更是浮夸，亩产放卫星，放到亩产一万斤，整个国家处于一种狂热的局面。毛炳权他们当时还没有意识到，他们等待分配的日子在中国的历史上是个特殊时期。随着“大跃进”运动的发展，中共中央已逐渐意识到似乎已经偏离了最初设定的目标，呈现出“左”的趋势。为了“纠左”，1959 年 7 月至 8 月间，中共中央在江西庐山举行了一次政治局扩大会议和中国共产党第八届第八次会议，后来这次会议又被称为“庐山会议”。在庐山会议上，彭德怀对“大跃进”提出了批评意见，并且呈上“万言书”，这封“万言书”在肯定“大跃进”获得成效的同时，重点提出了其存在的严重问题及原因，并试图总结其经验教训。然而令彭德怀始料未及的是，庐山会议以后，这封“万言书”的内容再也不是问题的焦点，对全局对事业而言，毛泽东的威信，共产党对国家机构领导权的合法性以及党的凝聚力变成了问题的焦点。1959 年 8 月 2 日，八届八中全会宣布彭德怀、黄克诚、张闻天、周小舟为“彭德怀反党集团”，认定四人否定“大跃进”成绩、反对经济发展、反对全民炼钢等，在对于社会主义建设事业的领导上犯了“具有反党、反人民、反社会主义性质的右倾机会主义路线的错误”。至此，庐山会议由“纠左”转为“反右”。

毛炳权等留苏归来的学生对“大跃进”运动暴露出来的各种缺

点、错误也感到十分不解，有些同学在听完报告后，给做报告的有关领导写条子追问原因，希望能有个明确的答案，使做报告的领导很被动。时任中央文教小组副组长的康生当时主要负责文化教育方面的工作，当他得知留苏学生对“大跃进”运动存在质疑时，十分震怒。有一天，他亲自给留苏学生讲话，讲话中，他大发雷霆：“你们这些人，国家悉心培养你们，你们不把思想好好改正，一个个眼看就要变成‘右派’了！”针对留苏学生的思想状况，中共中央的领导人们为了使留苏学生们少犯或不犯政治上的错误，更加抓紧了他们的政治学习。学习国内的形势、党的政策，适应新形势、新情况，学会自我检讨。这个时期的舆论导向也发生了重大变化，对浮夸的粮食产量和钢铁产量的宣传悄然消失了，宣传的中心变成了对“彭德怀反党集团”的批判，党内外都集中反右倾。毛炳权和同学们的学习内容也在变化着，在为期四个月的学习中，学习了大量的政治书籍和文件。虽然学生们受到了康生的批评，但并没有妨碍党和国家对他们的重视。在他们学习期间，经常有中央领导到学校看望他们。在他们分配前夕，刘少奇、周恩来、朱德、邓小平、彭真、陆定一等中央领导专门在中南海接见了他们，并和全体同学合影留念。

1959年的国庆节到了，毛炳权和同学们一起在北京度过了一个快乐的国庆。他们亲眼看到了首都“十大建筑”的投用，亲身经历了国庆活动。为庆祝国庆十周年，国家在天安门广场举行了庄严的阅兵式和有70万人参加的国庆大游行；晚上有150万人参加了天安门广场歌舞狂欢晚会活动。北京市委规定，为了庆祝建国十周年，驻京部队和北京各党政机关、大中学校、文艺团体、体育工作者及北京市民，都要积极参与到这项庆典工作中来，毛炳权和同学们也不例外。在参加国庆活动的时候，毛炳权和同学们更是亲身感受到国家对他们的重视。在参加阅兵式这天，他们来到了天安门广场，被安排到了群众队伍的第一排，他们的前面是准备献花的首都少先队员。当阅兵部队从广场上通过时，他们的视野没有任何遮挡，一览无遗，这也让他们的情绪格外热烈。国庆节的晚上，毛炳权和同学们参加了天安门广场的狂欢晚会，他们兴奋地跑到各个演出场地观看表演，整个天安门广场变成了欢乐的海洋。

奔赴大西南

国庆节过后，一切归于平静。毛炳权和同学们也等来了自己的分配结果，毛炳权被分配到了四川成都工学院。这个分配结果让他感到很意外，本来他填报志愿的时候只写了两个地方——北京和广东，同时考虑到专业对口的问题，他选择了北京的两个单位：一个是中国科学院化学研究所，一个是化工部北京化工研究院。如果不能留在北京，他希望可以回到广东，这样可以方便照顾家人。结果两个愿望都没有实现，他有些纳闷：到底自己是怎么突然被分配到成都去了呢？直到他到了成都工学院后才解开这个谜团。

原来，在1958年的时候，国家教育部代表团去苏联和民主德国考察，代表团中有一名成员是成都工学院塑料专业的教授徐僖。代表团来苏时，驻苏联大使馆邀请毛炳权担任代表团的翻译。在这个过程中，毛炳权的敬业、专业和谦和作风，使他赢得了代表团成员们的很高评价。当徐僖教授得知毛炳权是学高分子化合物专业的留学生时，心中十分喜欢这个勤奋的学生，回国后便向教育部指名要人。在国内教育界，徐僖教授是很有威望的。他是我国杰出的科学家，后来成为中国科学院院士、英国皇家化学会会员，是我国高分子材料学科的开拓者和奠基人之一，在高分子降解、共聚力化学、高分子共混材料的形态与性能等方面取得了突出的研究成果。他还撰写了我国第一本高分子专业教科书《高分子化学原理》。一个著名教授点名要一个学生，不出意外的话是能够做到的。因此，1959 年毕业分配时，毛炳权就被分配到徐僖所在的成都工学院。分配地点确定后，从未到过四川的毛炳权和 7 位留苏同学一起坐火车从北京向成都进发。只不过，这一次他们是从刚刚建好的新北京车站出发的。以前的前门火车站淡出了历史舞台，在其西侧不远处，新的北京站矗立了起来。新北京站站房大楼坐北朝南，建筑雄伟壮丽，具有浓郁的中华民族传统建筑风格。12 个旅客候车室总面积达 14000 平方米，可以同时容纳 14000 名旅客候车。大楼内旅客候车室、母子候车室、电影厅、游艺厅、旅客餐厅、邮局、医务室等设施一应俱全。车站站房楼顶装设了两座大理石钟面的四面大钟，会在每天早上 7 点到晚上 9 点的正点时分敲响钟声并播放乐曲“东方红”，成为北京站的一大特色。北京火车站新站建成之始，毛泽东、刘少奇、朱德、周恩来和中央其他领导同志，曾先后到站视察，毛泽东主席视察新建北京站后亲笔题写“北京站”站名。车站根据周总理指示将这三个立体大字放置在车站正面中央正上方。毛炳权对这座仅用十个月就建成宏伟建筑充满了好奇，临行前还在北京新站认真参观了一番。

毛炳权自从参军后，从参加抗美援朝开始，一直在北方工作和生活，5 年留学生生活更是在北方的苏联度过。这次分配让他重新回到南方，只是这个南方是当时交通很不方便的大西南，同时，这也是令他神往已久的“天府之国”。在坐了几天的火车后，他们进入了山青水秀的成都平原。当年留苏归国的同学中，一起从北京到成都的四川省高教局报到的共有 7 人，其中有 4 人是学化学和化工的，毛炳权与另一位从苏联乌拉尔工学院化工机械专业的同学被分配到成都工学院；一位从莫斯科大学毕业的化学专业的学生被分至四川大学。毛炳权与这位莫斯科大学毕业生十分熟悉，两人曾在门捷列夫化工学院共住过一个宿舍。这位室友比毛炳权年长许多，当年曾

与徐僖院士留影

与徐僖院士、程镕时院士和漆宗能研究员

是革命队伍中的“红小鬼”。他留苏之前曾在南京大学就读一年，到了苏联后，与毛炳权同校同专业且同宿舍。他在门捷列夫化工学院读了一学期后，发现自己读的专业不合适，便转到了莫斯科大学读化学系；另一位毕业于列宁格勒大学化学系的女同学亦被分至四川大学。另有地质专业的三名学生被分至成都地质学院。他们在四川省高教局等了近半个月，才分别来到了各自的学校。

虽然来成都不是自己的意愿，但当时人们的普遍观念是个人服从组织，要坚决服从上级分配，不能在分配问题上向组织讨价还价。每个毕业生都是一粒革命的种子，革命事业把自己放在哪里，就要在哪里生根、开花、结果。当年毛泽东主席的一段话成为许多人的座右铭："我们共产党人好比种子，人民好比土地。我们到了每个地方，就要同那里的人民结合起来，在人民中间生根开花"。毛炳权也不例外。也许是多年在国外和国内大城市居住的原因，当时成都的落后有些出乎毛炳权的想象，走出成都火车站后，他感觉这是一座很旧的城市，大片大片简陋的平房，狭窄的街道，使他一时不太适应。这主要是由于他还有些下意识地把成都与莫斯科和北京相比，退一步说，有时也与广州、长春和大连相比。相比之下，当时的成都无疑落后了很多。而且，当时正值困难时期，成都市的工业发展不好，粮食也处于短缺状态，城市显得没那么有生气。但是，成都悠久的历史、宜人的气候和美丽的风景，带给毛炳权新的感觉。成都在全国也是数得上的大城市，各方面条件还是不错的。走出校门的毛炳权，在成都走上了自己的工作岗位。

成都工学院的几次调动

成都工学院在20世纪五六十年代是全国知名工学院之一，省级重点院校，拥有全国首批国家二级教授8人、一级教授2人等一大批专家，先后培养本科生及研究生约3.6万人。当时全国各大高校的教材都是联合编写，化工部决定将高分子化学及物理学的教材编写工作交给成都工学院、北京化工学院、浙江大学等几所高校来完成。在这几所高校中，要以成都工学院为主导。由此不难看出，当年成都工学院确实有着十分强大的师资力量。刚刚来到成都工学院，毛炳权被分到了塑料教研室。

虽然是一所国内著名高校，但由于当时国家的经济比较困难，学校的各方面条件都不是太好，在管理上也不尽如人意。

毛炳权来到成都工学院后，被安排到教职员工的集体宿舍住宿。宿舍就在校园里，毛炳权来到宿舍后发现，与自己同住一个房间的室友还带着一个孩子。虽然很不方便，当时学校条件就是这样，大家都需要相互体谅，毛炳权也没有挑剔，一切顺其自然。将行李放在自己的床底下，有些小东西放到了床上。安排妥当后，毛炳权与几个同时分配到成都的留苏同学商议回家探亲之事。本来回国后就应该有个探亲假的，正赶上"庐山会议"和"反右倾"，运动安排得很紧，在北京的时候没有时间回家探亲。如今工作已经安排好了，他们几个觉得有必要先回家探望一下，顺便也向家人们说说自己这几年在苏联留学的情况。可当他们就向学校提出了探亲要求时，学校人事处负责人不以为然，还颇为不满地反问他们："你们怎么一分配就要回家?"毛炳权和同学们据理力争道："不是我们要回家，是教育部通知我们的，让我们从苏联回来后回家探亲"。同时，他们还向这位负责人提供了教育部联系人的姓名和电话。在他们的争取下，学校批准他们回家探亲。

探亲假时间并不长，连路程在内只有半个月时间。要从成都坐火车到郑州转车再到广州，然后到东莞县城，由此回到万顷沙村，在家中没住几天，探亲假就要结束了，毛炳权很快返回成都。当来到宿舍时，他惊讶地发现自己的行李已不知去向，自己睡的床铺也被别人占了。他不知发生了什么事，非常着急。行李本身值不了多少钱，可从苏联带回来的书籍、资料、照片和几年积累的纪念品，却是多少金钱也换不来的。他赶紧把这个情况向学校有关负责人反映，学校反应也比较快，重新给他安排了宿舍，与另外一位同事共住一间。而他的行李也被从一间仓库中找了出来，好在没有东西遗失。在新宿舍住了半年，室友的爱人从北京调到成都，学校安排他们夫妇暂时住在这间宿舍里，毛炳权再次从宿舍里搬出来。学校第三次给毛炳权安排宿舍，但是，这时学校的人员越来越多，安排两人一间的宿舍已经不可能了，毛炳权被安排进了一个三人宿舍。分配到成都工学院不到三个月，换了三次宿舍。不过，这一次总算安稳下来了。

当时毛炳权的每月的粮食定量是 33 斤，每天在学校食堂吃饭。但此时国家正是经济困难时期，“全国一盘棋”，人人都要做贡献。所以，他每个月还要向学校交出 2 斤粮票，统一调拨。当时的副食品供应也不充分，人们主要以吃粮食再加上一些蔬菜为主，毛炳权这样的年轻人根本吃不饱。好在他的同学、后来的妻子刘新香，时常会从北京给他寄些全国通用的粮票过来，稍稍缓解了他的困难。其他人就没他这样幸运了，因四川粮食紧缺，当时学校好多人都因营养不良患上了浮肿病，毛炳权也有一点浮肿，但远没别人那样严重。

生活上好些坏些都能将就，来到成都工学院后，毛炳权的主要精力还是放在工作上。他之所以刚到成都工学院就被分到了塑料教研室，也与徐僖教授有关，塑料教研室的主任就是徐僖。不过，此时的徐僖教授的情况不是太好。毛炳权一到塑料教研室就过去找徐僖教授，被告知在校内某地参加劳动。毛炳权立即赶到徐教授的劳动场地，两人相见后非常亲热。

“反右”运动以后，徐僖被定为了“白专典型”，作为一名资产阶级知识分子，他要经常参加劳动，以促进世界观的改造。因此，这位老知识分子名义上还是教研室主任，但主要精力都不可能放到科研上。即使如此，老教授在专业上还是有很强的话语权的。他对毛炳权的到来表示了热烈欢迎，希望他能排除干扰，沉下心来做好工作。这恰恰也是毛炳权所想的，他想到自己留学 5 年，就是在学习建设祖国的本领。如今回到祖国，用自己的所学报效祖国的时候到了，无论面对什么情况，自己都要用满腔热情做好本职工作。于是，他在塑料教研室上班后，努力熟悉工作环境，熟悉本单位的科研情况，认真学习有关方面的技术资料，工作非常踏实。然而刚刚工作了不到一个月，由塑料教研究室分出了一个化学纤维教研室，化纤亦属于高分子，毛炳权被调至化纤教研室工作。

毛炳权被调到化纤教研室也算是一个机缘，1960 年 3 月，苏联化纤专家罗果文来华访问时，应邀到成都工学院讲学。罗果文原是莫斯科纺织学院化纤教研室主任，他与毛炳权的苏联导师是好友，与毛炳权算是老相识了，毛炳权在苏联读书时也跟他有过几面之缘。为此，他到成都工学院访问时，点名让毛炳权参与接待并负责部分翻译工作。这次短暂的接待工作结束后，学校考虑到毛炳权对化纤方面的知识比较熟悉，将他由塑料教研究室调至化纤教研室。

刚刚调过去的时候，毛炳权的主要任务是带着学生做一些高分子的实验工作，并辅导学生进行毕业论文的选题及写作等。因当时高校对学生的毕业论文要求并不十分严格，所以毛炳权的工作也相对比较简单。此外，他重点参加了化纤工艺学的教材编写工作。编写教材的工作由整个化纤教研室的教师共同承担，不过当时编写教材主要参考苏联化纤方面相关书籍和资料，任务相对单纯得多。通晓俄文是毛炳权的优势，他在教材编写中得心应手，效率很高，这让毛炳权在教材编写过程中很受重视。毛炳权回忆，这次的教材编写在很大程度上是参照的国外资料，自然也就缺乏自主性与创新性。这种工作也就是将外国的资料翻译过来，编写成学生学习用的教材即可。这对毛炳权和他的同事们来说，并没有什么难度，仅用了三四个月的时间便完成了教材编写任务。

到成都工学院之后，毛炳权还是像在苏联学习一样，一心一意扑在工作上。在同批入校的年轻教师中，他是佼佼者。入校仅两三年时间，他便在徐僖教授的帮助下开设了自己的高分子化学课和高分子物理课。拥有自己的主讲课程，这对一名大学老师来说，是值得自豪的事情。尤其是一名进校不久的年轻老师，取得这样的业绩是很不容易的，除了有很强的专业知识外，还要有勤奋的治学态度。也正是这种勤奋的学习态度，使毛炳权的学识越来越渊博。

和他曾在单身宿舍做了 5 年的室友、后来的四川大学教授何勤功对笔者说：当年的毛炳权学识渊博，真的是上知天文，下知地理；不论古典诗词、交响音乐还是体育电影明星，他差不多都知道。他的专业基础知识非常扎实，几乎很少能考倒他。我们单身员工的午餐都是在教工食堂吃，午餐时很热闹。大家喜欢挤在一张桌子上边吃边聊，一张饭桌有时会挤上十几个人，话题是古今中外、海阔天空，十分放松。有一次在讲到宋庆龄的出生年月时，毛炳权立刻说出了答案，当时不少人将信将疑。毛炳权做什么事情都非常认真，看到有同事表示怀疑，他就在这天下午来到学校图书馆，查阅了《苏联大百科全书》。在次日的午餐聚会时，他对大家说：根据《苏联大百科全书》记载，宋庆龄是 1893 年 1 月 27 日生于上海，和毛主席同龄。当时就有人喊了声：“毛百科”，大家都笑了起来。因

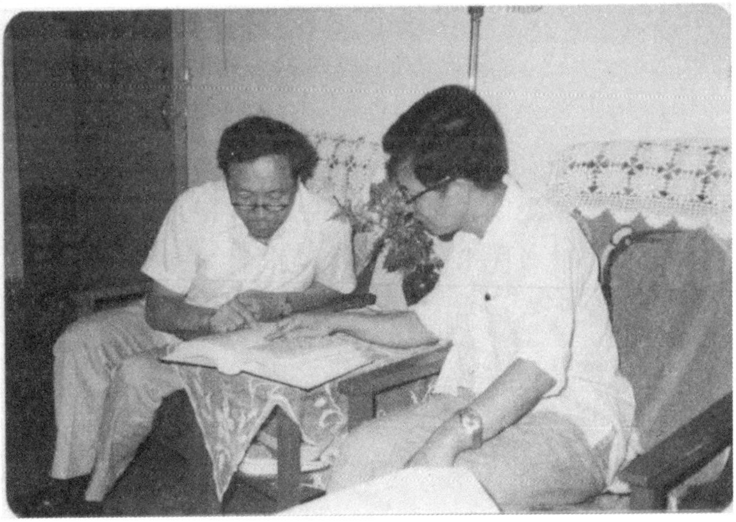

与何勤功教授讨论问题

为毛炳权这个“毛百科”的雅号，是当时成都工学院的一些年轻助教们先喊出来的，大家在这里只是重复一下。早在留苏期间，《苏联大百科全书》的一些篇章已经成为毛炳权及其同学们必读的课外读物，他曾对我们说：“这是一部非常好的工具书。一个题目，简简单单给你讲。而如果去看专业书，一个小问题就是一本书，看百科全书反而可以节约时间，你可以先大致了解情况，然后再查看其他比较专业的书”。

1963 年暑假放假前的两周，毛炳权的教学任务已经完成，在学校闲着也没有什么事。本来打算请假早走几天，回北京探亲。但当时学校要求很严格，不到放假时间，谁也不能请假早走。既然不能早走，那也不能浪费时间。毛炳权便和何勤功商量，利用这半个月写篇论文。放假之前，他们参与了教研室的聚甲醛研究，已经查阅了不少文献资料，做了一些针对性的分析。而当时在国内还没有见到有这方面的文章发表，他们计划结合这段时间的研究，写一篇关于醛酮类聚合物的综述性文章。他们先在图书馆泡了一个星期，查阅、整理资料，商量起草了一个提纲，决定文章的头尾两节二人合写，其他每人写两节。写完后，何勤功把文章抄好寄往北京《化学通报》编辑部。

这篇论文指出：从 1955 年杜邦公司连续发表了关于热稳定的性聚甲醛的专利后，醛类聚合得到了世界各国的重视。最近几年，来，大量发表的文献表明，醛类聚合物的研究已经进入了一个新的阶段，从价廉易得的单体醛类合成热稳定的高聚物，在国民经济中具有重大意义，作为合成材料。它不仅代替了大量金属构件，而且可以供作纤维、橡胶、薄膜及其他广泛用途……醛类聚合物的研究目前虽是萌芽，但已经取得了一定的成就。期待不久将来，会出现更多性能优异的醛类聚合物。这篇论文从醛类聚合物的合成方法、聚合物的结构、降解与稳定性、聚甲醛、乙醛及其他高级醛类聚合物、氟代醛聚合物、不饱和醛类聚合物和酮类聚合物等方面做了全面分析。并得出了结论：某些醛类聚合物虽然在很早以前就有所报道，但是大量对醛类聚合物的研究还是最近几年的事。这些时期内制得了具有热稳定性聚甲醛，发现了乙醛聚合的几种方法，得到了一系列等规的聚醛类和聚酮类。考虑到此类聚合物有良好的性能，而这些单体，特别是甲醛、乙醛、丙酮等，在工业上已经大量生产，并且价廉易得。因此，对醛酮类聚合物的研究不仅具有理论意义，同时有更大的实际意义。目前的关键问题是，通过什么方法来获得具有良好热稳定性的聚合物。可以想象，一旦这个问题获得解决，甲醛、乙醛、丙酮等聚合物将会是合成材料中大量生产的重要品种。这是值得十分重视的。此外，含氟醛和不饱和酮类的聚合物具有某些特殊性能，也是一些有希望的品种。所有这些都 有待进一步研究和探讨。

1964 年，《化学通报》第 1 期以“醛酮类聚合物”为标题，用 10 个页码发表了毛炳权、何勤功的文章。不久，编辑部给他们寄来了两本样刊和 103.55 元稿费，这相当于他们两个人一个月工资之和。收到稿费的时候，他们刚刚从“四清”现场回到学校。论文的写作是需要以大量的知识积累为基础的，毛炳权就非常注意知识的积累。他平时在教课的同时，也陆陆续续参与了学校部分教材的编写，包括高分子化学、塑料工艺学、化纤工艺学许多内容，还积极参与了学校的一些科研工作。他把教学和科研的实践与理论相结合，认真撰写论文，除了与何勤功合写的一篇外，还有一篇高分子物理的论文被《化学通报》刊登。毛炳权有着高学历和渊博的知识面，再加上有很强的实践能力和理论知识，很快就在成都工学院打开了局面，其工作能力与业务水平获得了众人的认可。不久，毛炳权的工资升了一级，这在当时是相当不容易的事情。在“反右”之前，国内大学毕业生的工资是教育 12 级。“反右”之后，不知什么原因，大学毕业生的工资降到了教育 13 级。毛炳权从苏联留学回来，加上在大连工学院读的一年书和在俄专的学习，共上了 7 年大学，按国家的规定，他定为教育 12 级。工作两年后，他的工资级别上升为教育 11 级。

1961 年，也就是毛炳权分配到成都工学院的第三年，他结婚成家，妻子在北京工作，他们开始了为期十年的两地分居生活。令毛炳权没想到的是，因为表现太过突出，学校化工系有个别领导不知为什么，对他有了看法。而且，因为妻子的家庭有海外关系这个问题，系里没有安排他下厂实习。他在化纤教研室工作了两年后，被调到高分子化学教研室搞起了专业基础课。

经历“四清”

1963 年寒假，毛炳权原想去北京看望妻子。这一年，已经是毛炳权来到成都工学院的第 5 个年头了。当他正在做着赴京的准备时，却接到学校通知：所有教师寒假都不能离校，要留下来搞“四清”。毛炳权只好写信把这一消息告诉了妻子，无奈之下，妻子从北京请假到成都看他，在成都仅仅住了三天，便匆匆返回北京。

妻子离开成都后，毛炳权就接到通知，学校师生都要作为省委工作组的成员，代表四川省委到农村去搞“四清”，调查农村干部多吃多占的情况。所谓四清运动是指 1963 ~1966 年，中共中央在全国城乡开展的社会主义教育运动。四清运动的内容，一开始在农村中是“清工分、清账目、清仓库和清财物”，后期在城乡中表现为“清思想、清政治、清组织和清经济”，其起因与“大跃进”时期基层干部的恶劣行为有关。自“三年困难时期”始，四川这个天府之国就已成为了粮食紧缺的地方。在许多年之后，毛炳权查找相关资料才知道，四川粮食的紧缺并非受天灾的影响，而是国家从四川抽调了大量的粮食，使这个产粮大省也不堪重负。在“四清”运动中，大批农村基层干部受到冲击，同时也让饱受疾苦的农民有了怨气。

毛炳权等人参加的这支“四清”工作队，去的地方是宜宾市郊区的人民公社，主要调查干部有无贪污问题，有无欺软怕硬、欺上罔下等问题。那段“四清”的经历还是很辛苦的，白天跟农民一起劳动，晚上集中开会，经常开到深夜，饭吃不饱，觉也睡不好。当时充饥的主要食物就是地瓜。提起当年的地瓜，毛炳权便忍不住笑：“现在的人都觉得地瓜挺好吃的，可我们那时天天吃可难受了，吃多了吐酸水，还不顶饱。”

尽管条件不好，可上级交给的工作还是要认认真真地做好。毛炳权和“四清”工作队的同志，除了劳动、开会外，还要抽出一定时间到农民家家访。在这个郊区公社待了一个多月，毛炳权到过不少农民家庭家访。他所在的公社有个不足200人的生产队，在实地调查发现，队里因饥饿而死的人有9人之多。这几名死者多为家中的壮劳力。这些壮劳力多是上有老，下有小，他们觉得不能苦了老人，更不能苦了孩子，自然只能从自己的嘴里省出口粮，养活老人和孩子。他们则饿着肚子出工劳动，因为粮食不够吃，这些人很快就得了浮肿病，后来不治身亡。通过老百姓的讲述，毛炳权等人才了解到，贪污的情况虽有，但为数不多，情况严重的干部当场就撤销了职务。可眼下最关键的问题不是贪污，而是饥饿。

完成“四清”任务后，毛炳权回到学校，向相关领导汇报了自己在农村的见闻，他说：“农村干部的贪污情况不是很多，老百姓有怨言，主要还是粮食不够吃造成的。”在当时，毛炳权的言论是明显与大形势相悖的。他当即就受到批评，说他是站在人民的对立面去考虑问题，这是“右”的表现。毛炳权倒是不太在乎挨批评，只要能好好地做些实事就行。来到成都工学院之后，毛炳权在工作中从不怕吃苦受苦，可让他不开心的是，本来回到国内是想用自己的所学为国家做些实事的，没想到几年来，却有大量时间却花费在一些与科研教学业务不相干的事情上。他在一些场合也曾流露过这种想法。也正是因为他的这种想法，成都工学院开始有人说他走“白专道路”，只抓业务，不管政治。他因在《化学通报》上发表了论文，还收到了比较高的稿费，引起了一些人的眼红。有人就到处散布说，毛炳权不务正业，就像话剧“年轻的一代”中的丁少纯一样，打野鸭子干私活。尽管有些非议，但因为毛炳权是个埋头苦干的性格，平时对其他人的是非基本不过问，所以，他在学校里没什么对立面，流言蜚语对他工作和生活都没什么影响。

在大的政治环境下，“左”的影响也逐渐渗透到成都工学院的教学科研工作中。在学校里，有人强调年轻教师和学生可以不切实际地敢想敢干，也有个别领导甚至提出让学生编书、编教材。毛炳权心里对这种提法很不理解，学生到大学来是学习知识的，在基本的知识都没有掌握的情况下，让他们来编书编教材，根本就是胡来，是典型的误人子弟。就像一个人还没有学会走，就想跑一样。更让他感到不可理喻而且气愤的是，学校化工系的党总支书记竟然组织人批判塑料教研室主任徐僖教授出版的《高分子化学原理》。徐僖教授这本《高分子化学原理》是我国高等工科院校第一本高分子教科书，该书填补了我国高分子教材方面的空白，是中国教育的巨大的突破。此书于 1961 年出版发行，成为当时国内高校普遍采用的教材，后来再版两次。就是这样一本具有重大意义的书籍，此刻却要遭受批判。这本书太专业，外行人根本看不懂，更别说批判了。看不懂就找不出毛病，就没办法开展批判，这让化工系的党总支书记有些难堪。他直接点名让毛炳权批判徐老的书，他说：“毛炳权，你不是学高分子的吗？你应该一起积极批判这本书！”毛炳权是做学问的，讲的就是事实求是，他不但没有批判徐僖教授，反而提出了不同意见。他说：“人家外国出书了，我们中国没有，中国能出一本书总比没有书好吧？徐僖这本书，不管怎么说，人家是教授，能写出一本书还是不错的！”预期的批判场面没有出现，党总支书记感到下不来台，心里十分不快，产生了报复毛炳权的想法。此事过了不久，化工系便安排毛炳权跟随学校里的一批人去农村参加短期劳动。名义上是学校帮助农村劳动，去农村帮农民割一个月的水稻，实则是化工系的某些领导对这些持不同意见老师的变相处罚。

虽然在工作和生活中有这样和那样的干扰，而毛炳权坚持认为，作为一名高校教师，增强自身的执教能力与理论水平才是为师之本。要在知识界立足，就必须要有过硬的本领，绝不能随波逐流，得过且过。于是，在那个政治运动频繁的年代，毛炳权一直没有放松自己的学习。他每天除了上课、编教材之外，还抽出时间沉下心学习基础理论，向学校的老教师们多学习一些教学经验。同时，为了多掌握一门外语，他还报名参加了英语学习班，尽管有许多人说学俄语的人再去学英语难度很大，但毛炳权不以为然，他认为，学会了一门外语，对于继续学习第二门、第三门外语是有帮助的。欧洲各国的语言有不同的方面，但也有共同的方面，比如化工常用的名词几乎都一样。在他的不懈努力下，毛炳权的英语水平提升很快，他自己也感到欣慰。在这期间，他在《高分子通讯》杂志中看到了一篇文章，是莫斯科大学教授、高分子物理学家卡尔金院士和斯洛尼姆斯基教授的高分子讲座讲稿。在这篇文章中，“有关应力应变曲线”插图和个别公式出现了一些错误。毛炳权估计应当是文章翻译或者印刷过程中出现了失误，因为斯洛尼姆斯基教授正是给毛炳权讲授高分子物理的苏联老师，不会出现如此低级的错误。毛炳权还了解到，当时国内出版的高分子教材都是借用的这个讲稿，属于具有权威性的教材。他非常明白，在科学研究中，“差之毫厘”是会“失之千里”的，一个数据的失误都会给科学研究带来不可估量的损失。对此，他非常着急，马上写了一篇文章“关于‘高分子物理学系统讲演’的几个问题”，投给了这家杂志的编辑部，希望能够予以更正。《高分子通讯》编辑部在刊物已经暂时停刊的情况下，在 1964 年第 4 期《化学通报》杂志上发表了这篇文章予以更正。这件事充分体现了毛炳权深厚的学术造诣和对待科学问题的严谨态度。

“文革”风云

两年之后的1966年，也就是在“文化大革命”全面爆发之前，毛炳权又参加了一次“四清”运动。早在第一次“四清”运动期间，学校有些人已对毛炳权对“四清”的言论有看法，他还为此受到了批评。此次他虽然还可以参加“四清”工作，但却是顶着“三类分子”的帽子去的，学校还专门派了另一个人跟他一起开展工作，名为与他做伴，实则为了监督他。“四清”期间，人们被分为了四类：一类是积极分子，二类是表现一般的人，三类是有问题的人，四类是敌我矛盾的人。而且，第三类和第四类人的后面被加上了“分子”二字。被扣上“三类分子”的帽子后，毛炳权开始感受到前所未有的压力，最让他感到无奈与厌烦的就是每天都要交待各种问题。除了对“四清”的看法要做检讨外，还要经常交待留苏期间的言行。自从中苏关系破裂后，他对苏联的看法成为了主要交待的问题之一。戴着“三类分子”的帽子参加“四清”的毛炳权，还仍然担负着成都工学院三个班的教学任务，参加“四清”和教学两头都要兼顾到，那段时间，他感到非常劳累。

第二次“四清”工作的地点是四川省岳池县，这个县在邓小平的故乡广安附近。原本按照计划，工作队是要先下到农村去做调查的。但因当时国内形势突变，全国到处掀起揪“三家村”的浪潮，“文化大革命”拉开了序幕。面对这种形势，“四清”工作是否要继续搞下去？四川省委也拿不定主意。于是，工作队就停留在岳池县待命，直到接到命令马上返回成都。从到达岳池县到接到返回成都的命令，他们在岳池停留的时间将近一个月。

回到成都后发生的事情让他们始料不及，到达成都火车站后，工作队一行人刚刚踏出出站口，忽然有一群成都工学院的学生冲了上来，不分青红皂白便将几个担任学生辅导员的老师抓走了。毛炳权等人被眼前的景象吓到了，愣在原地，不知道发生了什么事情。一阵混乱过后，没被抓走的人带着满脸的惊诧返回成都工学院。学校的情景更让这些离校一个月的老师们大吃一惊，铺天盖地的大字报和大标语映入他们的眼帘，耳边是高音喇叭的广播声，一篇篇批判文章从广播中传来，校园中响起了一阵阵的口号声。在这些大字报和广播声中，竟然还有毛炳权的名字。他这时候才知道，包括自己在内的许多老师已经成为了被批判的对象。文革初期，校园里到处都在揪“三家村”、“四家店”，毛炳权所在的四系也硬是揪出了一个小“三家村”，就是毛炳权、刘双成和何勤功三人，毛炳权还莫名其妙地成了小“三家村”的掌柜，他也因此被隔离审查。

到这时，毛炳权才真真切切地感受到，一场席卷全国的“无产阶级文化大革命”已经轰轰烈烈地开始了。对这场突如其来的大革命，许多人措手不及，尤其是领导干部们一时间不知该如何应对。当时四川省委有的领导自己也说不好什么是“走资本主义道路的当权派”，认为大概只要是有权的人都算是“当权派”，都要受到冲击。学校的老师有权让学生毕业或留级，应当也算当权的“走资派”，因此学校的老师也应该成为被革命的对象。正因为如此，成都工学院里批判老师的大字报才搞得铺天盖地。

平时不喜欢多事的毛炳权，突然面对这么多大字报，感到有些慌乱。他没想到，原本只是一些最平常的举动，被别人揭发出来，就成了罪名；原本只是一些无心的话语，被他人扭曲后，扣上了帽子。有些事情毛炳权自己都没印象了，可揭发者们却记得清清楚楚。比如有人在大字报中揭发毛炳权腐蚀青年、拉拢学生，主要依据就是他带学生到重庆实习时曾给他们买冰淇淋吃。为什么要给学生买冰淇淋吃？这是宣扬资产阶级生活方式，是典型的腐蚀青年的行为。还有些其他罪状，毛炳权都记不住了，他就记得有个最大的罪名是“攻击毛主席”。源头是“文革”前的一次政治学习。当时，学校组织学习中共中央政治局委员、北京市委书记彭真同志的报告。报告中指出：我们党的政策是有成分论，不唯成分论，重在政治表现。毛炳权对这个观点极为赞同。听完报告后，有个例行的讨论会，轮到毛炳权发言时，他说道：“彭真同志的讲话很正确，马克思出身也不是很好，恩格斯家里还是个资本家，关键是看他们的表现。”因为对这个“有成分论，不唯成分论，重在表现”的政策感触很多，所以他在发言的时候解释得也比较详尽，他继续说道：“列宁的父亲是个中学老师，也不是贫下中农。毛主席出身也是富农，关键还是个人表现”。毛炳权的发言当时就有人不喜欢，认为他说毛主席家是富农简直就是胡说八道。毛炳权向大家解释了他的信息来源，告诉大家，这句话来源于美国记者埃德加·斯诺的《西行漫记》，又名《红星照耀中国》，是斯诺采访毛主席时，毛主席自己说的。他在接受采访时曾说：“我父亲原是一个贫农，年轻的时候，因为负债过多只好去当兵。他当了好多年的兵。后来，他回到我出生的村子，做小生意和别的营生，克勤克俭，积攒下一点钱，买回了他的地。这时我家有 15 亩地，成了中农，靠此每年可以收 60 担谷。一家 5 口一年共吃 35 担——即每人 7 担左右——这样每年还有 25 担剩余。我的父亲利用这些剩余，又积蓄了一点资本，后来又买了 7 亩地，这样我家就有‘富’农的地位了。”

让毛炳权没有料到的是，“毛主席出身富农”这句话在“文革”成为了他“攻击”毛主席的罪证，受到猛烈批判。毛炳权感到很委曲，这话明明是毛主席自己说的，是从斯诺写的《红星照耀中国》中看到的，这些都是事实，怎么反而成了攻击毛主席呢？在当时的政治大环境下，“地、富、反、坏、右”被称为“五类分子”，属于革命的对象，而他们的子女属于“可以教育好的子女”。在人们心目中，伟大领袖怎么可能是“可以教育好的子女”一类人，无论有什么依据，无论有什么解释，谁也不会相信。毛炳权说毛主席是富农出身就是在攻击伟大领袖，就是有罪。

在“文革”中，毛炳权引以为自豪的留学苏联经历也成了一大负担。而且，他有关苏联的言论也成了他被批判的直接罪状。毛炳权的政治敏感性一向不强，加上又在苏联待了几年，回国后依然是直言直语的性格。1960 年以前，中国的政治和经济建设，凡事都向苏联看齐，称苏联为老大哥，当时常提的口号就是“苏联的今天就是我们的明天”，“中国、苏联人民永远是兄弟”等等。后来，中国共产党和苏联共产党在有关斯大林的评价、无产阶级专政、无产阶级国际主义及中国国家主权等问题上产生了重大分歧，直接导致 1960 年中苏关系的决裂。中苏关系跌入低谷后，苏联就成为仅次于美国的第二号敌人。毛炳权只是个普通的中国留苏学生，而且，他在苏联接触的也都是些普通的教师和学生，对政治层面的分歧没那么大，大家对中苏关系的变化并不太关心。于是，一谈起苏联来，他本着事实求是的原则，看到什么就讲出什么，结果又被人上纲上线。比如三年困难时期，粮食要定量，吃不饱饿肚子也是常有的事。在这种情况下，有些人以苏联为例作为对比，以达到一种心理平衡。有人说：“苏联人和咱们条件差不多，只能吃黑面包，其他也没什么吃的。”毛炳权听后，老老实实地说了一句话：“苏联人喜欢吃黑面包，黑面包是很有营养的”。因为这句话，他又多了一条罪状：美化苏联修正主义。他从苏联回国后，与苏联一些要好的同学仍保持着通信联系。中苏关系破裂后，苏联同学的来信被上升到了政治高度，毛炳权苏联同学来的每封信都要经过领导过目后才交到他手中。在此期间，他毕业时写的两篇文章在苏联核心期刊《高分子化合物》发表了。他的苏联老师来信告诉毛炳权这个好消息，还要把稿费寄到中国来。毛炳权回信说，稿费不要寄了，买成专业书籍寄到成都就可以了。于是这笔稿费变成了一摞书，由莫斯科寄到成都工学院。在同苏联修正主义斗争如此激烈的情况下，竟然还有人频频与苏联保持联系，这让化工系的领导非常生气，对毛炳权来自苏联的信件检查得更严了。有一次，一位苏联同学在来信中说到这样一句话："很久没收到你的信了，你是不是也像加加林一样飞到天上去了？"原本这只是同学间的一句玩笑话，但在当时那样的社会环境下，这样一句话引起了那位领导的高度重视，严肃地对毛炳权说："你的苏联同学说这句话是什么意思？是不是暗示要你逃到苏联去？"对这样的质问，毛炳权解释不了，只能不回答。不仅如此，毛炳权在苏联期间，提高了艺术欣赏水平，喜欢上了苏联、意大利等国家的歌剧以及欧洲各国的圆舞曲，平时在成都工学院和老师、同学的交流中也会提到这些话题。"文革"中，这一切都成了他"资产阶级生活方式"的表现，成为被批判的罪状之一。

在成都工学院里，揭发和批判毛炳权的大字报数量很多，他自己都数不过来。后来，有些精力过剩的人把批判毛炳权的大字报整理成一本厚厚的《毛炳权反动言论集》，供大家批判使用，毛炳权也拿到了一本，用于写检查，他数了一下，这些大字报足有两百多页。拿着这么厚的"礼物"，他只能苦笑着摇摇头。

伴随铺天盖地的大字报而来的是抄家，毛炳权的家也被抄了。在看到学校贴出他的大字报之后，毛炳权便感觉情况不对劲，他迅速将手头的一部分照片偷偷寄回北京，交由妻子保管。之所以动了把照片寄回北京的想法，主要是因为他跟妻子结婚时曾在北京拍摄了一张婚纱照。"文革"中，婚纱是作为资产阶级生活方式来批判的。毛炳权把这些照片寄走，一方面是怕留在身边会惹祸上身。另一方面，他非常珍惜这张婚纱照，想要保护好。照片寄走不久，学校的"造反派"便来到他住的教职工宿舍里，一群人左翻右找，强行推走了他唯一的自行车，搬空了他用自己的积蓄悉心购置的书籍，其中有一套带有详细批注的《石头记》和《三国演义》，还是他从苏联带回来的，还翻走他多年来留存的照片和来住书信。这些照片和书信被仔细检查后，有的作为他的罪状被拿出来批判，其他的则一直放在“造反派”那里。直到工人和解放军毛泽东思想宣传队进驻学校，斗争形势有所缓解，而毛炳权也即将调离成都工学院的时候才重新拿回这些照片和书信。不过，拿回来的那些照片已是面目全非。因为“文革”时有个风气，凡是大字报上写被批判人的名字特别是“走资本主义道路的当权派”，要么名字倒着写，要么在名字上用红颜色或者黑颜色打上×。如果是“走资派”和“地、富、反、坏、右”的照片，则要把照片中被批判的人脸上也打上×。毛炳权当年在苏联的照片和分配工作前在中南海国家领导人接见留苏学生的照片中，有刘少奇、周恩来等党和国家领导人接见的合影，除了周恩来之外，其他领导人的脸上都打了×。他的苏联老师和同学自然是“苏联修正主义分子”，凡是照片中的大鼻子都给打上了叉号，照片基本上就算废了，让毛炳权心疼不已。

照片被返还后，毛炳权心有余悸，国内各种运动层出不穷，他心里总有隐隐的不安。因此，毛炳权只保留了部分照片，那些损坏比较严重和预计日后会惹祸上身的照片均被他扔进了火盆烧掉。不得不承认，那个年代很多人都被“运动”搞怕了，毛炳权也是受害者之一，所以自回国以后，他的很多行为和想法都发生了改变。刚解放的时候，他还是一名进步分子，积极要求并加入了共青团，并成为一名解放军战士。在部队和在大连工学院读书期间他积极要求入党，是重点培养的入党积极分子。直到后来各种运动来袭，在好几次政治运动中，毛炳权都被波及过，这使他陷入了迷惘。对于入党一事也不再像以前那样积极，主要还是不自信，特别是弟弟妹妹们逃到香港后，他就明白，即使写了入党申请书，也过不了政审关。毛炳权年轻时还有写日记的习惯，1957 年“反右”运动时他虽身在苏联，但留苏学生们的政治活动也要跟着国内的安排走。他知道在这期间，个人写的日记都被翻看过，看其中是否有右派言论。毛炳权担心自己留下的文字记录以后以会成为“罪证”，保持了多年的记日记的习惯也就舍弃了。

难得的逍遥生活

在高校揪斗教职工，是“文化大革命”初期的事情。此时毛炳权和一大批教职工成为运动重点，除了接受批判外，还被人监视居住，相当于被软禁，这种被软禁的日子长达两三个月。在这段日子里，毛炳权仍然住在自己的宿舍里，只不过身边多了两个监督者，毛炳权每日的吃、住、行均由两人监督，不能自由行动。毛炳权只有三个任务，其一，学习毛主席著作和语录；其二，写交待自己错误的材料及揭发与批判别人的文章；第三，劳动。

1966 年 8 月 8 日，中共中央发布了“关于开展无产阶级文化大革命的决定”的文件，（简称“十六条”）。“十六条”公布不久，北京大学聂无梓等人便贴出了全国第一张针对学校党委主要领导的大字报。这张大字报受到了毛泽东的高度评价，毛泽东还写了“我的第一张大字报”，对聂无梓等人表示支持。此后，北京的一些中学生成立了“红卫兵”，把斗争的矛头指向了还在掌权的“走资本主义道路当权派”。1966 年 8 月至 12 月，毛泽东在北京 8 次接见红卫兵，对这些革命小将寄予厚望，将他们作为打倒资产阶级当权派及各种“牛鬼蛇神”的主力。此后，红卫兵的地位越来越高，国家从中央到地方的许多干部都成为了被批判斗争的对象。其中也包括了四川省委的所有领导和成都工学院的主要领导，本来领导运动的人，一下子成了“革命的对象”。与这些领导干部相比，毛炳权他们这些普通教职工自然不再被“造反派”和“红卫兵”们所重视，自然也就没人去管他们了。随着批斗的“走资派”越来越多，在“造反派”中间出现了不同意见。面对不同意见，“造反派”们的思维是，只有自己是革命的，凡是有不同意见的都是“保守派”，是反党、反毛主席的。于是，学校开始了派性斗争，这种派性斗争从学校发展到了全社会各个阶层，很快从文斗发展成为大规模的武斗，并越来越激烈。“造反派”与“保皇派”之间文斗、武斗不断。毛炳权他们这些被批斗的教职工，和学校中的许多师生一样，哪一派也不参加，自然也就没事可做吧。能从无穷无尽的政治漩涡中抽身出来，恢复了自由身，这让毛炳权长舒一口气。自被批判以来，毛炳权一直保持着乐观的心态，坚信所有的事情终究会有得到妥善处理的时候。所以，他不急不躁，一切按“造反派”的要求做，还落了个态度好的评价，直到成了“逍遥派”。

一下子从高压状态下解脱出来，毛炳权还有些不适应。学校早已停课，身为教师的他既不用上课，也不用搞科研，每日里除了去学校看看大字报，再无其他事可做，这让习惯于忙碌的毛炳权感到有些不知该如何安排这突然富余出来的时间。在这个时候，学生们都跑向全国各地搞“大串联”，可毛炳权他们虽恢复了自由身，但还属于“有问题”的那部分人，不能参加“大串联”。虽然不能参加“大串联”，却有大把的空闲时间。毛炳权和他的那些“逍遥派”同事们也不甘寂寞，大家商量商量，干脆结伴到省内的一些风景名胜地游览。毛炳权到四川5年时间，一直想去峨眉山看看，可因为工作忙，再加上没有那么多的休息时间，迟迟没有去成。趁这个机会，他和另外两位同事先后去了峨眉山和苏东坡的故乡眉山等地。他们从成都坐火车到眉山下车，在眉山县游览了一番。“文革”开始后，眉山县的“三苏祠”已经闭馆，馆内的文物都放进了库房，原址被改成了人民公园，他们在县城找了些古迹看了看，又坐船从水路到了乐山县。一路上饱览了岷江两岸的烟霞胜景。从眉山沿江可望见蟆颐山古观翠竹掩映，曲径通幽，别有情趣。山上的老人泉，长年不涸不溢，清凉甘甜，实为不可多得之名泉。过了刘家场，就到了青神县的中岩山。这里是唐宋以来著名的风景名胜区，有苏东坡手书璧窠大字——“唤鱼池”，唐代摩崖石刻造像——“千佛长廊”。中岩寺依山而建的崇阁殿宇十分壮观，流杯池的“玉泉”旁刻有黄庭坚所撰《玉泉铭》。在汉阳坝山嘴上舍舟登岸，往前步行不远可见清末武英殿大学士卓秉恬（1782—1855 年）墓上所立之玉石碑……众多文物，令人目不暇接，犹如行于山阴道上，流连忘返。

从中岩解缆起程，一路欣赏着岷江两岸绮丽的风光，不知不觉中已进入了著名的“平羌小三峡”。平羌江是青神汉阳坝至乐山城东二十余公里一段曲折逶迤的江流的古称。江边的关庙，即古平羌县治。首先看到的是犁头峡，此地两山对峙，水深流缓，崖壁布满石孔洞穴，渔人谓之“鱼窝”，珍贵的江豚就在里面繁殖栖身。下行二里许是背峨峡，江面骤然开阔，水平如镜，群山倒映。船行其中，恍如漓江泛舟。再下至平羌峡，两岸山崖如刀切斧削般凌空逼仄，古树穿云而出，苍鹰盘旋其间。清幽冷寂的境界，使人即使在炎炎夏日，也有凉爽沁身的舒适之感。平羌峡南口东岸，有一个小场镇名板桥溪，唐代称清溪驿，即李白诗“夜发清溪向三峡”中的“清溪”。该镇背山临水，古朴典雅，镇上仅百来户人家。古渡头有一株千余年的黄桷巨树，五人方可合抱。浓密的枝叶一半荫蔽着石板小径，一半掩映着春水绿波，“两浆绿醅春后水，一湾红豆雨中香”，堪为休闲品茗的绝佳之处。再往下便是乐山了，乐山大佛就在眼前。岷江，犹如一条绿带，串联了两岸这许多璀璨的明珠，水上泛舟的畅快是陆地行车所绝难体会到的。顺流而下，或发思古之幽情，或独乐而啸吟，如此享受，不亦乐乎。在乐山县，毛炳权他们坐着小船围着乐山大佛转了一圈，还上岸登山参观了乌尤寺和凌云寺。

这个时候，乐山的游人很少，直到 1979 年，乐山大佛和峨眉山才正式对外开放。从乐山到峨眉山有 30 多公里，那时候的交通不太便利。毛炳权和两位同事沿着公路一边走一边张望，希望能遇上辆过路车。令他们高兴的是，在路上拦住了一台往峨眉山拉货的拖拉机，拖拉机手也很爽快，让他们上了拖拉机后斗，一路颠簸着来到了峨眉山下。这时的峨眉山游人不多，而且，“文革”中的峨眉山除了一些大的寺庙外，一些小寺庙的僧尼都被赶回老家“自食其力”，僧尼们走了，寺庙自然也就关门了。尽管如此，山上的寺庙仍然不少，特别是那些知名的大寺庙仍然向游人开放，只是当时没有多少人有经济能力旅游，再加上时值“文革”，许多人在闹革命，许多人在被革命，也有许多人像毛炳权他们这样在原地逍遥，这也导致了游人的稀少，偌大的峨眉山显得有些冷清。这一切，并不影响毛炳权和同事们的心情，峨眉山的美丽风景让他们的心情为之一振，他们沐浴着清爽的山风，倾听着清脆的鸟鸣，穿行于山林之间，全身心地感受大自然的魅力。饿了就到沿途的寺庙中用粮票和钱买些饭吃，晚上便在寺庙中休息，第二天天一亮，马上起程上山，用了两天时间，他们终于登上了峨眉山金顶。金顶上有大小寺庙及寮舍等数百间，是全山最宏大的一处建筑群。在金顶卧云底的东面，有一悬空 600 多米的断崖，雄险奇伟，为全山第一巨岩，名舍身崖。因此处可以看“佛光”、“佛灯”，所以又叫睹光台。毛炳权他们登上金顶这天，是一个晴天，天高云淡，玉宇澄清。他们站在睹光台上远眺天下，天苍苍，地茫茫，远近诸峰尽在脚下，江山如画，大地似锦，令人心旷神怡。从峨眉山回来，毛炳权和他的同事们开心了好几天。

回到学校后，两派还在武斗，甚至校园内也有了枪声，毛炳权随即再次离开学校回广东探望母亲。他先坐火车到贵阳，再从贵阳转车湖南衡阳，从衡阳换车到广州。在广东老家，毛炳权陪母亲住了半个多月，这是毛炳权自参军以来，这么多年第一次在母亲身边陪伴这么久，这让他的心灵得到安宁，应对风雨的意志更加坚强和从容。在这难得的日子里，他还打算抓紧时间北上北京看望妻子。不料，此时由于各地武斗的影响，从广州开往北京的火车停运，他虽然非常着急，也只能耐心等待，天天跑火车站打听情况。在得到列车恢复运行的消息后，他立即买票坐上车奔向北京。在北京住了一段时间后，成都的形势趋于稳定，他才回到了学校。

在军垦农场

在毛炳权他们逍遥期间，不同派别群众组织的斗争愈加激烈。虽然毛泽东主席发出号召："要用文斗，不要用武斗"，但各地的造反派们都认为自己最正确，谁也不服气，从文斗到武斗，再到大规模武斗。武斗从动拳头到动棍棒，最后发展成动枪动炮，成了"内战"。四川省在"文革"中是武斗最厉害的省份之一，引进了中央的高度关注。为了改变这种混乱局面，1967 年 3 月 19 日，中央军委根据军委主席毛泽东的指示做出了"关于集中力量执行支左、支农、支工、军管、军训任务的决定"(简称"三支两军")。在 1967 年 3 月至 1972 年 8 月的五年多时间中，解放军先后派出两百八十余万人，分赴中国各条战线执行"三支两军"任务。1969 年，成都工学院先是有工人和解放军宣传队进驻，不久又实行了全面军管。学校军管后，很多师生被下放到农场劳动，原先的造反派组织也在师生们纷纷离校参加农业生产的形势下，逐渐瓦解，成都工学院也慢慢恢复平静。军管会一声令下，师生们陆续离开学校奔向各地农场，毛炳权和一大批师生被下放到邛崃军垦农场。

前往邛崃军垦农场劳动意味着"文革"这场运动进入了一个新的阶段，也与当时的政治大背景有直接关系。1968 年 9 月 22 日，《人民日报》传达毛泽东的指示：从旧学校培养的学生，多数或大多数是能够同工农兵结合的，有些人并有所发明、创造，不过要在正确的路线之下，由工农兵给他以再教育，彻底改变旧思想。这样的知识分子，工农兵是欢迎的。在此之前的7月21日，毛泽东还发表了著名的“七·二一”指示：“大学还是要办的，我这里主要说的是理工科大学还要办，但学制要缩短，教育要革命，要无产阶级政治挂帅，走上海机床厂从工人中培养技术人员的道路。要从有实践经验的工人农民中间选拔学生，到学校学几年以后，又回到生产实践中去。”在这种大形势下，大学肯定要继续办下去，只是大学的老师和学生要接受工农兵的再教育，到农场劳动也是接受再教育的一次机会。从成都到邛崃路途并不远，大概有一百多公里路。学校为这些下放的师生统一准备了敞篷车送行，所有的人都轻装简行，只带一些被褥及换洗衣物。在到农场去的学生中，有些人在运动初期曾参与批斗过老师。但随着运动的发展，一些过去的造反派学生也同样受到批判。事过境迁，当师生们一起去农场接受再教育的时候，彼此的关系已缓和了许多。当时的路况不太好，大家站在敞篷车上，一路颠簸来到邛崃。

邛崃位于成都平原西部，是川滇、川藏公路要塞，距成都市区75公里，历史上曾有“天府南来第一州”的称誉。邛崃古称临邛，系西汉著名才女卓文君的故里，始建于先秦时代，已有2000多年的历史，是四川最早的四大古城之一。毛炳权他们所在农场原是抗日战争期间的一个美国军用飞机场，1943年5月，为了实施轰炸日本计划，30余万民工抢建了四川彭山观音、邛崃桑园、新津、广汉机场，1944年3月完工。1944年6月15日美陆军58重轰炸队在这里起飞轰炸日本。新中国成立后扩建，成为中国人民解放军空军部队的军用机场。邛崃军垦农场隶属于机场所在部队管理。

到了农场以后，毛炳权他们的主要任务就是参加农业劳动。同时，还要组织学习、接受批判和审查。这实际上也是一个对师生们的审查过程，无论“文革”如何发展，师生们最终还是要安排的，只不过安排的时间不同罢了。

在20世纪60年代，全国的经济状况都不太好，农场的条件自然也比较艰苦。刚到农场的时候，由于人多房子少，成都工学院的师生们被临时安排在几间很大的空房间里，十几人、二十几人住一个宿舍。要想彻底解决住房问题，只能自己动手建房子，“自己动手，丰衣足食”。在简单安顿好住处后，师生们便热火朝天地盖房子。大学是“知识分子成堆的地方”，成都工学院这些师生，要么是一直在研究室搞研究或者天天课堂教书；要么就是读了几年大学，面临分配的学生。这些人中谁都没有盖房子的经验，只好请部队和当地人来帮忙。师傅请来了，师生们便全力以赴当好“小工”，拉砖、递砖、运砂石，和泥沙等，一连忙了好几天，一排简易的砖瓦房总算盖好了。毛炳权他们高高兴兴地从十几个人的大房子里搬了出来，住进了新居。盖房子成了毛炳权来到军垦农场后的第一堂课。

住房简单，吃的也简单。毛炳权他们到了农场以后，自己单独组建了一个专门的炊事班，负责成都工学院所有到农场来的人的伙食。吃的菜和粮食都是农场工人自己种的，师生们来到农场后，也都根据分工种粮食、种蔬菜。农场里还养了不少猪，隔上段时间，炊事班就要杀头猪给大家改善改善生活。在当时，能吃上一顿猪肉跟过年差不多。每到杀猪的时候，有不少学生们就跑到炊事班看热闹，其实是早早过去等着吃肉，毛炳权也是其中一员。所以，他对炊事班杀猪的事印象非常深刻。毛炳权讲述说，每次杀猪，都要炊事班里的四个人共同协作，四个人合力将一头猪提起，放在一个大板凳上，然后有一人手持尖刀直刺向心脏，猪狠狠地挣扎几下便就没了气。不过，炊事班的人也都是些知识分子，一开始杀猪的时候，谁也不敢动手。可不动手就没肉吃，这是他们的工作范围。无奈之下，他们一咬牙，战战兢兢地杀了第一头猪，后来就熟练了。

四川自古就是“天府之国”，农业发达，物产丰富，沃野千里。春种油菜，夏收小麦，一年四季有着各类蔬菜。种植的作物多，需要的肥料就多。当时有句民谣：“庄稼一支花，全靠粪当家”。那时农场没有化肥，所用肥料都是人畜粪便。如此一来，每天清理厕所和畜牧棚、猪圈就成为重要的任务。清理出来的粪便要用专用的粪桶挑出去进行处理，然后再施放到庄稼地和菜地。一桶粪的重量远比一桶水重，起初毛炳权他们一个人挑不动一桶粪，只能两个人一起抬。农场里的军代表笑话他们："看来这些知识分子劳动真不行!"别人说他们不行，可他们自己并不服气，"万事开头难"，只要肯下力气，农活总会学会的。经过一段时间的劳动锻炼，毛炳权和成都工学院的师生们的体魄普遍强壮了，力气也大了许多。毛炳权由两个人抬粪桶，变为一个人用扁担挑粪，竟然很轻松。

农业劳动有很强的季节性，春种、夏收、秋收、秋种。毛炳权他们在春天的时候种小麦、种油菜、到稻田里插秧；农忙时节还要收油菜、割麦子、打麦子、收水稻等，劳动量非常大。刚开始参加生产劳动的时候，有很多人都吃不消，一些年纪大的老同志更是十分吃力，但大家相互鼓励坚持下来。一般的小病小灾，抗一抗就过去了，实在不行了才请医生看看。在农场劳动期间，毛炳权曾患过两次病，一次是打麦子的时候因用力不均把腰给闪了，疼得不能动。幸好当时有个同事的父亲是中医，过来给他按摩治疗，治了一段时间后，受伤的腰渐渐恢复了正常。还有一次是胃部疼，疼起来的时候让人受不了，可是稍作休息后又不感觉疼了。随行的学校卫生所医生检查了几次，也没检查出什么问题，就给下了个胃病的结论，在几次治疗中也按胃病来治。直到后来毛炳权调到北京工作，当再一次胃疼时，他来到医院做检查，这才发现患的原来是严重胆结石，以前的痛感都是因胆道堵塞引起的，自从做了胆囊切除手术后，再没有疼过。

农闲的时候，农场的生活枯燥又乏味，对于知识分子来说，没有渠道可以学习新东西，每天只能看毛主席语录，听军代表训话，还要时不时地写检查、做检讨。在他们到农场的时候还曾发生过一个小笑话：军代表发现有个大学生带了本恩格斯的《反杜林论》，当时就训斥他。学生辩解说，这是革命导师恩格斯的著作。军代表不以为然地说："毛主席的书还没读好，还读什么恩格斯。"这位学生只好把恩格斯的书收起来，专心只读毛主席的书。虽然生活很枯燥，好在大家此时站在一条战线上，都是被改造的对象，所以同事之间的关系十分融洽，再也不用为了保住自己而揭发别人、批斗别人，能够获得精神上的放松使体力上的劳累变得有了意义。通过"同吃、同住、同劳动"，好多同事之间有了更深入的了解，干群之间的关系也得到了改善，这也算是一种意外收获。

在邛崃军垦农场劳动期间，劳动是最主要的任务，农忙时大家都在田里忙得热火朝天，一边收割，一边聊天，其乐融融，这种劳累对于从政治斗争中走过来的人说，简直是一种优待。农闲时没有农活，有些人便找机会搭车回成都一趟，拿些衣物，很快就返回。后来成都工学院大部分人又从邛崃军垦农场调至离成都更近一点的大邑县的农场，毛炳权也在其中。

在大邑县农场的日子更加简单些，不像在军垦农场时那样辛苦。尤其与邛崃军垦农场不同的是，在邛崃，他们住的是简易房；在大邑农场，他们住都是正式的砖瓦房。在大邑劳动期间还曾放过暑假和寒假，毛炳权利用寒假曾回过一次北京，看到妻儿平安，他也就能继续安心在农场劳动了。回到四川后，他隐隐约约听到一些小道消息，说是林彪出事了，当时他还不敢相信。直到学校组织传达了中央文件，他才确认了这个消息。1971 年 11 月，在大邑县农场劳动的成都工学院师生接到通知：全部返校。

第七章

迈向科学的殿堂

定居北京

1971年11月底，两年左右的农场劳动结束，毛炳权重返校园，恢复了正常的科研任务与教学工作。回到学校一个月后，毛炳权突然接到了妻子的电话，妻子所在单位化工部北京化工研究院有个北京户口指标，希望毛炳权能尽快调回北京。

接到电话后，毛炳权突然有些感慨：离开北京已经整整12年，和妻子两地分居也已经10年了，真的是光阴似箭。这10年中，毛炳权也一直在想办法调回北京。结婚之后，为了解决夫妻两地分居问题，他和妻子也做了不少工作。但是，要调到北京是很不容易的，必须要有户口指标。没有户口指标，哪怕在北京住上几十年，也仍然是个"黑人"。当时，中国的户口管理是非常严格的，北京户口管理得更加严格。如今，突然有了这么一个好机会，毛炳权便毫不犹豫地下决心办成此事。他立即找到学校的军代表和院党委书记，向他们恳切地说明了自己的情况：自1961年结婚后便跟妻子两地分居，期间两人都做过调动工作的尝试，但均以失败告终。调动工作因牵扯到户口问题，手续十分繁琐。而且，毛炳权和妻子刘新香都是各自单位的技术骨干，两边都不愿意放人，都希望对方能调过来。因此，在调动意向没确定之前，双方单位在争取户口指标方面都不太积极。加上后来的各种政治运动，两人调动工作之事一拖再拖。10年间，毛炳权的两个孩子先后出世，都是由妻子刘新香一人独自抚养。其中的困难和压力可想而知。如今好不容易有了调动名额，可以顺利解决户口问题，毛炳权无论如何都要抓住这个机会。这时，北京方面也派人来成都工学院联系，希望能将毛炳权调过去。

为了彻底解决夫妻俩两地分居的问题，毛炳权恳切地对党委书记说道："工作调动的事情已经拖了十年了，学校是不是考虑给我解决一下……""文革"以前，毛炳权跟党委书记只是点头之交。"文革"时，两人都被打成了"牛鬼蛇神"受到批斗。学校军管后，他们又一起来到军垦农场劳动，同甘共苦，在农场慢慢熟悉起来。在与毛炳权近两年的接触中，党委书记对他的人品和专业素养都有了进一步了解，也对他非常欣赏。党委书记重新出来工作后，非常重视学校优秀人才的培养使用，像毛炳权这样不可多得的人才，他从心里是不想放手的。但听了毛炳权的陈述后，党委书记感到，两地分居问题的确严重干扰了毛炳权的工作和生活，应当帮助这位好同志解决这个困难。经过综合考虑后，党委书记终于答应了毛炳权的请求。在经过院党委研究同意后，人事部门通知毛炳权办理调动手续。

得知自己可以调回北京，毛炳权万分高兴。他先把这个好消息通知了妻子，然后又抓紧时间办理调动手续。当在成都的全部手续办好之后，他长吁一口气。这时，突然发现，从心中对成都还是有些眷恋的。毕竟在成都已经生活了 10 年，10 年的感情并非一朝一

2007 年参加四川大学高分子材料工程国家重点实验室第四届学术委员会会议（右八为毛炳权）

夕能够忘却。这里的乡音、这里的麻辣美食、这里的青山绿水，都让他觉得这么亲切。还有那些成都工学院和与自己曾经共事过的同事、曾经教过的学生，也让他深深牵挂。得知毛炳权要调到北京，离开成都工学院，学校的领导和师生们纷纷前来告别。其实严格说起来，毛炳权不算彻底离开了成都工学院。他调到北京后不久，成都工学院便与四川大学合并，组成了新的四川大学。毛炳权在四川大学里一直兼着职务，还时常会回四川大学参加学术会议。同时，他还带过四川大学的博士研究生。每次到成都，毛炳权以前的同事和教过的学生都会赶来看望他，浓浓深情，暖暖话语，诉说不尽。

与四川大学王琪教授留影

从领导同意调动，到办好各种调动手续，大约用了一周时间。1971 年 12 月底，毛炳权从成都坐火车去北京，奔赴新的工作岗位。临行前，很多同事、学生都前来送行。同当时的许多人一样，毛炳权的行李很简单，所有家当只有到苏联留学时国家发的两个大帆布箱，这两个帆布箱陪伴了他十几年，从北京陪伴到苏联，再陪他到成都，如今跟随他返回北京。除了两个帆布箱外，毛炳权的宝贵财产就是那几大纸箱书了，其中有一些书还是用苏联发表的论文稿费购买，从苏联寄过来的，更多的书是他自己从苏联带回来的。同事何勤功专门蹬着三轮车帮他把行李送到火车站。在成都工学院，何勤功和毛炳权是好朋友，两人一起搞科研、一起写论文。“文革”中，一同受冲击。分别后，两个人一直保持着密切联系。成都火车站是毛炳权非常熟悉的地方，他每年都要在这儿坐车到北京探亲。每次进出这里往往是失望之中带着希望，希望能有一天从这里走向北京与家人团聚。因此，如今走进车站时的感觉与往日不同，因为这一次真的要回家团聚了，这时的毛炳权心中隐隐有些激动，这毕竟是十年的期待。

与何勤功教授(右一)合影于1980年代的成都工学院校园

别了，美丽的成都。别了，成都工学院，事业起步的地方。

毛炳权在成都工学院工作了11年，在这11年中，因为诸如工作学习条件差、各种运动太多等原因，他的心情并不舒畅。但他一直认为，在这11年中，自己的专业业务水平通过不断努力，有很大提高，这是做好教研和科研工作的基础。专业业务水平的大幅度提高得益于两个方面，一是参与了高分子化学、物理学教材及化纤工艺学教材的编写。为了编写出高水平的教材，他收集并反复阅读、研究了大量国内外与塑料、橡胶、化纤有关的教材和资料，对其中的关键原理有了更加深刻的认识。二是参与了塑料、橡胶、化纤三个专业的教学工作。为了给三个专业近百名学生讲好课，毛炳权不仅对有关的基础课，特别是物理化学、有机化学再次深入学习，有不太明白的地方便向其他老师请教，同时，他不满足于让学生们仅仅了解本专业的业务，更希望学生们了解高分子化学和物理学与各自专业之间的关系。给学生们讲课的过程，也是自己专业知识提高的过程。为此，他认真备好每一课，学习了大量塑料、橡胶、化纤的知识，不仅向学生们传输了严谨的专业知识，也为自己今后的科研工作打下了良好基础。

12 月的四川大地还是一片绿水青山，随着火车一路北进，窗外的景色逐渐变成了冰封千里。当毛炳权坐了几天火车来到北京时，一下车，北方的寒冷扑面而来，而此时的毛炳权心中却是热情洋溢。走出北京火车站时，迎接毛炳权的是 9 岁的儿子毛晓峰及他的一位 11 岁的同学。儿子告诉他，妈妈生病了，派自己来接爸爸回家。毛炳权一手搂着一个孩子，一阵热流拥上心头：这就是家，这就是家人啊。爷儿俩回到家与欣喜的妻子团聚后，毛炳权立即着手办理落户北京的各种手续。当时，毛炳权占用的名额是北京石化总厂的(即后来的燕山石化公司)，所以他先到接收单位——化工部北京化工研究院报到，然后到北京石化总厂去办理相关手续，落实户口和档案，所有手续办好后，毛炳权于 1972 年 1 月，正式开始了在北京化工研究院的工作。

毛炳权终于回到了自己的家。他的家是妻子在北京化工研究院分配的宿舍，宿舍是一个小套房，一个单元里有三间屋子，分别住了三户人家，共用一个厨房和卫生间，毛炳权一家住在其中一间 12 平方米的屋子。这时夫妻俩已经有了两个孩子，一个儿子，一个女儿。这么小的房子对于一个四口之家来说，条件确实艰苦些，但能结束长达 10 年的两地分居生活，有了属于自己的温暖之家，还与几户邻居的关系十分融洽，毛炳权已经觉得很知足了。在毛炳权没调回北京之前，从每天早晨起来的一天忙忙碌碌，全是毛炳权妻子刘新香一个人的事情。毛炳权回来后，家里多了个帮手，刘新香也轻松了一些。平日里，夫妻两个把正在读小学的儿子送到学校，再把女儿送到化工研究院的托儿所。然后，他们再一起去上班。这对许多人来说在再平常不过的事情，在毛炳权心目中却是那么可贵，为了夫妻两人能一起上班，他们等了整整十年。

1972 年的北京，无论从政治环境还是社会状况，都比成都要好得多。此时，中国已经进入"文革"后期。随着林彪的倒台，运动的高潮已经逐渐过去，一切正在慢慢恢复正常。当年的中学红卫兵们绝大多数上山下乡，在大学造了几年反的学生们也已经分配工作。在继续"抓革命、促生产、促工作、促战备"的同时，大、中、小学也早已"复课闹革命"。曾经喧嚣一时的街头派别斗争已经看不到了，这使北京更像是一座城市。相比较于还处于两派争斗的成都工学院，这时的北京化工研究院在毛炳权眼中简直算是世外桃源了。化工研究院是科研单位，有着比较好的工作环境。不同于高校，即便在"文革"期间，研究院也有科研任务，以革命的名义做好科研工作，在当时也是硬任务，所以从未出现过停工的现象。化工研究院虽然在"文革"中也有两派的斗争，但身为科研人员的他们不能丢下本职工作，特别是有些研究任务还是国家委派下来的，再加上当时所有的工作都与阶级斗争挂着钩，如果因为派性斗争影响了科研，斗争的性质是会发生变化的。事关大局，谁也不敢马虎。所以，研究院的派性斗争并不十分激烈，研究院的大部分同志还是安心于做好本职工作的。

从聚丁烯到聚丙烯

北京化工研究院成立于1958年6月，是中国最早从事石油化工综合性研究的科研机构之一。渊源历史可以追溯到由著名爱国实业家范旭东先生、著名科学家侯德榜博士于1922年8月在天津塘沽成立的黄海化学工业研究社。1958年6月，国家统一整合化工科研力量，将黄海化学工业研究社、北平工业试验所、沈阳东北工业局研究室和浙江省化工研究所的部分专业所(室)经过整合后，成立了沈阳化工研究院。1958年，沈阳化工研究院部分专业搬到北京后，成立了化学工业部北京化工研究院。1998年9月，北京化工研究院划归中国石油化工集团公司，成为石化集团公司直属科研机构。院本部位于北京市朝阳区和平街北口，并在北京市通州区台湖镇设有科学试验基地。毛炳权入院时分到的研究室当时称为“二连”。“文革”期间，全国的企业、学校和科研单位都学习解放军，单位内部也象征性地以部队的营、连、排来管理基层，“文革”结束后，毛炳权所在的二连改称三室。

毛炳权来到北京化工研究院时，已经38岁，人到中年却突然发现人生来到了一个新的起点，这对他是很实际的考验。在考验面前，他感觉浑身充满了力量，他十分庆幸有机会重返自己热爱的技术岗位，这里是自己发挥专业优势和聪明才智的舞台。毛炳权从到北京化工研究院的那天起，就扑下身子，一心一意要把这几年损失的时间补回来。刚到北京化工研究院时，他主要是跟着老科研人员做些打下手的工作，包括查文献、查资料等。这些细小的变化却使他的工作性质发生了巨大转变，在成都工学院时，毛炳权虽然也曾接触过一些聚甲醛等方面的研究工作，但因学校里的条件有限，再加上干扰太多，研究工作难以深入，也很难出成果。平时的主要工作仍以教学为主。相对于教学来讲，毛炳权更喜欢做科研工作。这主要有三个方面的原因：第一，他的普通话说得不太好，广东口音较重，讲课的时候会影响效果。第二，他受父母的影响，从小就有一个科学梦，希望自己能搞些发明创造，这也成为他一生的追求；第三，他在苏联读书时，从大学三年级开始就跟着科研小组搞研究工作，还发表了自己的专业论文，已有一定的科研工作经验，搞科研不需要多讲，只需要多思考、多做试验、多总结经验教训。所以，毛炳权认为，做科研工作对自己来讲应该算是得心应手的。因此，虽然已近不惑之年，但毛炳权对于能够参与到科研工作中来还是感到十分高兴。特别是后来参与聚乙烯、聚丙烯等专业的研究，他更是如鱼得水，很快融入其中。因为这正是他的专业强项，他在这方面有较强的理论和研究基础及经验，与其他方面相比较更具有优势。

毛炳权到二连后最先接触的项目是聚丁烯。这时，北京化工研究院已经开始了聚乙烯和聚丙烯的研究，取得了一些成果。院里认为可以再开一个聚丁烯的课题，开拓一下研究思路。当时，单位上还有一个女同事跟他一起做这个项目。这位女同事是个共产党员，工作有干劲，但只是原来一直在办公室工作，对化工专业不太熟悉。所以在后来的研究工作中，毛炳权渐渐成为了聚丁烯项目的实际负责人。20 世纪 70 年代，聚丁烯的研究在世界范围刚刚起步，国内化工界也积极参与其中。对这样一个新的研究项目，没有成功的经验可以参考，只能通过查阅大量的外文资料全面了解，确定研究方向。为了方便项目的同事们工作，毛炳权抽时间将一本有关聚丁烯的英文小册子翻译成中文，给聚丁烯小组的工作人员传阅。

对于聚丁烯的研究，毛炳权主要着手于文献与原料的调查。他查阅了大量资料，从中发现了在聚丁烯研究方面的不少困难。原料丁烯碳四馏分包含多种异构体，包括1-丁烯、2-丁烯、异丁烯，其中2-丁烯又分为顺式和反式。它的独特结构导致它不像丙烯那样容易分离，也不容易聚合，能否形成研究成果，毛炳权也说不好。虽然国内已有课题组在做丙烯、丁烯的分离研究，但是还没有看到结果。毛炳权对自己在科研领域中的第一个研究项目非常重视，为了使研究结果更真实、更有效，他除了查阅大量国外资料外，还前往辽宁锦州市考察。他到生产丁烯的锦州石油六厂做了实地调查，并运回两罐200升的丁烯碳四馏分做实验用。毛炳权每天守在研究现场，做分析，做实验，一丝不苟。随着研究的不断深入，他发现分离丁烯的难度很大，因为如果丁烯的纯度不纯，杂质含量多，聚合起来是十分困难的。他感觉，此时国家在石油化工方面需要研究和尽快形成生产力的科研内容很多，不应该在聚丁烯研究方面花费太大精力。

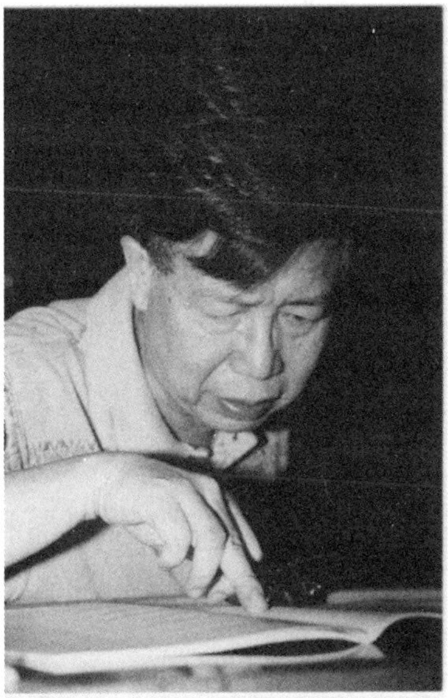

查阅文献

有一天，二连的党支部书记通知毛炳权，让他准备好聚丁烯研究的相关材料，到室里做情况介绍。这个时候，毛炳权已经在聚丁烯课题组忙碌了两个月左右，他根据查阅的文献资料、在生产厂的考察结果以及对原料的调查整理了一份详细报告，专门向室领导介绍了聚丁烯的研究情况。他说，聚丁烯的项目可以搞，不过按照目前的条件来看，将来会出现不少问题。之所以提出这样的结论，其依据主要有二：第一，原料分离困难，需要成立专门的课题组，从北化院当时的实际情况来看，存在一定难度；第二，聚丁烯的晶型结构不太稳定，产品的物理机械性能不稳定，后加工也存在问题。他针对自己提出的这两点依据做了详细的分析。听了毛炳权的发言，大家开展了认真讨论。最后室主任归纳总结了大家的意见，认为目前继续搞聚丁烯的项目很不明智，不仅科研成果出不来，还很容易造成资金与资源的浪费。大家讨论的结果上报到院部。根据二连提出的意见，北京化工研究院最终决定终止聚丁烯项目，将主要的研究力量放在聚乙烯及聚丙烯的研究方向上。在把聚丁烯项目收尾结束后，毛炳权被调到聚丙烯课题组。后来的事实证明，毛炳权的建议是正确的。聚丁烯在世界上的研究许多年才逐渐有了成果，形成了工业化生产。我国直到2015年才在山东省建设了首个聚丁烯生产企业。这个速度已经远远落后于国内其他急需项目的研究开发，此时的北京化工研究院利用有限的资金和技术力量，已经成功研究出国内急需的聚丙烯和聚乙烯催化剂，并出口到国外，还获得了多项专利，成果显著。

催化剂从仿开始

毛炳权调到聚丙烯课题组的时候，课题组的技术负责人是唐士培教授。唐士培教授是我国老一辈高分子合成专家，也是北京化工研究院最早从事聚乙烯和聚丙烯研究的工程师。北京化工研究院的前身是1958年时设立在沈阳的化工部沈阳化工研究院，从1958年开始，唐士培和课题组的同事们已经在从事聚乙烯的研究。据唐士培教授介绍，北京化工研究院自1962年开始，已经将重点放在了聚丙烯的研究上。

为什么会出现研究重点的转移，这与当时生产聚乙烯的原料有关。工业上所用的乙烯，主要是从石油炼制工厂和石油化工厂所生产的气体里分离出来的，也可以通过植物淀粉分离制造。20世纪50

年代，我国研究乙烯基本是使用粮食作原料。把粮食制成乙醇，再把乙醇脱水产生乙烯。20 世纪 50 年代末、60 年代初的中国正值“三年困难时期”，粮食紧缺，人们的肚子都难以填饱，国家也没有多余的粮食用在研制聚乙烯上。这时，我国利用石油气制造乙烯还基本算是空白。鉴于此，北京化工研究院才将研究重点放在了聚丙烯的研制上。

聚丙烯，是由丙烯聚合而制得的一种热塑性树脂，其应用性非常广泛。尤其是在包装材料、家用电器和汽车制造行业应用的更多，发展聚丙烯生产对国民经济有非常重要的作用。其性能与聚乙烯各有千秋，优于聚乙烯的方面在于其当时的原料来源比较广泛，北京化工研究院已有科研人员专门从炼油厂的尾气中成功分离出丙烯原料，为之后聚丙烯的生产奠定了基础。

自 20 世纪 50 年代齐格勒-纳塔催化剂问世后，化工催化剂的发展非常迅速。70 年代时，国外已经大量生产聚丙烯，而聚丙烯产品的每次更新换代都是催化剂在起作用。而当时的中国，由于历史原因与现实状况，与国外的科技界交流较少，许多研究工作都是在摸索着前进。一直到 1962 年，国内聚丙烯的研制工作才起步，与国际水平差距甚大。为了减少聚丙烯树脂的进口，20 世纪 60 年代初，中国开始了聚丙烯研究。当时兰州化学工业公司石油化工厂进口了一套生产乙烯和丙烯的裂解装置，在此基础上，又从英国帝国化学工业集团(以下简称英国 ICI 公司)引进了采用 vickers-zimmer(维克-吉玛)工艺技术及常规催化剂体系的 5000 吨/年溶剂法聚丙烯中试装置。其实，国际上最早搞聚丙烯研究和生产的是意大利，不过因意大利的聚丙烯装置价格过高，兰州化学工业公司石油化工厂只能退而求其次，选择从英国进口。这套装置是英国人参照德国人研发的中试装置改造而成，无论是生产流程还是装置本身都很不成熟，能耗物耗太高，年产量却仅为 5000 吨。所以，这套进口的中试装置水平并不尽如人意。更令人无奈的是，当时正值“文化大革命”期间，前来参加开车的英国技术人员被企业的“造反派”认定为间谍，还没等他们向中国技术人员和工人传授生产技术便被驱逐出境。英国人倒也乐得如此，反正装置的费用已到位，装置技术指标达不到设计要求对他们也没有什么损失。这一系列的原因，使兰化石油化工厂的这套中试水平的聚丙烯装置很不理想。不仅原料消耗定额特别高，而且，生产中产生的“三废”也很严重。

即便如此，该装置仍是国内第一套进口装置，其对国内化工界提供了可贵的技术参考，为我国化工催化剂的研发发挥了重要作用。北京化工研究院也曾派人到兰州参观过这套装置，并在北京参照装置的五釜流程研发了一套三釜流程的中试装置。后来根据北京化工研究院的中试装置设计了一套年产 5000 吨的装置，这套三釜流程的中试装置年产量为 3000 吨，在北京燕山化工总厂向阳化工厂建成投产。另外，当时北京化工研究院也根据国外第一代催化剂——齐格勒-纳塔，仿制了自己的研磨法催化剂。

可以说，北京化工研究院在聚丙烯的研制上已经有了一定基础。毛炳权调至聚丙烯课题组时，该课题组分为中试组和小试组。中试组因需要早中晚三班倒，所以人员的数量比较多、规模也更大一些。毛炳权刚开始的主要任务仍是查阅文献材料，为课题组的深入研究提供技术支持。当时的文献材料多参考国外的研究成果，那时国内的科技界还没有形成知识产权的意识，化工研究在很大程度上都靠仿制，这也让中国的化工科技走出了一条从仿制到自主创新的中国化学工业发展之路。以兰化石油化工厂进口的年产 5000 吨装置为例，这套五釜流程的装置，反应流程较长，很不经济。北京化工研究院就在此基础上加以改进，仿制了一套三釜流程的中试装置，增加了脱除催化剂残渣和无规物的功能。聚丙烯生产出来一般会有两种结构：一种是等规聚丙烯，一种是无规聚丙烯。等规聚丙烯具有良好的物理性能，无规聚丙烯则呈黏稠状，如果混到聚丙烯中，会降低聚丙烯的性能。所以降低无规聚丙烯的含量是提高聚丙烯质量的一个有效方法。仿制的这套中试装置，在提高聚丙烯质量方面发挥了积极作用。

此时，虽然国外生产的聚丙烯催化剂质量不算高，性能也不算完备，可我国受研发水平和生产能力的束缚，仍然要长期依赖从国外进口催化剂。而国外厂商依仗催化剂的技术垄断地位，屡屡向我们卖出高价，造成了我国企业经济效益的大量流失。面对这种情况，作为北京化工研究院聚丙烯项目的负责人，唐士培教授深知自己身上责任重大，自然压力也大，天天认真地忙碌在实验室。这种责任和压力也自然影响到了其他同志，身为课题组成员的毛炳权对我国化工催化剂的现状感到焦虑。他暗暗树立一个目标，一定要研制出中国人自己的催化剂。也正是为了早日打破国外的技术垄断，北京化工研究院全力以赴地开展催化剂的科学研究，并成功研制出了研磨法催化剂。但是，这种催化剂是仿制国外产品生产而成，其效果和性能与进口催化剂相比还有一些差距，虽然能够用于国内化工生产装置使用，却无法替代进口，北京化工研究院的科研压力仍然很大。

第八章

仿制与创新——络合型催化剂的发展之路

进入 20 世纪 70 年代后，随着国外先进技术设备的逐渐引进，再加上国内科研人员的不懈努力，中国的聚丙烯催化剂研制渐渐加快了步伐。1971 年，以 Solvay(索尔维)集团开发的 $TiCl_3$-R_2O(异戊醚)-$TiCl_4$-$Al(C_2H_5)_2Cl$ 络合型催化剂为典型代表的第二代催化剂使聚丙烯技术有了很大发展，在研制成功后，Solvay(索尔维)集团立即申请了专利。然而，此时的中国仍没有自己独立的催化剂研制技术，聚丙烯催化剂仍然在仿制。在这个时期，毛炳权所在的课题组在认真学习和了解索尔维第二代催化剂的基础上，仿制出了一种新的催化剂，被命名为络合Ⅰ型催化剂。

这种催化剂的仿制过程一开始并不顺利，毕竟这是一个从无到有的过程。整个仿制过程基本按照索尔维第二代催化剂的参考文献来开展，在小试过程中就碰到了问题，主要是国内的催化剂原料不合适，异戊醚来源困难，溶剂用的抽余油组分不纯。尽管困难很多，但经过大家的努力还是仿制出了络合Ⅰ型催化剂，但各项性能还远达不到索维尔集团的水平。尽管如此，能成功研制出络合Ⅰ型催化剂也给课题组的成员们带来很大鼓舞。

1973 年，北京燕山石化公司向阳化工厂使用北京化工研究院研制的三釜流程溶剂法工艺，建成投产了一套年产 5000 吨的聚丙烯生产装置。同时，还利用络合Ⅰ型催化剂建成了一个络合Ⅰ型催化剂的中试装置。为验证络合Ⅰ催化剂的性能，北京化工研究院课题组在唐士培教授的带领下，在这套年产 5000 吨的聚丙烯生产装置上作聚合试验。多次试验结果证明，络合Ⅰ型催化剂虽是仿制而成，但它的活性与定向能力都要优于第一代进口催化剂很多。这增强了课题组同志们的信心：外国人能做到的，我们也能做到，仿制络合Ⅰ型催化剂仅仅是一个起步。年产 5000 吨的装置从经济效益来看没太大价值，但其在中国国产催化剂的研发中发挥了重要作用。1976 年，向阳化工厂建成投产了一套 8 万吨聚丙烯装置，这套 5000 吨的装置结束了历史使命，成为一套真正的试验装置。

梦想从“开车”启航

1976年，北京燕山石化公司向阳化工厂(后来的燕山石化公司化工二厂)进口了一套当时国内最大的聚丙烯生产装置，年产量为8万吨，采用的是日本三井石化的淤浆法生产工艺。这套装置从设计、工艺、设备、仪表到产品牌号等在当时都算国际先进水平，所用动、静设备和仪表全部从国外进口。

听说向阳化工厂进口了这样一套装置，一直对催化剂的研究情有独钟的毛炳权非常感兴趣，他希望自己能有机会到现场参观考察和学习。对于科研工作，毛炳权一直持有一种观点，这就是，研究科研的人不能只待在实验室里闷头工作，还应当对所有工业化的工艺、设备、生产流程、仪表控制及三废处理等有关内容有所了解，形成完整的科研思维。于是，他主动向研究院领导提出，要求参加燕山向阳化工厂聚丙烯装置的开车工作(在中国化工界，装置开工生产都习惯性地称为“开车”)。说来也巧，研究院原定的一名参加开车工作的人选因家中有事不能成行，正需要有人来代替他。研究院同意了毛炳权的要求，改派他进入开车工作组，使他的心愿得以实现。一同前往向阳化工厂的还有北京化工研究院的唐士培、李天益、李珠兰、杨菊秀等。唐士培作为北京化工研究院的副总工程师，又是向阳化工厂厂长李力在抗战时期浙江大学的同学，受邀做此次装置开车的顾问。

来到燕山石化向阳化工厂后，毛炳权被安排在聚丙烯车间。他很珍惜这次机会，虽是科研院所的科技人员，他却不要求任何照顾，只要求能跟着工人一起工作。毛炳权的想法是，自己长期以来从事教学和科研工作，对企业尤其是生产一线了解不多，他打算通过参与开车补补这一课，为今后更好地开展科研工作打下个良好基础。于是，他来到生产车间跟着操作工人一起倒班。夜班8个小时，他跟着工人一起巡检，一起记录装置运行情况，一起检查设备状态。夜班是工人们最疲劳的工作时间，而且，深夜的装置区，气体在管道内巨大的流动声，设备的轰鸣声，都会催人昏昏欲睡。但夜班的劳动纪律又要求当班工人不能睡岗。所以，毛炳权经常是一个夜班下来，感到非常疲惫，但他从不叫苦叫累。相反，他对这样的工作体验很感兴趣。他认为只有与工人同吃、同劳动才能更好地了解工人的工作和技能情况，才能更具体地了解装置的运行情况和工艺变化情况。向阳化工厂的这套聚丙烯装置属于当时的国际先进水平，毛炳权在这里见到的、学到的都是国内独一无二的。他知道，在这种环境下学习，能够切实提高自己的科研水平和工作能力，所谓“实践出真知”，就是这个意思。所以他在工作的时候格外卖力，抓紧这难得的学习机会，全力以赴地学习。他肯吃苦，能钻研，深得一线工人们的好评，工人们也愿意把操作中的体会和经验与他交流。两三个月后，他对聚丙烯装置的各个部位已经有了大概了解，对于工人的工作情况也了然于心。在此基础上，他又把自己的主要工作时间安排在白天，查阅大量相关的文字资料，检查各种化工设备的运行和备用情况，包括压缩机、反应釜、离心机等各类设备，还认真学习设备的制造原理，查看设备是否正常运转。

对于聚丙烯装置的工艺流程，毛炳权并不认为是一个难点，只要拿一份流程图便可一目了然。他此次来燕山石化公司向阳化工厂的主要目的是为了了解设备。通过参加装置开车，他对机械设备的确有了全新了解，受益匪浅。例如换热器，为何选的型号有所不同？同样是压缩机，每台具体功能又有不同，到底区别在哪？选择哪个更加合适？还有控制仪表，那时的仪表不是现在由电脑控制的

DCS 系统，基本都是使用气动和电动仪表。所有的仪表都集中安装在仪表盘上，当班工人和技术人员通过观察仪表，监控管道和设备、仪表的温度、压力及各项参数。毛炳权一直坚信，对化工行业的科研人员来讲，对生产装置的了解与熟悉对今后的研究工作是大有裨益的。

1976 年 7 月 23 日是星期五，这天下午，毛炳权像往常一样，结束了在聚丙烯车间的工作后返回招待所宿舍休息。第二天上午，他和开车组的同事们从向阳化工厂的所在地房山县回北京市区，打算在市内休整几天再返回现场。没想到一场突如其来的灾难，打乱了他们的工作和生活。

1976 年 7 月 28 日凌晨 3 点多，距离北京城仅 150 公里的河北省唐山市天空中似有一阵雷声盘旋，顷刻间，桌案摇摆得厉害，天旋地转，房屋倒塌，许多正在熟睡的人还没来得及反应就被深埋在地下了。这便是震惊世界的“唐山大地震”。地震当天，北京也有强烈震感，很多道路被毁，房屋倒塌裂缝的情况也很严重，只是遇难人数没有唐山多。据官方统计，北京市死亡一百余人，伤四千余人，全市倒塌房屋三万多间。27 日的晚上，北京和唐山一样，出奇的热，一丝风也没有。很多人至今仍牢记着 28 日凌晨地震时的感受：地光，地声，强烈的摇晃……许多人是被摇醒的，“跟坐火车一个感觉，左右晃动”。当时人们普遍的反应是不顾一切，尽快跑到屋外去。28 日当天，北京的大雨从早一直下到晚。此后几天，也天天下雨。震后，许多居民跑到院内空地和街道上。有人在文章中写道：“几分钟内，北京的街道塞满数以百万计的居民。”许多人披雨衣或打雨伞，立于街中。不少没有雨具的人，浑身被淋湿。由于余震不断，一个来月，老百姓大都在防震棚里睡觉，露天而居。使用缝在一起的塑料布、雨衣(少数用木板、油毡纸)，甚至用一把把雨伞排在一起拼成临时的小棚，雨后春笋般出现在大街小巷和公园里，包括天安门广场和中南海内。8 月 16 日一早，北京市革命委员会广播车上街宣传，告诉市民可以回家了。15日深夜，广播电台继续广播："北京地区不大可能发生强烈的余震。"于是，人们纷纷拆除防震棚，陆续回到了原住房。

因地震的影响，很多工作都无法正常开展，从中央到地方都全力投入到灾后重建工作中。因为地震，毛炳权和他的同事回到北京市内之后，没有马上返回向阳化工厂。在这段时间里，他们白天继续开展科学研究，晚上下班后则和千千万万北京市民一样，住在防震棚里。盛夏时节，一家人挤住在闷热狭小的防震棚里，原有的生活规律完全被打乱。而毛炳权他们的科研工作，却一直在按部就班地进行着。过了近两个月的时间，北京因地震而搞乱的工作和生活秩序逐渐恢复了正常。毛炳权他们再次返回燕山石化公司向阳化工厂，继续他们的实验。当他们赶到生产现场才发现，这里的一些房屋已经倒塌，无法正常开展工作。燕山石化打算安排毛炳权他们住到招待所去，毕竟招待所的条件要好些。可科技人员们没有同意，在他们心中，只要能顺利开展工作，条件差一些没什么关系。同时，他们考虑到此时仍有余震，如果安不下心来，不利于对生产情况的了解，干脆住在现场观察。就这样，大家在生产装置附近搭起了帐篷并住了进去，随时可以到现场工作。虽然这场突如其来的地震夺去了几十万同胞的生命，但科研人员们没有被地震所吓倒，在无法预知地震情况的前提下，他们兢兢业业地坚守在自己的工作岗位上。大家都知道，化工行业的特点是高温、高压，易燃、易爆、易中毒。在正常的环境中，为了切实做到安全生产，尚且需要职工打起百分之百的精神，不得有半点疏忽，在面对破坏性很强的地震灾害时，化工装置发生事故的几率和不可知性相当大。但毛炳权和他的同事们，还有燕山石化的干部、工人、技术人员，却都义无反顾地盯在生产现场，冒着余震巡检、检验，一刻也没放松。

1976年对于中华民族来说是极不平常的一年。在这一年里，除了前所未有的唐山大地震给人民的生命和财产造成了巨大损失外，国内的政治环境也在发生着巨大变化。1976年1月8日，受国人爱戴的国务院总理周恩来与世长辞；1976年7月6日，中国十大元帅之首、全国人民代表大会常务委员会委员长朱德去世；1976年9月9日，中国共产党中央委员会主席、中央军委主席、人民领袖毛泽东也驾鹤西去。对于几位国家领导人的去世，举国哀痛，特别是毛泽东主席的去世，让许多中国人产生了“中国向何处去”的惶恐。在毛泽东去世后近一个月的时间内，国内的政治形势不明朗，出现了许多小道消息，这也让许多中国人感到不安，其中就包括毛炳权和他的同事们。1976年10月6日，中共中央主席、军委主席、国务院总理华国锋和叶剑英同志，代表中共中央政治局，对江青、张春桥、王洪文、姚文元及其在北京的帮派骨干实行隔离审查，并昭告全党全国：“四人帮”反党集团被粉碎。粉碎“四人帮”是历史性胜利，长达10年的“文化大革命”也就此宣告结束。北京从来不缺少消息传播的渠道，毛炳权他们在上级没有传达粉碎“四人帮”的文件之前，就已经听说了这个消息。当时“四人帮”围绕周恩来逝世的一系列倒行逆施，激怒了中国人民，也为他们的倒台埋下了伏笔。所以，当毛炳权与唐士培、李天益等人听到这个小道消息时，大家心里高兴，在单位附近找了个小饭店，暗中庆祝一番。据说，粉碎“四人帮”那几天，北京市的螃蟹被销售一空，上了餐桌的螃蟹是不能再横行的。

“文革”的结束使国内环境得以逐渐稳定，毛炳权等人能够更加安心于科学研究和对新技术的实践工作。毛炳权一直认为，作为一名工程师，只有理论知识而没有工厂的生产经验是十分不正常的。可以说，没有实际生产经验，工程师在科研工作中就没有发言权；没有在生产现场的实践，有再好的理论基础都不会成为一名合格的工程师。科学研究人员虽以科学研究为主，但只有研究出来的成果经过实践检验证明其有价值，这才属于科学成果。否则，只能算是科研的阶段性结果。既然价值的体现要经过实践来证明，那么整个实践过程就是非常重要的。尤其是像化工这类实用性学科，科研成果的价值要通过转化为生产力来体现。在研究室研究出来的成果是必须拿到工厂来检验的，这个检验过程也是产品的生产过程。同样是要把成果转化为生产力，研究人员考虑的问题与企业考虑的问题角度并不完全一致，企业要考虑生产成本、产品质量及其能否打开市场等问题，最好在新成果转化过程中，不停产或者少停产。研究人员虽也考虑产品在市场中的价值，但也有不少人是想通过生产转化，来证明自己的成果是可行的，至于多长时间可以转化为生产力，有些研究人员考虑得不是太多。这样一来，研究成果在生产过程中很可能因出现问题而遭遇停产，一旦停产，不管是研究单位还是工厂，都将面临巨大的经济损失。

正因为如此，毛炳权从教时也常教导学生必须重视到一线去实习。包括后来带研究生，他一直在强调理论要与实践相结合。有的学生对生产实践不以为然，认为化工生产一线只是个熟练过程，没什么技术含量，从心里不够重视。每每看到学生这样的反应，毛炳权都会语重心长地对学生们说："你们错了，在工厂里待得时间长了，你考虑问题的角度往往就跟研究院不一样了，只有真正到厂里去，才能知道科研应该如何与生产相结合。"

毛炳权在科研过程中，经常主动到企业里了解生产情况。在装置开工和新产品试制过程中，他跟着企业技术人员和工人一起操作设备，一起了解情况，一起讨论问题。通过生产实践，切实了解到新产品在生产当中存在的具体问题，再针对具体问题找到解决办法。正是因为有了在企业生产过程中的大量经验积累，毛炳权才掌握了相当多的生产知识，也使他在今后的科研中有了更强的针对性。

自从参加聚丙烯装置开车以来，毛炳权与同事在燕山石化向阳化工厂待了一年有余。在这一年多时间里，毛炳权收获颇多，对聚丙烯装置和聚丙烯的生产过程有了深入的了解。随着对生产过程了解程度的加深，毛炳权有了一个新的发现：虽然这套装置在很多方面都已达到国际先进水平，但它同样也存在着生产流程长、能耗物耗高等问题，这说明该套装置还是存在缺陷的。再加上装置的设备繁多且全部都是依赖进口，致使建设费用十分庞大，单是购买设备的费用就是一个相当大的数字。随着中国国民经济的发展，如果要不断增加聚丙烯的产品品种和产量，光靠进口这条路是根本行不通的，必须坚持两条腿走路的方针，创造出中国自己的自主技术。

通过一年的开车工作，毛炳权等人最终发现，燕山向阳化工厂的聚丙烯装置存在着一个重要缺陷，其使用的催化剂活性和定向能力(选择性)较低。当时向阳化工厂所采用的催化剂是第一代催化剂，这种催化剂的生产存在两个问题：第一，它有一套脱灰装置，可以脱除催化剂残渣、粉末，降低灰分含量。因为灰分影响产品质量，所以要脱灰降低至 30 微克/克。但当时的催化剂活性很低，不用脱灰装置根本不可能降至 30 微克/克。因为，灰分中的主要物质是二氧化钛(TiO_2)和氧化铝(Al_2O_3)，而二氧化钛(TiO_2)会使聚丙烯、聚乙烯产品引起降解、老化，造成产品颜色发黄，使产品的性能变差。所以要改善催化剂，首先要做的就是大幅度提高催化剂的活性，如果活性提高了，聚丙烯中的 TiO_2 含量少了，达到少于 30 微克/克，完全可以不用脱灰装置；第二，聚丙烯生产出来一般会有两种结构：一种是等规聚丙烯，一种是无规聚丙烯。无规聚丙烯呈黏稠状，如果混到聚丙烯中，就会降低聚丙烯产品的物理机械性能。因此，装置中就要有一套脱无规物装置。这些情况，在 5000 吨装置生产中也出现过。针对脱出来的无规物找不到地方应用的问题，三井石化为向阳化工厂设计了一套可以烧无规物的锅炉，在消化无规物的同时也可以为装置提供蒸汽，做到废物利用。但这套装置又需要我们花钱去买，成本太高。若想减少设备，缩短工艺流程，大大降低装置的投资，首先要解决的就是催化剂问题，而提高催化剂的活性和选择性是改善催化剂的关键，也是难点。所谓活性，就是每一克催化剂能得到多少克聚丙烯。活性高了，聚丙烯产品中的残渣就很少了。而选择性，决定着产品的等规度，也就是产品中等规聚丙烯占的比例多少，选择性高了，影响产品性能的非等规聚丙烯含量就会降低。

在这种情况下，燕山向阳化工厂厂长李力提出，可否将北京化工研究院研制出的络合Ⅰ型催化剂在进口的 8 万吨设备上做实际试验。这个提议得到了北京化工研究院课题组的认同，毕竟络合Ⅰ型催化剂已在年产 5000 吨的生产装置上成功应用。虽然 5000 吨的装置与 8 万吨的装置有着很大差距，但大的工艺和设备还是有共性的。另外络合Ⅰ型催化剂在 70℃下在间歇丙烯本体聚合条件下进行的试验也很正常。所以大家认为准备工作已经没什么问题了，决定鼓起勇气，放手一搏。

对于此次试验，燕山石化公司向阳化工厂和北京化工研究院都高度重视，厂长李力和研究院课题组的唐士培、李天益、毛炳权、李珠兰、杨菊秀等人以及厂方的科技人员共同参与，在聚丙烯装置中投放了络合Ⅰ型催化剂。但是，装置开起来不久便出现了异常现象：设备的搅拌功率越来越高，取样查看后，发现聚丙烯颗粒变得非常细小，淤浆黏度也变大。众人发现情形不对，立即停车查找原因。厂方和研究小组从方方面面仔细寻找出现问题的原因，可是过了很久都未发现可疑之处。找不到原因，试验便不能再继续进行下去，试验宣告失败。这一失败带来的不良影响是深远的，产量 8 万吨的装置停车更换催化剂，还要处理一系列的后续问题，每一次开停车都会使能耗物耗增加，带来较大的经济损失。

直到多年以后，众人的困惑才逐渐解开。8 万吨的设备开车试验之所以出现问题，原因在于原来用的催化剂活性低，改用络Ⅰ型催化剂后活性高，并且这套装置里面缺少了预聚合装置。5000 吨的聚丙烯装置虽然也没有预聚合装置，但因聚合温度维持在五六十摄氏度，温度较低，低温造成了络合Ⅰ型催化剂的反应比较慢，不会发生剧烈变化，所以生产出来的聚丙烯没有问题。而且，本体聚合用的是间歇釜式聚合工艺，在试验过程中，用与过去同样的温度，在升温过程中就相当于预聚合，没有预聚合的过程，所以能试验成功。到了在8万吨装置上试验的时候，研究小组试图采用连续淤浆法工艺，这种工艺一般是在反应器中加入一种惰性液态烃溶剂(一般为已烷、庚烷)，在较低的温度、压力下进行聚合反应。由于8万吨装置聚合温度高达70摄氏度，而络合I型催化剂的活性较第一代催剂高，反应也比较快，如此一来，该装置内便缺少了慢慢升温的过程，预聚合过程也由此消失，生产出来的聚丙烯自然也就发生了异常。

吃一堑，长一智，从失败的教训中吸引教训，提高自己对问题的认识能力。经过这一次试验失败，毛炳权在以后的科研道路上变得更加慎重，也更加严谨。他进一步认识到，在科学研究及工业应用上，只有将方方面面的问题都考虑到，才有可能将即将出现的问题扼杀在萌芽中。这次没能考虑到预聚合的问题，一是当时国外在研究催化剂的时候没有提到过预聚合的概念，二是课题组对于5000吨装置与8万吨装置内部温度差别问题的疏忽。经历了这次失败，毛炳权在日后的研究中对预聚合这个问题更加重视，也为日后自主研制催化剂积累了经验。

在向阳化工厂一年多的开车过程中，毛炳权和课题组的同事们不仅对企业的生产情况有了深刻了解，更是积累了大量的催化剂研究经验教训，为今后自主研制催化剂打下了基础。这是个学习和思考的过程，尤其是当毛炳权完整地了解了这套8万吨的装置之后，更有了深刻的认识。这套聚丙烯装置是从日本三井石化公司购买技术，三井造船公司设计、制造。该装置包括设备费、材料催化剂费和生产技术专利费共5310万人民币。全套装置分AB两条生产线，共有设备761台。其中引进设备724台，国内制造的设备37台。此外，还从东邦钛公司购买了一套研磨法铝还原生产三氯化钛装置。后来，由于生产出的副产品无规聚丙烯无法处理应用，又通过三井公司购买建成一套燃烧无规物锅炉，生产蒸汽，为企业供热用。因为当时的中国没有自己的聚丙烯催化剂，从国外购买的价格相当高。而且，后期为了处理催化剂带来的副产品，还不得不继续购买国外的装置和设备，加长了工艺流程，自然也就增加了能耗、物耗，全部费用算下来是相当惊人的。这种现象让毛炳权刻骨铭心：科学技术的落后已经让中国企业付出了高昂的代价，要打破这种局面，必须要想办法研发出国产催化剂，打破国外企业的垄断。

用实力说话

对于已经研制出来的络合 I 型催化剂，虽然还存在不足，但毕竟算是国内较早仿制出来的催化剂。所以，当时北京化工研究院将其作为成果上报，希望能够获得奖励，但最终因为这一催化剂没有自己的创新内容，不能算创新成果，与奖励无缘。毛炳权得知这一消息后，经过反复考虑，向唐士培教授提议，能不能想办法在络合 I 型催化剂的基础上进行改进，让它跟仿制的原品有所区别？变成自己的成果？唐士培教授很欣赏毛炳权的积极性与工作魄力，立即同意了毛炳权的提议。1978 年，北京化工研究院组建了一个络合 I 型催化剂改进小组，由毛炳权任组长。

催化剂的选择性和活性是技术的核心，能不能用最小的代价，来提高催化剂的选择性和活性？毛炳权和他的课题组围绕这个难题开展了攻关。

要对络合 I 型催化剂进行改进，首先要在催化剂制备技术上做改进。怎样找到这个技术支点，选准改进方向是最为关键的一点。毛炳权最先想到的就是制备催化剂的原料问题，络合 I 型催化剂的原料之一是异戊醚，当时国内的异戊醚数量很少，是葡萄酒发酵后的副产品，获得该原料本身就存在着很大难度。另外，异戊醚的结构复杂，异构体很多，回收提纯也同样困难。在综合考虑和试验后，毛炳权提出用结构单一、便于回收的正丁醚代替异戊醚。

使用正丁醚做原料来合成催化剂，并没有想象的那么顺利，反而出现了不少困难。首先出现的是用正丁醚得到的催化剂不是粉末状，而是结成块状。经过不断调整方案，做了几次试验后找到原因，这种情况的发生是因为使用的正丁醚浓度过高，致使催化剂结块，无法生产。为了解决这一问题，毛炳权带领课题组的同志不断调整浓度和温度等参数，经过多次调整，使结块问题得以解决。结块问题虽然解决了，但合成出的催化剂成品活性仍然不尽如人意，一开始用正丁醚合成的催化剂活性还不如异戊醚活性高。

科学研究从来不是一帆风顺，需要科技人员付出大量辛勤的劳动。一次不成功，几次不成功，那就不断研究下去，直到成功为止。毛炳权和课题组的同志总结了经验教训，从改变配方比例下手，使正丁醚能够早日合成出令人满意的催化剂。毛炳权沉着冷静，不怕麻烦，多次改进配方比例，反复试验。在试验过多种不同的配方比例后，1978 年毛炳权带领课题组终于成功合成出了新的催化剂。新研制出的催化剂无论是在活性上还是选择性上，都比用异戊醚合成的催化剂高出一个层次，而这也代表着，由国内自主研发的催化剂已超过了索维尔集团生产的第二代催化剂水平。这种在络合Ⅰ型催化剂基础上改进而成的催化剂被命名为络合Ⅱ型催化剂。络合Ⅱ型催化剂的问世，加上采用丙烯液相本体聚合工艺，使催化剂活性从 60 年代的 300 克聚丙烯/克催化剂提高到 1500 克聚丙烯/克催化剂，等规度达到 96%～97%，省去了脱催化剂残渣和脱无规聚合物工序，实现了无脱灰、无脱规聚合物工艺。由于其优异的催化效率和选择性，流程也大大简化，采用简单的国产设备便可生产合格的聚丙烯树脂，成本也大幅度下降。

毛炳权在实验室进行丙烯聚合试验

络合Ⅱ型催化剂研制的成功使毛炳权和他的同事们欢欣鼓舞，因为新催化剂的研制成功不仅填补了我国聚丙烯催化剂的空白，也奠定了中国聚丙烯催化技术的基础，从此以后，中国人可以用自己的催化剂进行聚丙烯生产了，不再仰人鼻息。国家对北京化工研究院自主研发的催化剂也极为重视，1982 年，络合Ⅱ型催化剂获得了国家发明三等奖。

过了不久，当毛炳权和课题组的同事们从成功的喜悦中冷静下来的时候，他们发现不得不面对这样一个现实：有了自主创新的催化剂，却没有自主的聚丙烯工艺和生产装置。如果这一切不能尽快解决，中国人就不可能实现自主生产聚丙烯产品。人类在前进的道路上，总是要有所发现，有所发明，有所创造，有所改进，不断地发现问题，解决问题。为了实现聚丙烯的自主生产，毛炳权和他的同事们团结一心，继续攻关。在解决了催化剂的问题之后，他们着眼于聚丙烯的生产原料、工艺及设备等方方面面的攻关。因为他们清楚地知道，只有创造出自己的催化剂和生产工艺，中国的聚丙烯生产才能完全实现自主生产。

这时，毛炳权和同伴们又有了一个新的想法：当时国内使用的聚丙烯生产装置及催化剂均是从国外进口的，丙烯是生产聚丙烯的原料，而生产丙烯的催化裂解装置要从国外进口，这又是一笔很大的费用。完全依赖进口技术和装置来生产，不是中国聚丙烯行业发展的长久之计，为了加快中国的经济发展步伐，实现聚丙烯的自主生产实际上已经迫在眉睫。经过深入了解，毛炳权他们把目光盯在了炼厂气上。在这个时期，我国已经有很多中小型炼油厂，炼油厂在生产过程中会产生相当数量的副产品——炼厂气，这些炼厂气中含有50%左右的丙烯，往往经过液化后成为液化炼厂气，简称“液化气”，全都作为工业和家庭使用的燃料出售。其实，炼厂气中的丙烯完全可以提取出来用作生产聚丙烯的原料，这样不仅能够替代进口，也能避免浪费，给企业带来巨大的效益。炼厂丙烯可以由催化裂化装置产生的液化气经气体分馏装置分馏后得到，这项工作北京化工研究院以前已有专题研究，还在炼油厂推广过。这种分馏工艺会使炼厂丙烯含有一些杂质，对质量有所影响，这也成为国内没有普遍采用炼厂气制造丙烯的主要原因。络合Ⅱ型催化剂恰恰有超强的抗杂质毒害能力，对单体净化要求不高，特别适用于这种炼厂丙烯的聚合。络合Ⅱ型催化剂的研发成功，为使用炼厂气生产丙烯打开了一扇大门。国内一些机构迅速围绕络合Ⅱ型催化剂的特点开始了试验工作，其中就包括北京化工研究院。

北京化工研究院最早研制聚丙烯使用的是淤浆法，丙烯在60~70摄氏度的温度和2.8~7.0兆帕的压力下在溶液中聚合，所得到的聚丙烯不溶于已烷等溶剂。聚合物与溶剂分离后，经过干燥后可进行造粒。这种方法可以迅速测定其聚合物黏度，易于控制分子量和分子量分布，但所生成的树脂活性低，工艺流程长，无规物多达20%~30%，生产成本高。于是，北京化工研究院又在此基础上采用了本体聚合，本体聚合是单体（在聚丙烯的生产过程中，这个单体仅指丙烯）在不加溶剂以及其他分散剂的条件下，由催化剂自身进行聚合引发的聚合反应。本体聚合提高了丙烯的浓度，因此也提高了催化剂的活性，可以使聚丙烯中的钛含量降低，本体聚合与有溶剂的淤浆聚合相比，具有不必进行溶液回收和不消耗溶剂的优点。北京化工研究院采取两条腿走路的方针，一手抓放大催化剂的改造，一手抓本体聚合的研究。

丙烯本体聚合的研究工作在国内同时有三个单位在做，这三个单位是北京化工研究院、中国科学院大连化学物理研究所(简称大连化物所)及复旦大学。各单位结合自身实际，分别对丙烯本体开展研制。中间有独立试验，也有共同合作，只不过三个单位所使用的催化剂略有不同。这些研究是在国家科委和化工部的领导下开展的，研究本体聚合的单位也根据部委的要求，在国内选择一个企业做中试的试点。在大连化物所的主导下，最终把试点单位选定在辽宁瓦房店纺织厂。大连化物所成立于 1949 年 3 月，当时定名为“大连大学科学研究所”，1961 年年底更名为“中国科学院化学物理研究所”，1970 年正式定名为“中国科学院大连化学物理研究所”。大连化物所重点学科领域为：催化化学、工程化学、化学激光和分子反应动力学以及近代分析化学和生物技术。大连化物所与瓦房店纺织厂合作，由大连化物所设计了一套体积为 1.5 立方米年产 300 吨的反应釜。一个反应釜间歇操作，先投入丙烯和催化剂，合成完毕后直接放出产品，虽然不是连续作业，但却大大缩短了生产流程。一釜做完后，将没有聚合的丙烯冷冻回收，重复使用。生产出来的聚丙烯粉料装袋加工，进入加工应用的环节。

为了配合本体聚合的研究，北京化工研究院派了毛炳权和李天益等人到瓦房店纺织厂协助工作。瓦房店纺织厂是个老企业，1937 年，由日本企业投资建设，曾为日本关东军补给部指定军需生产厂。1948 年全东北解放后，由东北纺织管理局接管。瓦房店纺织厂几经波折，在夺取全国解放、抗美援朝及社会主义建设时期，为我国的纺织工业及军需生产做出了重要贡献。当时的瓦房店纺织厂在东北也是名列前茅的大企业。虽然全国解放后，政府也对企业进行了投资改造，扩大了生产规模，改善了生产和生活条件，但在“先生产，后生活”的大环境下，辽宁包括瓦房店在内的生活条件还是比较差的。毛炳权他们在这里吃的是二米饭(高粱米和玉米一起做的饭)，副食供应短缺，蔬菜也少，有的同志天天吃从北京带去的咸菜。住的地方则是瓦房店纺织厂的集体宿舍。因试验的很多原料都是从外地运来的(丙烯是由兰州一个进口装置生产出来并运来的，氢气是从大连运来)。所以，毛炳权他们在刚去的一段时间里总是在等原料。即便原料充足，也需要连续做很多试验。此次用瓦房店的装置做试验的目的之一，是将北京化工研究院最新研制的络合Ⅱ型催化剂与大连化物所的催化剂进行对比，看看哪个催化剂更适用于聚丙烯的生产。大连化物所研制的催化剂也是仿制德国 BASF 公司，是用三氯化钛加一种叫六磷铵的物质来共同研磨的，仿制的目的也是为了提高定向能力和活性。

催化剂种类不同，对很多条件的要求也不尽相同，比如装置的温度、搅拌速度、催化剂的量等。所以要进行多次试验，找到一个最好的平衡点，而这也恰恰是试验的难点。比较试验一直在悄悄进行着，直到毛炳权他们即将返回北京时，试验有了最终结果：络合Ⅱ型催化剂的活性、定向能力以及颗粒形态都高于大连化物所和复旦大学的催化剂。

瓦房店纺织厂的小试成功后，化工部派了一个工作小组前来考察，工作小组共有十余名专家，主要考察络合Ⅱ型催化剂及本体聚合的工艺是否能够放大推广。最终的考察结果是肯定的。在此基础上，聚丙烯生产装置及络合Ⅱ型催化剂的使用采用逐步放大的方法，毛炳权等人的任务就是保证使用的试验装置做出好的试验结果、发现其中存在的问题、推广催化剂及装置，而其他的设计工作则由南京化学工业公司设计院负责，毛炳权只是提出一些设计中应当注意的事项，包括搅拌的问题、加料和出料的问题等。

络合型催化剂与千吨级聚丙烯的推广

在络合Ⅱ型催化剂得到充分肯定的同时，其推广工作也逐步展开。20世纪70年代末、80年代初，推广的第一步在江苏丹阳化肥厂开始。化工部和国家科委给北京化工研究院下达了一个任务，由北化院牵头，推广聚丙烯的生产装置及络合Ⅱ型催化剂。北京化工研究院课题组的科研人员要在丹阳化肥厂现场技术指导，直到产出合格产品。

丹阳化肥厂建于1958年，是国家首批投资建设的中型化肥厂之一。1965年丹阳化肥厂完成了我国首例氮肥生产，这年的7月18日，《人民日报》头版刊发丹阳化肥厂的专题文章“我国首创化肥生产新流程”。长期以来，丹阳化肥厂一直是化工部的实验工厂。为切实做好络合Ⅱ型催化剂的推广工作，化工部在丹阳化肥厂建设了一套4立方米聚合釜，年产1000吨的聚丙烯装置。其中所用的丙烯仍是由兰州运送而来的裂解丙烯，所使用的催化剂是北京化工研究院的络合Ⅱ型催化剂。严格说起来，在瓦房店纺织厂和丹阳化肥厂建装置是对聚丙烯生产装置的放大实验。对于毛炳权和他的同事们来说，做这项工作是轻车熟路的。在各方的共同努力下，丹阳化肥厂的开车试验取得成功。

跟丹阳化肥厂的合作结束后，根据化工部和国家科委的要求，北京化工研究院在全国范围内寻找一家有炼厂气丙烯的单位继续合作。经过多方考察后，最终选定了湖南岳阳化工总厂（当时叫2348厂，属军队系统）。在选定合作单位后，北京化工研究院与岳阳化工总厂共同承担了国家科委下达的国家“六五”攻关项目——“以炼厂气为原料的千吨级聚丙烯装置”的研究工作。在岳阳化工总厂，毛炳权和项目组的同事们经过许多次研究与试验，发明出一种间歇液相本体聚合工艺。所谓“间歇”就是不连续的，一釜一釜地单独生产。聚合成功的聚丙烯产品用于工业应用，而没有聚合的丙烯则被冷冻回收，重新参与聚合过程。这种工艺一方面确保了聚丙烯产品的质量，另一方面又保证了丙烯的重复使用，不至于造成资源的浪费。可以说，间歇液相本体聚合工艺的发明使中国的聚丙烯产品第一次实现了自主生产。

岳阳化工总厂橡胶厂用两台 4 立方米聚合釜，建成了一套年产量为 2000 吨的聚丙烯生产装置。此时的毛炳权仍负责聚合工艺，他们要验证在年产量如此大的设备上能不能用络合Ⅱ型催化剂和本体聚合工艺。在试验过程中，发现问题，解决问题，推动聚丙烯生产的发展。在岳阳的试验一切顺利，取得了满意的结果，可以进入试生产阶段。岳阳化工总厂的试验是国内研制催化剂及聚丙烯生产工艺的一个转折，因为这是研究人员第一次用炼厂丙烯做了试验并成功，这为今后国内同行业以炼厂气为原料生产丙烯闯出了新路。随后在岳阳化工总厂的试生产中却出现了一些问题。先是生产出来的聚丙烯产品，等规度不够稳定，为此再次回到研究院小试找原因。发现等规度和聚合温度、产品的分子量(熔融指数)都有关系。如果聚合温度高了，活性会高；加分子量调节剂氢气多了，分子量变小，等规度变低。另外还发现，作为活化剂的一氯二乙基铝的氯含量对等规度的影响更大。从试验室再回到岳阳化工总厂生产，研究人员根据实际情况严格控制聚合温度和加入氢气的用量，及时分析助催化剂的氯含量，并适时向一氯二乙基铝中加入 5%的二氯乙基铝。在采取了一系列措施之后，聚丙烯产品的等规度都达到了 97.5% ~98%以上，问题得到彻底解决。又过了半年时间，有用户反映说，聚丙烯产品在后加工时，对设备有腐蚀性。毛炳权他们分析认为，这可能是催化剂中的三氯化钛、助催化剂中的一氯二乙基铝遇到空气和水之后，分解出氯气和盐酸而引起的。因此，他们又回到研究室反复试验。不久，在查阅的国外文献中发现，BASF 公司已经提出了在聚烯烃树脂中脱除氯含量的方法。即，在聚丙烯树脂中加入 0. 5% ~1%的环氧丙烷，在 100 摄氏度的温度下，搅拌聚丙烯粉料，再通过抽真空或者氮气吹排，将原 160 ~190 微克/克的氯含量降低至 20 微克/克左右。方法找到后，科研人员来到岳阳化工总厂帮助改进产品性能，彻底解决了用户提出的腐蚀问题。在千吨级聚丙烯装置的研究、建设和生产过程中，毛炳权和他的团队一直在生产现场和研究院的实验室之间来回跑，做了好多次试验，不断发现问题，不断解决问题，最终向国家科委和化工部交上了一份合格的答卷。由此开始，全国各地的许多炼油厂相继建立了不同规模的小本体聚丙烯装置，依靠炼油尾气生产聚丙烯已成为一种潮流。而且，随着生产规模的不断扩大，聚合釜也越来越大。在使用 4 立方米聚合釜生产的同时，又增加了荆门石化的 12 立方米聚合釜和上海石化的 15 立方米聚合釜，聚丙烯生产规模不断扩大。

随着间歇液相本体聚合工艺和络合Ⅱ型催化剂的推广，聚丙烯装置如雨后春笋般越来越多。这些聚丙烯装置在建设和生产过程中也会遇到各种各样的问题，毕竟在当时的中国来说，聚丙烯生产也算新的行业。每当遇到问题，聚丙烯生产企业就会向北京化工研究院和已经有过几年生产经验的厂家求援。其中，北京化工研究院是他们的首选。作为这一课题的负责人，毛炳权多年来一直致力于聚丙烯生产技术的推广。他曾去过全国二三十家同类企业，为他们指导聚丙烯的技术和生产。在帮助他们解决问题的过程中，毛炳权发现，在聚丙烯装置出现的这些问题中，既有原料问题，又有操作问题。比如，络合Ⅱ型催化剂在聚合过程中是不能见空气的，但在一些新开工的聚丙烯装置中，干部、技术人员和工人都比较缺乏专业知识，在络合Ⅱ型催化剂的使用方面并没有严格按照操作规程来做，造成了生产出来的聚丙烯产品不合格。这种现象随着生产经验的积累和专业知识的增加，特别是企业管理的不断严格才逐渐得到了改善。

总的来看，聚丙烯生产装置的推广还是比较顺利的，络合Ⅱ型催化剂的良好性能在其中发挥了关键作用，有目共睹。通过国内众多聚丙烯装置的建成投产，络合Ⅱ型催化剂带来的显著经济效益越发引人注目，其良好的性能在业内更是有口皆碑。一时间，络合Ⅱ型催化剂迅速成为热销产品。北京化工研究院络合Ⅱ型催化剂的研发由毛炳权负责，日常的生产工作由李天益工程师负责。北京化工研究院和毛炳权团队的严谨作风，在络合Ⅱ型催化剂从研发到生产的全过程中，得到了充分体现。络合Ⅱ型催化剂以稳定的质量和良好的性能享誉全国，在确保国内聚丙烯产品生产的同时，也为北京化工研究院的科学研究提供了强有力的经济保障。在新中国成立后，科研院所的科研经费都是由行政拨款，科研项目也是按计划安排。“文革”结束后，国家的中心工作逐步转移到经济建设上来，各行各业都在加快发展速度，要发展就要有资金，这使本来已经紧张的经费更加紧张。北京化工研究院是化工部的直属单位，科研等经费都是由化工部拨款。因为资金短缺，化工部下属单位又多，有限的资金也要平衡使用，北化院不可能从化工部得到更多资金。因此，院内的一些研究项目得不到资金的支持，举步维艰，有的项目只能暂时停下来。国家为了解决科研单位经费紧张问题，出台了有关政策：科研单位的经费与经济效益挂钩，经济效益高，从中提成的经费就多。出台这一政策是为了促进科研成果尽快转化为生产力，具有积极意义。这个政策也让北京化工研究院如虎添翼，络合Ⅱ型催化剂的研制成功与间歇液相本体聚合工艺的完美配合，已经使络合Ⅱ型催化剂成为热销产品，效益可观。销售催化剂所得资金，除按规定部分上缴外，北京化工研究院也能够留下一些。这部分资金也多少能够填补一下科研经费的缺口，为北京化工研究院的科研开发做出了积极贡献。

与李天益留影

从1978年至1985年的七年间，中国的聚丙烯行业发生了翻天覆地的变化。之前我国使用的聚丙烯生产装置均从国外进口，而且生产聚丙烯的原料也无来源。直到国人发现从炼油厂的尾气中可以分离出丙烯，中国生产聚丙烯的原料问题才算有了初步解决，而北京化工研究院对于络合Ⅱ型催化剂及间歇液相本体聚合工艺的研制成功也为国内聚丙烯的生产锦上添花。在炼厂气丙烯分离技术未被发现以前，炼油厂的尾气多用于燃料，销售价格较低；丙烯的成功分离使炼油厂的尾气成为生产聚丙烯的重要来源，而聚丙烯产品在市场上一出现便供不应求，导致价格一路走高。可以说，在相当长一段时间内，聚丙烯产品就是一座金矿。正是因为聚丙烯有良好的发展前景，加上设备简单、全部国产、流程短、建设周期短，国内很多中小型炼油厂都看准商机，纷纷在炼油厂的基础上新建一个聚丙烯厂。同时，我国特有的这种间歇本体法聚丙烯生产技术具有流程短、设备少、投资省、上马快、利润高的特点。这项技术由于符合国情，在国内得到飞速发展。1978年建成投产了第一套装置，到1985年已经发展到了13套，1995年，全国使用络合Ⅱ型催化剂的装置已达50套，聚丙烯生产能力达到40多万吨/年。仅仅几年时间，国内的小型聚丙烯厂已达上百个，聚丙烯产品生产大放异彩。

对于国内聚丙烯行业发生这样突飞猛进的变化，其中功劳最大的自然是络合Ⅱ型催化剂及间歇液相本体聚合工艺，北京化工研究院也注意到这一点。于是，他们抓紧时间将这几年的科研成果做了总结，并整理上报了两个项目参加评奖。这两个项目，一个是络合Ⅱ型催化剂，一个是千吨级聚丙烯技术(间歇液相本体聚合在上报时改为“千吨级聚丙烯”)。1982年，络合Ⅱ型催化剂获得国家发明三等奖；1985年，千吨级聚丙烯获国家科技进步二等奖和中国石化总公司科技进步一等奖。千吨级聚丙烯这一成果参加的单位和人员很多，既有生产厂家、也有设计单位，还有北京化工研究院内部的一些单位。这些单位中，参与科研的人员众多，但获奖的名额终归有限，不可能都照顾到。毛炳权虽然是这一项目的主要负责人，直接参与研究的时间长，到生产现场跑得也多。但在荣誉面前，他却没有伸手。他想到自己已经获得了“国家发明三等奖”这一奖项，希望有更多的人共享科研成果带来的荣誉。于是，他主动提出退出“国家进步二等奖”的获奖提名，将机会留给了其他人。他的高风亮节得到了上级领导和同事们的高度赞扬，也赢得了许多人的尊重。毛炳权不仅是一位工作严谨的科研人员，更是一名不计个人得失的真君子。在毛炳权心中，科研才是最重要的事情，他在科学研究这个天地中不断有所创新。在若干年后，他相继获得了两个

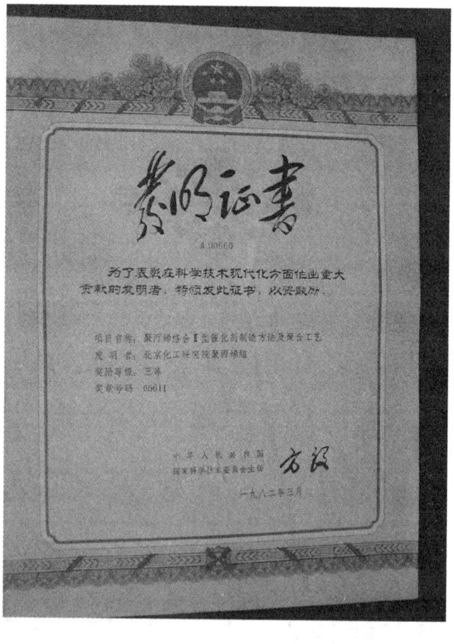

1982年络合Ⅱ型催化剂获得国家发明三等奖证书

国家级大奖和何梁何利科学与技术进步奖，以及一系列省部级奖励。

1985 年千吨级聚丙烯获中国石化总公司科技进步一等奖证书

2004 年毛炳权获得何梁何利科学与技术进步奖

第九章

滴水石穿——N型催化剂继往开来

1985 年，在进行了近 7 年的研制后，无论是络合Ⅱ型催化剂还是千吨级聚丙烯生产装置的生产与推广工作，都已经告一段落。

此时，随着络合Ⅱ型催化剂和间歇液相本体聚合技术的广泛应用，国内聚丙烯行业的发展已经达到了一个新的高度。但这个高度相对于世界同行业来讲，却有比较大的差距。在和平发展时期，科学技术的发展日新月异，聚丙烯行业当然也不例外。到 20 世纪 80 年代初，世界聚丙烯催化剂的发展又有了新的突破。继国际上第三代催化剂短暂使用后，由日本三井石化公司与意大利蒙埃公司（Montedison）合作，相继开发出了用于丙烯聚合的高效催化剂——TK-Ⅰ、TK-Ⅱ催化剂。TK 催化剂是号称三张王牌的高效催化剂，属于聚丙烯生产第四代催化剂，催化剂活性高达 20000 倍，聚合物等规指数高达 98%。尤其是 TK-Ⅱ催化剂的成功开发，引发了聚丙烯工艺划时代的进步。日本三井石化公司因此发展了基于此催化剂的新型聚丙烯工艺——Hypol 工艺，这种工艺使用的就是 TK 高效催化剂，催化剂聚合活性、选择性和定向力很高，生产的聚丙烯等规度高，灰分含量低，无需脱灰脱无规物工序，装置流程和设备得以简化，三井石化公司也因 TK 催化剂而获益，产品质量和生产规模都有新的发展和提高。

1979 年年末，中国共产党第十一届三中全会决定，以经济建设为中心，实行改革开放政策，中国的经济发展势头迅猛异常。在这种大好形势下，国内聚丙烯行业也面临着突破和发展的问题。这个阶段，国内的生产装置虽然流程短，易于控制和操作，但生产规模小，还不能连续生产，严重制约着企业经济效益的提高。1984 年，化工部组织一些高级领导及外贸人员到世界多个聚丙烯生产企业考察，在考察的基础上有针对性地进行谈判，打算选择并引进价位合适、性价比高的装置。毛炳权也参加了此次谈判，并提供了一些技术方面的参考。考察的最终结果认为，日本三井石化公司的 Hypol 工艺生产装置是当时的最佳选择，它是当时世界上技术比较先进的工艺，便决定从日本引进聚丙烯装置，在扬子石化公司建设生产。然而在商谈工艺转让时，三井公司只同意卖给中国 Hypol 工艺、装置及其使用的 TK 催化剂成品。对于 TK 催化剂的生产技术，三井公司却不同意转让，说白了，就是要在技术上进行垄断。此时，国内的络合Ⅱ型催化剂远达不到 TK 催化剂的水平，如果想使用 Hypol 工艺，只能用 TK 催化剂。只要使用 TK 催化剂，就必然受制于人。这种尴尬局面意味着中国要源源不断地购买 TK 催化剂产品，而当时每吨 TK 催化剂的价格每吨高达 500 万元。如果购买 TK 催化剂产品，不仅第一次使用要付出巨额资金，而且每年还要花费上千万美元进口催化剂，极大地压缩了中国企业的利润空间，创造出的效益成了国外企业的财富。为了降低生产成本，节约当时十分宝贵的国家外汇，避免长期的二次投入，研制中国自己的聚丙烯生产技术所需要的催化剂已经成为当务之急。

“仿”“创”之争

为了彻底改变聚丙烯催化剂受制于人的局面，国家科工委与化工部及成立不久的中国石化总公司，一起讨论如何解决催化剂的问题，化工部也组织多个单位开展催化剂技术的攻关。当时国内只有北京化工研究院自主研发了络合Ⅱ型催化剂，解决催化剂的技术难题历史性地落在了北京化工研究院身上。对于如何针对世界上的第四代催化剂开展研制，重任在肩的北京化工研究院组织相关人员进行了讨论。经过讨论，大家形成了共识：研制第四代催化剂已是势在必行。但是，在采用什么方式进行催化剂技术开发的问题上有了一番争论。一些科研人员认为，应该继续采用仿制的方法，因为中国的催化剂研制素有仿制的传统，而且北京化工研究院在仿制催化剂上也有一定的基础。当时 TK 催化剂的专利已经公开发表了，可以查到相关的文献记录，北京化工研究院根据查阅的资料做了小试，性能基本达到了专利所说的要求。采用仿制的方法能够确保催化剂的性能，同时在工业推广的时候时间短，不用再冒一步步研发的技术风险，也算是催化剂研究的一条捷径。

以毛炳权为代表的一部分科研人员则认为，应当坚持自主创新的原则，研发出自己的专有技术。时年 51 岁的毛炳权，通过参与络合Ⅰ型催化剂的仿制及络合Ⅱ型催化剂的研制工作，深深地体会到，拥有自主知识产权有非常重要的意义。在结束了络合型催化剂的研制工作以后，他一直关注着国际国内专利方面的消息。在 1980 年，在国务院的批准下，中华人民共和国专利局成立，这标志着中国要在专利工作方面有所作为。新中国成立以来，在相当长的时间里，我国在知识产权保护方面的工作做得不多，与世界各国在知识产权方面的交流极少，在这方面的重视程度也不够。改革开放后，我国与世界各国的经济、技术交流日益增加，对知识产权重要性的认识也日益提高。许多人了解到，欧美发达国家对知识产权一向非常重视，已经打开国门走向世界的中国，在融入世界经济的过程中，要学会遵守规则，知识产权的保护就是重要的规则之一。在这个时候对国外专利技术再进行仿制，如果被专利拥有者发现并告上法庭，到时候不仅仿制的技术不能再使用，还要支付高额的赔偿，可谓得不偿失。毛炳权认为，“人无远虑，必有近忧”。在技术方面，中国的传统观念是传儿不传女，就是这种保守的观念致使中国很多绝技和秘方失传。如果我们通过努力创造出自己的专利技术并公开发表，让更多的人掌握这些技术，不仅有利于改变人们的思想观念，也可以让后来者能够在此基础上对技术一步步改进，只有这样，科学技术才能不断发展。正是因为持有这种信念，毛炳权坚持要在聚丙烯催化剂的研制方面自主创新。在他心中还有一个多年的夙愿，国家在经济困难时期送他去苏联留学，是要他们这些人回国发挥作用的。在这关键时刻，毛炳权决心为国家做些事情，即便是冒些风险也是值得的。

对于聚丙烯催化剂是仿制还是创新，北京化工研究院的两种不同观点争论不下，其中还有个重要原因。这时的中国，以发展经济为第一要务，企业都在采取措施提高经济效益。化工企业急需有新的催化剂问世，仿制催化剂研制时间短，能够尽快形成生产力的特点突出，自然引起人们的重视。毕竟这个时候，在许多人的心目中，对知识产权这个概念还是模糊的。于是，在两种意见面前，北京化工研究院的领导搞了个平衡，把相关研究人员分为两个组，一个组为仿制组，一个组为创新组，毛炳权被任命为创新工作小组组长。两个小组的成员是以自愿的形式来组合的，因为研究院里大部分人主张仿制，想尽快拿出成果，形成生产力。所以，毛炳权的工作小组最初只有几个成员。这个小组的多数成员从研究络合系列催化剂开始，就与毛炳权在一起工作，如杨霭春、杨菊秀、李珠兰等人。大家彼此配合默契，在一起工作非常愉快。

在两个小组成立并开始工作了一段时间后，一个突然的变故使原先的组织架构发生了变化。仿制组组长的爱人因病去世，这对她的打击很大，心情在比较长的一段时间内调整不过来，精神状态欠佳。在这种情况下，显然不可能带领仿制组全力搞科研。经过研究，北京化工研究院决定把仿制组交给毛炳权一并负责，他一人兼两职，既带领仿制组搞仿制，又带领创新组搞创新，不过他的工作重点一直都放在催化剂的创新研制上。凡是自主创新没有不付出巨大努力的，在研发过程中也肯定会遇到不少问题。研究院里的不少同志也对此忧心忡忡，也向毛炳权提出了不少建议。毛炳权自己也明白，要真做到自主创新，一是要完全靠自己独特的方法来形成新的技术，二是研发出来的催化剂水平必须不低于别人研制成功并推向市场的产品，这其中的困难不必言说。尽管毛炳权知道自己身上肩负着责任的重大，但他却很喜欢这种有挑战性的工作。“在科学的道路上没有平坦的大路可走，只有在崎岖小路的攀登上不畏劳苦的人，才有希望到达光辉的顶点”。毛炳权决心做这样的人，攻下自主创新聚丙烯催化剂这道难关。

载体之变

毛炳权自从担任了创新和仿制两个课题组的组长后，虽然对于自主创新仍然是情有独钟，但也对仿制工作给予了高度关注，这毕竟是研究院交给的科研任务。他经常参与仿制组的研究工作，而在此过程中，他对三井石化公司的 TK 催化剂的专利也有了越来越清晰的认识。而且，在他的领导下，仿制组仿制出来的第一釜催化剂很快宣告成功，达到了 TK 催化剂的要求。仿制的东西再好，也不是我国自主创新的技术，毛炳权仍然是一个心思忙创新。

在后来说到自主创新时，毛炳权坦言，自己开发第四代聚丙烯催化剂的想法是逐步形成的，是多年积累、长期思考的结果。由于有催化剂研究的基础，他对当时工业装置所用催化剂的研究开发、生产制备及工业应用都有较深的认识。通过查阅相关的文献资料及参加技术讨论会，毛炳权逐渐对当时聚烯烃催化剂研究领域的新发展动向有了比较多的了解，并根据掌握的资料，结合实际进行了深入的思考，逐渐形成了自己的三条原则：第一，必须采用氯化镁为载体载负钛化合物来制备催化剂，才能大幅度提高催化剂的活性。TK 催化剂就是采用氯化镁为载体载负钛化合物这种方法，取得了成功并开始大规模的工业应用。由此可以看出，以氯化镁为载体载负钛化合物来制备催化剂，是当前和今后相当长一段时间内的主流方向。毛炳权认为，对于别人创造出来的经验是应该学习的，这也是必要的。传统的络合催化剂是以三氯化钛作为载体，氯化镁与三氯化钛具有类似的分子结构，实践证明，采用氯化镁为载体能使催化剂的比表面积大大提高，活性钛化合物载负效果更好，催化剂的活性也明显提高。所以，对以氯化镁为载体载负钛化合物的方法不但要认真学习，还要认真掌握。第二，氯化镁为载体载负钛化合物的方式从研究到推向市场，也是一项综合性的工作，在研制中国自主创新的催化剂时，应当深入了解和研究这种方式的形成，在此基础上，结合实际加以创新，成功的机会很大。第三，重点研究氯化镁的溶解和沉淀析出。TK 催化剂采用有机醇来溶解氯化镁，毛炳权曾考虑过用乙醇作为溶剂来溶解氯化镁，但经过了解得知，在此之前日本企业已经做过尝试。毛炳权认为没必要去炒别人的冷饭，放弃了这种尝试。TK 催化剂虽然为国内研制第四代催化剂提供了思路，指导了方向，但它同时也是国内研究人员在研制第四代催化剂之路上的一块绊脚石。虽然，它的出现减少了无数尝试的可能性，让有关研究少走了许多弯路。但如果不摆脱这种催化剂的生产方法，就无法形成自主创新的技术。那么，摆在创新组面前最重要的问题就是，除了用醇溶解氯化镁以外，是否还有其他溶解氯化镁的方法？答案是肯定的。创新组的任务就是找到一种可溶解氯化镁的新型溶剂。

1984 年 5 月，创新组在毛炳权的带领下开始进行第四代催化剂体系的小试研究，摆在他们面前的第一个难题就是要寻找到合适的溶剂。氯化镁是一种无机化合物，只有在具有较强极性的溶剂中才能溶解，但如果溶剂的极性太强，又会导致溶剂分子和氯化镁结合力大，氯化镁的析出就会遇到困难。因此，溶解氯化镁的溶剂必须有一定极性但又不能太强。另外，日本企业最早用的溶剂是乙醇，后来改用戊醇，戊醇含有极性很强的羟基，同时含有非极性的长链烷基。这种特性带给研究人员一个启示：所要寻找的溶剂最好由极性基团和非极性基团组成，以便于将氯化镁溶解后在有机溶剂中分散。

创新组首先将目光放在寻找单一溶剂上，试图用单一溶剂溶解氯化镁，耗时两个多月，相继试验了砜类化合物、酰胺类化合物、呋喃类化合物、磷酸酯类化合物、有机环氧化合物，可惜试验结果都不甚理想。这些化合物都存在弊端，有些能够溶解氯化镁，却不能使其沉淀析出，有些能够使其沉淀析出，却不能溶解，始终无法找到一种既能溶解又能沉淀析出的溶剂。毛炳权明白，找到一个新方向和一条新出路在此时显得尤为必要。

他又返回去研究 TK 催化剂，为何 TK 催化剂使用的溶剂是高级醇，这是因为它既有醇基团，又有烷基基团，高级醇这种化合物将醇基团与烷基基团完美结合，若想再找出一种化合物实属不易。思来想去，他开始考虑采用混合溶剂来溶解氯化镁，混合溶剂的优点在于，既可以获得溶解氯化镁的溶剂，又可以找到析出剂。采用混合溶剂来溶解氯化镁，是研究思路的一个重要变化，也是研究中做出的一次重要选择。

于是，寻找溶剂与析出剂成为创新组的工作重点。当时制定实验方案是比较顺利的，繁琐的却是试验过程。如果按照以前的试验方法，要在不同的反应条件下做很多次实验，不同配方比例，包括不同温度、不同搅拌速度等，都要一一试验。如此一来，试验过程必定会耗费大量时间。时间不等人，但是如何缩短试验时间却很令人头疼。恰恰在这时，国内正在提倡著名数学家华罗庚的应用数学，也就是要将数学应用到实际工作中。华罗庚教授提出了几个应用数学的使用方法，其中一个是“正交设计试验”设计法。中国科学院计算数学研究所面向全社会推广这些方法，北京化工研究院也专门邀请华罗庚教授的一个学生来院讲课。毛炳权边听课边思索，感到很受启发，他感觉运用这种“正交试验”设计方法，可以大大简化试验的次数。课后，他又查阅了相关的材料和案例，对这种正交试验设计方法有了更深的认识，于是他决定在催化剂试验中使用这种方法。

与课题组同事讨论试验方案

创新组利用正交试验设计方法来调整混合溶剂中各溶剂的比例，以此达到调整混合溶剂的整体极性，果然效率大大提高。在较短的时间内，研究工作就取得了突破性进展。试验表明，采用磷酸酯类化合物和有机环氧化合物混合溶剂溶解氯化镁的效果较好。在此基础上，他们再通过选择几种助析出剂进行试验，使新催化剂溶解体系很快确定。实践证明，正交试验设计方法确实大大减少了试验的时间与次数。用杨霭春、杨菊秀、李珠兰的话来说，过去调整溶剂的比例是"瞎子爬山"，一点点比对，不知道什么时候会完成比对。时间长，工作量大，还很辛苦。用了"正交设计"后，既省时又省力，做一次实验等于过去做十多次实验。从 1984 年 5 月至 11 月，仅半年时间，催化剂小试设备的条件试验就基本完成，确定了优化后的催化剂制备工艺，得到了催化剂的小试样品，国内第四代催化剂已经初具雏形，创新组取得了成功。

这个自主研发出来的新型催化剂，被科技人员命名为N型催化剂。一系列数据显示，N型催化剂的颗粒形态、活性及定向能力达到了TK-Ⅱ的水平。自此，中国有了自己开发的第四代聚丙烯催化剂技术。面对这一成果，整个课题组和整个北京化工研究院都喜出望外，人们激动不已。这也让毛炳权觉得自己十分幸运，毕竟这个创新速度是出乎大家意料之外的，也许瓜熟蒂落，水到渠成就是这个道理吧。毛炳权和课题组的全体科研人员通过辛勤努力，完成了国家交给的科研任务。

N催化剂发明小组人员(左起：李珠兰、郑莹、毛炳权、杨霭春、杨菊秀)

1988年3月，中国石化总公司组织了对“新型聚丙烯高效载体催化剂(N)技术开发”的鉴定，并从6个方面形成了鉴定意见。

1）聚丙烯高效载体N催化剂是一种具有独创性的新型催化剂，其性能具有国际同类先进催化剂水平，已在国内申请了专利。

2）该催化剂的研究开发经过小试、模试、中试逐级放大，并在美国菲利浦石油公司进行了工业应用试验。研究试验结果证明，该催化剂的各项性能已经达到了中国石化总公司委托研制合同规定的指标，可为工业装置的设计提供依据。

3）N 催化剂的合成工艺合理，操作方便，所用原料均采用工业品，并可立足国内，其主要原料四氯化钛的用量少，且不用昂贵的溶剂，大部分原料经回收后可经重新使用以降低产品的成本。

4）150 升中试制得的 N 催化剂经美国菲利浦石油公司聚丙烯中试及工业生产装置上试用，其催化剂性能重复了小试结果，并可以生产多种牌号的均聚物、无规共聚物和嵌段共聚物。试验结果表明，N 催化剂可在大范围内调节熔融指数(0. 3~50 克/10 分)，中试结果表明，用于乙烯、丙烯嵌段共聚反应非常有效，乙烯含量容易控制，催化剂的预聚合放大效果良好。由上述试验所得的聚丙烯树脂，经纺织及塑料加工应用试验的结果表明，其有良好的物理机械性能和加工性能，尤其是其熔融稳定性有利于高速纺丝。

5）对 N 催化剂生产过程中产生的废水进行了处理方法的探索试验，提出了初步处理方案。建议进一步进行三废治理的研究，提出符合排放标准的切实可行的处理方法。

6）为了形成具有中国特色的聚丙烯成套技术，建议尽快安排 N 催化剂的生产及使用单位，进一步做好生产推广的服务工作，为加快国产化步伐创造条件，使我国自己开发的 N 催化剂早日走向世界。

为了完成催化剂的创新任务，毛炳权和课题的同事们付出了巨大努力。为了充分调动大家的积极性，发挥每个成员的聪明才智，毛炳权在科研工作中因人而异，根据每个人的特点和特长布置工作。课题组每周都要开会讨论方案，在讨论方案时，每个人都畅所欲言。当时课题组的成员中，不仅有科技人员，也有工人，所有人都能围绕催化剂的研制提出自己的建议，课题组的气氛非常融洽。经大家讨论后完善的方案，更具有可操作性和科学性，使大家落实起来更得心应手。在这期间，毛炳权一边领着大家做试验，一边查阅大量国外专利技术和相关资料，摘录和建立了大量技术方面的卡片，并把这些资料卡片与课题组的同志们交流。在他的带动下，课题组的同志也都养成了认真学习国外先进技术资料的习惯。同时，促进了大家学习外语的积极性，课题组的科研人员都能够查阅和学习英、俄、日文资料。

为了研制出 N 型高效催化剂，毛炳权和他的团队付出了巨大的努力。他们一次又一次查阅资料，一次又一次做试验，失败、讨论、修正、再试验，如此循环往复，仅仅积累的文献卡片就有一尺厚。课题组的杨菊秀清楚地记得，在对催化剂中的四氯化钛剂量进行确定时，在一个月时间里，一直没有理想的结果，毛炳权和课题组的同志采取了多种办法反复试验仍然不行。这时，他们就群策群力，从其他方面找原因。查工艺、查设备，最终确定是计量管的标定有问题，把计量管重新标定后，成功解决了问题。这种例子，N 型催化剂课题组同志们，每人都能讲出几个。

在这期间还发生了一个有趣的小故事。在 N 型高效催化剂研制时期及专利授权之前，国外的催化剂厂商对研制工作表现出了异乎寻常的热情。他们在中国的有关人员频频与课题组的成员们接触，请他们吃饭，请他们出国访问，请他们参加各种高规格的会议等。交往归交往，但课题组的同志都坚守保密原则，不向外人透露研制工作的内容。当 N 型高效催化剂研制成功并获得专利授权后，国外的厂商们便不再与课题组的同志来往了。

重合作促发展

N 型催化剂研制成功后，急需要用中试装置检验性能，但当时国内还没有连续法聚丙烯中试装置。1984 年的一个新机遇，使北京化工研究院最新研制的 N 型催化剂技术打开了通向世界的大门。

这年11月底，美国菲利普斯石油公司派遣了一个代表团来华访问。菲利普斯石油公司成立于1917年，是全世界的大型石油公司之一，旗下有石油和化工等产业。这家公司是世界上著名的聚乙烯生产企业，他们的铬系聚乙烯催化剂和环管聚合反应器都是在世界上领先的技术。此时的菲利普斯公司有生产聚丙烯的装置，但没有满意的催化剂，他们与几个催化剂公司进行过业务洽谈，感觉这些公司要价都太高，所以便尝试与中国企业合作。来华的代表团成员中有一位美籍华人，名叫薛联宝，是江苏江阴人。他的父亲薛福基是近代实业家，上海大中华橡胶厂创办者，中国通氏汽车轮胎工业首创人。在三四十年代时，其资本占全国同行业的四分之一，产值占三分之一。他们研制生产的“双钱”牌汽车轮胎，打破了国外轮胎垄断中国市场的局面。1937年8月13日，淞沪抗战爆发，薛福基在“大世界”附近遭日军飞机轰炸，被弹片击中去世，年仅44岁。新中国成立前夕，上海大中华橡胶厂股份有限公司已经拥有制造厂6家、原料厂3家、机器修造厂2家。新中国成立后，上海和天津等地的大中华橡胶厂先后公私合营。现在的上海轮胎橡胶(集团)公司就是大中华橡胶一厂与上海正泰橡胶厂联合组建的。薛联宝还是白崇禧将军的女婿，社会交际比较广泛。他听说北京化工研究院最新研究的N型催化剂性能较好，就找到研究院商谈合作。北化院负责N型催化剂研制工作的毛炳权与他进行了交流，毛炳权向他简单介绍了N型催化剂的情况。薛联宝感觉这种催化剂还不错，但究竟性能如何，能否适合在菲利普斯公司使用，还需要经过检验来确定。他向毛炳权提出，要带一点催化剂回美国做试验。在征得院领导同意后，毛炳权针对催化剂不能见空气的特性，找了一支小玻璃管，密封了10克左右的催化剂交给了薛联宝。

1985年2月，薛联宝从美国致电毛炳权，告知他N型催化剂的性能很好，并提出能否多生产一些N型催化剂。电话中，薛联宝代表公司同意将N型催化剂拿到菲利普斯公司做连续聚合中间试验。

毛炳权迅速把这一喜讯向研究院领导做了汇报，研究院认为完全可以与美国菲利普斯公司开展合作，美方有生产装置，中方有催化剂，能够做到优势互补。于是，双方由此开始合作，进行N型高效催化剂系列技术的开发。根据美方要求，北京化工研究院要提供两公斤催化剂用于在美国的中试。而此时，N型催化剂从小试到中试的放大制备研究，一个研制周期仅能使用200毫升的反应瓶生产10克左右的催化剂，由此可以想象，要生产两公斤的催化剂将是一个多么漫长的过程。为了解决这一难题，毛炳权马上设计了一个比小试用瓶大10倍，即2升容量的反应瓶。可当时北京化工研究院的玻璃工做不了这么大的瓶子，毛炳权骑上自行车跑到北京玻璃总厂请他们帮助生产。2升的反应瓶生产出来了，创新小组每次产出的催化剂产量提高到了原先产量的10倍(100克)。

但新的问题又出现了，因为N型催化剂小试用的原料都是试剂级，生产2公斤催化剂就要考虑工业甲苯和己烷能否使用。而整个项目的经费只有5万元，如果购买200升/桶的工业甲苯花钱太多，对于资金不足的北京化工研究院来说无疑是雪上加霜。为了节省宝贵的科研经费，课题组的一个同志专门提了一个20升的塑料桶到房山县的燕山石化公司要了一桶工业甲苯，拿回来做试验，给研究院节省了一笔钱。当时从研究院到房山县的交通很不方便，只能坐公共汽车，要从和平里跑到天桥汽车站去坐，中间还要再倒几次车。但为了科研考虑，北京化工研究院的同志还是不辞辛苦完成任务，很有些拼命精神的。除此以外，中试生产N催化剂的时候，试验过程中需要干冰，是毛炳权和同组的杨霭春骑着自行车到酒精厂求援，把干冰装在保温瓶里，用手提着带回研究院的。

在N型催化剂的研制过程中，北京化工研究院给予了高度重视。全院同志齐心协力，共同克服困难。与美国方面达成提供催化剂的协定后，院里迅速组织了20多人到创新小组帮忙，从原料干燥阶段就开始三班倒，不断地做实验。大家忙了两三个月时间，总算生产出两公斤的催化剂。催化剂有了，还要考虑如何运送的问题，美方为此运来了专门盛放N型催化剂的密封金属瓶子，由菲利普公司北京办事处的罗伯小姐转交给毛炳权。没想到，装有催化剂的金属瓶子准备运往美国的时候碰到了问题。在办理运输手续时，首都机场的安检人员要求开盖检查，可催化剂不能见空气，瓶盖绝对不能打开。北京化工研究院的同志向机场方面耐心解释，机场方面坚持要遵守安全规定，如果不安检，运输的物品坚决不允许上飞机。经过与机场反复协商，最终没有成功。毛炳权不得不找到罗伯小姐商量对策，罗伯小姐提议先用汽车将催化剂运至深圳，菲利普公司从香港派人来取。因香港机场的安检规定与大陆不同，装催化剂的金属瓶可以通过香港空运到美国。

1985年7月，毛炳权和另一位同事陈齐受北京化工研究院指派，到美国菲利普斯公司总部做中间试验。这是毛炳权第一次到美国，他们当时的压力很大。聚合工艺一直是北京化工研究院关注的科研重点，从20世纪80年代初就在做相关研究。但由于受资金限制，进展不太大。这次到美国做中试，如果成功，就有可能签订一份高达千万美元的技术转让合同。同时，他们还是第一次在世界上最先进的环管工艺的生产装置做中试，究竟自己的催化剂能否适合环管工艺的生产，他们心中也没有底。而且，这次中试的方案完全由北京化工研究院提供。虽然方案的制订力求做到完美，可在试验过程中肯定会遇到不可知的问题。所以，两个人都感到思想压力很大。他们乘坐飞机先到美国旧金山，后到丹佛，再到菲利普公司的研究中心——俄克拉荷马的巴特尔斯维尔。到达的第二天上午，菲利普斯公司派车把他们接到研究中心。双方围绕中试方案，就催化剂的特点和生产装置的情况互相技术交底。虽说每一个初到美国的中国人都会遇到“倒时差”的问题，而且这个过程是比较难受的，可毛炳权和陈齐两人为确保试验无误，顾不得休息，也顾不上时差带来的疲劳和不便，与菲利普斯公司的科技人员和技术工人面对面开展交流。交流的地点就在生产装置中的会议室，技术交流结束后，所有与会人员立即到生产现场查看，并迅速转入实际试验。说起来，中试的目的很简单，就是看催化剂的运转和产品的加工性能如何，可在实际操作中，却不这么简单。

到美国菲利普斯石油进行技术交流(右一为毛炳权)

在美国与菲利普斯石油公司研究人员谢祖荫合影(左一)

首先，毛炳权和陈齐要尽快了解环管式工艺的基本情况。然后，在此基础上有针对性地做中试。实际上，他们是在边试验边摸索催化剂在环管工艺中的反应变化。从来到菲利普斯公司研究中心那天起，他们一直在忙着做中试，在这个过程中，有时候根据工作需要还要倒班。要认真观察设备的正常运行，对温度、浓度仔细观察，及时调整，出现异常，立即处理。一开始，在聚合反应的时候设备发生了堵塞，具体是什么原因不清楚。美方处理得也很果断，当即将装置停车，迅速组织人员清理。专业化清理公司很快到来，把设备内的物料排空，对设备加以清洗，试验得以重新开始。毛炳权十分敬佩美方人员的工作效率和专业性，并看到了国内同行与美国同行相比的差距。以此次装置停车后的处理为例，美国的装置清理工作是由专门的清理公司来负责，清理公司平时与生产企业签有合同，装置一旦出现问题，清理公司的人会立刻上门服务，很快就把问题解决。而在国内，企业一般会组建起机械修理车间，装置的清理也属于机修的工作范围。但企业的维修团队“大而全”或者“小而全”，却缺少专业化的分工，在专业技能方面也比较欠缺。因此，在处理这类情况时，往往不够理想。在中试过程中，除了这次小小的堵塞，其他方面的试验非常顺利，试验结果也非常成功。

通过这次合作，毛炳权和陈齐总结了四个方面的收获。一是完成了催化剂用于从间歇生产到连续生产的聚合试验，为大幅度提高N催化剂产量奠定了牢固基础；二是了解和掌握了环管工艺的使用；三是把N催化剂从小试过渡到了中试，中试的成功也为今后实现工业化生产提供了可靠数据；四是再次确认了N催化剂的良好性能。美方人员用北京化工研究院提供的催化剂样品做完试验后，将所有的试验数据整理成一份报告交给毛炳权他们。报告中的内容除了有毛炳权了解的N型催化剂的特点，还有很多他以前没有发现的特点，比如，菲利普斯公司在环管中试测试时发现，N型催化剂生产的聚合物具有等规指数高，耐热性好，耐降解性能优异的明显特点。事实证明，当时美国的专业分析水平远远高于我国。这些发现不仅使毛炳权对于N型催化剂的性能有了更深入的了解，也让他深刻感受到，在加强科研工作的同时，必须加强与国外同行的合作。在专业合作的同时，可以学习到国外先进的专业经验，能够有效促进中国同行业科技水平的提高。巴特尔斯维尔是个美丽的城市，但毛炳权他们一心只想着催化剂的中试成功与否，在短短的一周时间里，一直呆在厂里。中试完成后，他们也没有游览市容，便匆匆返回了国内。

中试完成还只能算是一个阶段的结束，菲利普斯公司更为关心的是N型催化剂能否实现工业应用。于是，在中试取得满意结果之后，菲利普斯公司再次提出要求：希望北京化工研究院能够提供200公斤催化剂样品，继续在其10万吨/年环管装置上进行工业应用试验。

与美国菲利普斯公司的合作对于北京化工研究院来说，既是机遇，又是挑战。在相当长的时间里，我国的化工催化剂研发都是在单打独斗，依靠的是科研人员的苦苦探索，与国外同行交流得少，科研成果形成的周期较长。这次与美国方面的合作，打开了双方科技交流的大门，将有利于提升我国化工催化剂的研究和制作水平。但是，此时的北京化工研究院却面临着一个现实的挑战——生产这200公斤催化剂样品的资金严重不足，无法完成产品生产。北京化工研究院是个纯专业研究单位，每年的财政拨款只能维持平时的一般科学研究，并没有充足的经费来建造大型的催化剂生产装置，也就无法生产大批量的催化剂。这一问题严格说起来还是与当时的科研管理体制有关。此时的科研经费依靠拨款，不像后来科研单位可以与企业合作，把科研成果转化为生产力，科研单位从企业获得的效益中按比例提取相应费用，提取的费用足以支撑科研院所的发展。这时的北京化工研究院申请的第四代催化剂研究经费只有区区5万元，这是因为，以往生产催化剂的装置是小型装置，不需要投入太多的资金，但此次要生产200公斤的N型催化剂，必须建设一个大型的钢釜催化剂生产装置才能进行生产。北京化工研究院没有新建设备的资金，只能四处寻找资金。北京化工研究院的领导们考虑再三，决定向化学工业部和成立不久的中国石化总公司求援。化工部是北京化工研究院的上级主管部门，而成立不久的中国石化总公司是以炼油和化工为主的中央企业，其下属的不少企业与北京化工研究院有业务往来，彼此关系也比较密切。

北京化工研究院的相关人员首先来到化工部，先将自己的来意说明：研究院要建一套中试装置，用来生产研究院最新研制出来的N型催化剂，这个催化剂的发展前景很好，目前已经在与美国企业开展合作。目前因为缺少建设资金，给技术合作造成了障碍。并向化工部领导表明，建这套装置的费用预计在80万元人民币左右。当时化工部的分管副部长同意借钱，可来到化工部财务司时，却被一口拒绝。财务司的理由是北京化工研究院根本没有力量偿还借款。同样是财政拨款的化工部财务部门对下属单位的财政状况还是非常清楚的，如果没有还款能力，借出去的钱由谁来还？责任应当由谁来负？人家提出来的拒绝理由也没错，化工部借款这条路就此堵住了。

无奈之下，北京化工研究院派人来到中国石化总公司。中国石化总公司虽然成立不久，但其下属的不少企业与北京化工研究院有业务往来，他们对研究院最新研制的N型催化剂也比较了解。并且，已经知道该催化剂得到了美国菲利普斯公司的肯定，所以中国石化总公司对此事还是很重视的。接待研究院的中国石化总公司相关部门负责人同意给予支持，当即表示可以提供110万元人民币资金，80万元用于建设装置，另外30万元用作装置开车费用。同时，他们提出了一个条件：N型催化剂的专利权要分给中国石化一半。说实话，在分属两个单位的情况下，这个条件对北京化工研究院来说是个亏本的买卖。但是在当时的情形下，别说是毛炳权，就连研究院的院长吴金城也无计可施。毕竟中国石化是唯一可以提供资金支持的单位。于是，他们接受了中国石化总公司提出的条件。

资金到位后，已经快到春节了，为了加快200公斤N型催化剂的生产步伐，课题组的同志们大年三十仍在岗位上三班倒，整个春节也都是在紧张的生产中度过的。他们放弃了与家人在春节团聚的机会，毫无怨言，兢兢业业，凡事尽心尽力，把自己全部的精力都放在N型催化剂的工业化生产上。

在催化剂中试生产的过程中，菲利普斯公司也派了两名工作人员过来考察。因为美方已经做好了购买N型催化剂技术的准备，所以，他们要来参观N型催化剂的生产是否顺利，是否能够进行大批量的生产。生产过程很顺利，北京化工研究院自主研制的催化剂生产装置完全达到了工业化生产的要求，成功生产出200多公斤的N型催化剂。此后这200多公斤催化剂又被装入从美国运来的专用铁桶中，运回美国菲利普斯公司。

1986年5月，在美国俄克拉荷马州的巴特斯维尔和德克萨斯州的休斯敦等地进行了N型催化剂用于聚丙烯的预聚合、中间试验和工业试验。毛炳权因为到美国参加过N型催化剂的中间试验，所以到工业化装置生产的时候，北京化工研究院便派出课题组的李珠兰、杨霭春等同志前去参加试验，中国石化总公司也派了一位处长前往了解工业试验情况。在两个多月的时间内，共做了两次试验。第一次试验的时候，催化剂出现了结块，还出现了堵塞等问题。对于出现的问题。参与这项工作的同志之间也出现了不同看法，大家都感到压力很大。经过反复分析原因，有针对性地加以改进，他们怀着忐忑的心情做了第二次试验，这次试验取得了成功。试验结果表明：第一，N型催化剂可应用于菲利普斯公司的丙烯本体连续聚合工艺，是一种高活性和高定向能力的催化剂；第二，烃段共聚时，乙烯含量易于控制，活性较均聚合明显提高；第三，预聚合放大试验效果良好，对催化剂在聚合过程中保持和提高其聚合指标以及保证装置稳定运转具有重要作用；第四，N 型催化剂生产的聚丙烯树脂具有良好的物理及加工性能；第五，菲利普斯公司认为，N 型催化剂和环管器相结合，可以最经济、方便地生产出高质量的聚丙烯树脂，是一个皆大欢喜的结果。谈到这次试验的结果，毛炳权很感慨，他说，通过这次数据分析，也看出了我们与西方发达国家的差距。当时，菲利普斯公司的数据分析是用苹果电脑来做的。而这时的中国，电子计算机还非常稀少，北京化工研究院还在用人工算数据。

在中国研发成功了自主创新的催化剂，这是件了不起的大事。还在 N 型催化剂工业化应用以前，薛联宝曾就 N 型催化剂的专利问题给毛炳权提过建议。虽然当时国内还没有健全的有关知识产权方面的法律和制度，但在苏联留过学的毛炳权对此事还是放在心上的。自 N 型催化剂研制成功后，他已经做好了为 N 型催化剂申请注册专利的准备。我国专利局成立较晚，原因是我国对是否参加国际专利体系一直存在着争论。国家各部委之间对此有不同看法，有人认为，我国技术落后，不参加国际专利体系，可以不受约束地仿制一些国外技术，可以给国家节省下大量的专利使用费。但后来发现，不参加国际专利体系要购买国外先进技术和先进生产装置，需要花更多的钱。随着国家改革开步的不断深入，大家对专利体系的认识也在发生着变化，1980 年 1 月，国家决定成立专利局，1984 年 4 月 1 日，国家专利局第一天首次接受专利申请。毛炳权也成为国内第一批申请专利的人员之一。

由于当时国内没有专门书写专利申请报告的专业人员，毛炳权只能在申请专利之前，参照国外的专利申请资料填写了相关内容：前面要有一个序言对申请内容做大致介绍，后面的正文是做试验的实例，最后标明要申请的权限。恰好在这时，毛炳权有个留苏的同学调到了国家专利局工作，他便将自己准备的材料交给他，让他帮忙把把关，看符不符合国内申请发明专利的规范。经过同学的补充修改后，他于 1984 年 4 月 1 日，将资料打印上交。虽然那天是国家专利局第一天接受专利申请，可是申请人都是早早得到消息，一直盼望着这一天的到来。所以那天国家专利局里人满为患，大家都抢着早申请专利，因为无论有多少份相似内容，只会有一个能获得申请专利的资格，而最早提交的一方肯定最为有利，这也是大家纷纷挤在国家专利局门口的原因吧。

当薛联宝得知毛炳权已申请了中国的专利后，再次提醒毛炳权，如果打算今后要把 N 型催化剂卖到国外或是在国外应用，还必须申请国外的专利。假如没有在国外申请注册专利，那就得不到相应的保护，即使有人使用了你发明的生产技术，也不必做出赔偿。而且，即使是发明人，如果没有申请专利，别人也可以将这项成果注册申请专利。薛联宝的提醒让毛炳权感觉到了在国外注册专利的紧迫性，他急忙将申请国外生产专利的利害关系向北京化工研究院领导汇报，得到了领导的支持。不过，申请国外专利并不像国内那么简单，在递交申请材料的同时，还需要缴纳 1 万多元的美金。按当时的外汇价格折合成人民币 8 万元，比 N 型催化剂的小试全部科研经费还多出了 3 万元，这笔不菲的专利费又让北京化工研究院的领导伤透了脑筋。但事关知识产权的大事，即使伤脑筋也要做成这件事。

于是，在北京化工研究院院长吴金城的带领下，毛炳权他们再次来到化工部，找到主管技术的副部长，希望能够借 8 万元人民币和换一万美元的外汇额度，用来作为申请国外专利的费用。因金额不是很大，分管副部长非常痛快地签了字。不过事情并未到此结束，在申请国外专利的时候，毛炳权了解到了新的情况：按照我国的有关规定，在国内已经通过申请的专利，一年以后就会公开其专利技术内容。而在国际上有个通用的规定，如果专利技术在本国内公开，被公开的技术就不能再申请国外专利了。为了确保国外开发专利能够顺利拿到手，毛炳权四处奔波，在院长吴金城的带领下到国家科委反映情况，希望国家科委能够跟专利局沟通，延迟公开 N 型催化剂的专利技术资料，为 N 型催化剂申请国外专利权争取必要的时间。他们的建议得到了国家科委和国家专利局的支持，N 型催化剂申请国外专利工作得以全面展开。当时的北京化工研究院没有专门负责专利的部门和人员，在申请专利过程的大事小事都要毛炳权亲力亲为。总算功夫不负有心人，通过到中国国际贸易促进委员会进行申请，N 型催化剂相继拿到了美国、日本及欧洲 5 个国家的专利授权。在国外专利的申请成功授权，为专利许可给美国菲利普斯公司以及后来 N 型催化剂畅销国外打下了坚实的基础。

N 型催化剂工业化应用成功后，菲利普斯公司开始与北京化工研究院进行洽谈，讨论知识产权转让的问题。没想到，在这件事情上又出现了一些分歧。除了北京化工研究院外，化工部和中国石化总公司都想参与这次谈判，而这两家在参与国外谈判问题上产生了分歧。北京化工研究院作为化工部的下属单位，受其直接领导，而中国石化总公司与北京化工研究院又有着多年的合作关系，而且在 N 型催化剂研制最关键的时刻给予过北京化工研究院资金支持。若论谁有发言权，谁有参与谈判的资格，恐怕这两个单位不分伯仲。为了争取谈判权，化工部派了两位司长到北京化工研究院给院长下命令："一定不能让石化总公司去参加谈判，这个谈判必须由我们化工部来参加"。上级领导的命令吴金城院长必须服从，他当着两位司长的面给中国石化总公司有关部门负责人打电话，通知对方，北京化工研究院不能邀请他们参加此次谈判。

中国石化总公司的领导听到这个消息后非常生气，认为北京化工研究院的做法是"过河拆桥"。随即，中国石化做出决定：加大自己所属科研院所的聚烯烃科研开发力度。他们提出："我们无论如何都要争气，一年不行三年，三年不行五年，一定要培养出自己的聚烯烃人才！"因为这件事，当时的中国石化总公司与化工部、北京化工研究院的关系相处出现了隔阂，较长一段时间内，中国石化没有交给北京化工研究院科研项目。

对于这种情况，北京化工研究院是不愿看到的，他们对此也是始料未及。为了缓和关系，后来毛炳权又跟着吴金城院长一起到中国石化总公司去道歉，并做了解释。从中国石化回来后，他们又到化工部去跟领导们说明去中国石化解释的原因。这种情况的出现，北京化工研究院也挺无奈的，有许多事情并不是他们能说了算。化工部是直接领导，经费、人事管理权都在化工部管着；而中国石化总公司则管理着全国所有的石油炼化企业和一批科研院所，在许多的科研项目方面，中国石化是北京化工研究院的业主。面对这种情况，他们只能尽最大努力协调好二者的关系，协调能不能成功则是另外一回事了。

这件事情后来的发展有些戏剧性，变化一再发生。第一次去跟美国菲利普公司洽谈知识产权转让的是化工部，到了最后签合同的时候则是由中国石化总公司出面。1988 年，N 型催化剂的专利许可最终以 1500 万美元的高价转让给美国菲利普斯公司，这是中国专利出售历史上价格最高的一次。有意思的是，签署的合同里面还有一项很有时代色彩的说明——N 型催化剂的生产与销售分区进行，美国负责卖给资本主义国家，中国则负责卖给社会主义国家。当时全世界的政治格局已经发生了重大变化，在社会主义阵营中，中国和苏联早在 60 年代已经分道扬镳，南斯拉夫则带头搞起了“不结盟运动”，世界政治格局中出现了毛泽东主席提出的“第三世界”，“第三世界”在世界事务中的话语权也在增加。但全世界仍然习惯于按照社会主义和资本主义分为两大阵营。于是，合同中就出现了如此有趣的条文。为确保 N 型催化剂生产技术没有问题，合同还规定这笔购买款分几次付清，到最终付清时，对方还给增加了 300 万美元，N 型催化剂的专利许可费最终为 1800 万美元。这标志着，中国的聚丙烯催化剂已经打破了 Himont 和三井催化剂在国际市场上的垄断地位。

1992年在转让给美国安格催化剂公司专利技术时，与该公司技术人员在航天中心合影

1988年，N型催化剂的专利技术许可给美国菲利普斯公司。后来，菲利普斯公司又转让给美国一家专门生产催化剂的安格(Engelhard)公司。1992年，安格公司邀请毛炳权到美国休斯敦市商讨催化剂生产装置设计和安装问题。毛炳权根据N型催化剂的中试经验，对他们的设计及设备安装等问题提出了一些看法，并围绕这些看法与美国的技术人员进行研讨。毛炳权认为，技术是我们转让给对方的，我们有责任帮助他们解决技术上的问题。安格公司的催化剂生产装置顺利建成并投产，生产出来的催化剂被命名为Lynx系列催化剂，在全世界销售。

谈起国外专利技术的转让成功，毛炳权对此感慨很多，他说：“一直以来都是我们花很多钱买发达国家的专利技术，N催化剂专利技术能够许可转让到像美国这么科技发达的国家，而且他们愿意花这么多钱买咱们的专利技术，说明中国人的科技成果是先进的，我们感到给国家做了贡献，感觉很高兴、很幸福、很自豪”。

事情尘埃落地，中国石化总公司与化工部、北京化工研究院的矛盾也就不存在了。1998年，国务院机构改革，存在了32年的化工部被撤销，后来改为中国石油和化学工业联合会。1998年9月，北京化工研究院整体进入中国石油化工集团公司，成为中国石化的直属研究院。

走出推广困境

N 型催化剂走出国门，在世界同行业中打了一个漂亮仗，能走向世界的催化剂在国内推广应该是没什么问题的。事情却不像人们想象的那么乐观，在实际工作中，国内的不少企业不愿意使用 N 型催化剂。这种情况有些出乎毛炳权的意料之外了，当年为什么要研制 N 型催化剂？源于扬子石化公司受制于国外催化剂的尴尬困境，中国人要打破外国的垄断，这才奋发研究自主创新的国产催化剂。可是，国产的 N 型催化剂问世了，还走向了世界，国内的企业却不愿使用。原因何在？

毛炳权和北京化工研究院的同志们在做了认真调研后得知，这与当时国内的基本现状有关。当时国内普遍使用的催化剂还是由毛炳权牵头研制成功的络合Ⅱ型催化剂，使用的装置也是由北京化工研究院推广的千吨级装置（这种装置又被称为“小本体”）。尽管 N 型催化剂在活性及性能上要远远优于络合Ⅱ型催化剂，N 型催化剂中的氯分子含量也大大降低，但对企业来讲，使用 N 型催化剂创造的经济效益明显高于络合Ⅱ型催化剂，却没有几家企业打算使用 N 催化剂。原因有两个方面，一是企业对“小本体”装置和络合Ⅱ型催化剂使用的得心应手，不愿意冒着风险试用其他催化剂。二是两种催化剂相比，络合Ⅱ型催化剂有一个优势，这就是它能吃“粗粮”，能使用炼厂气中的丙烯生产聚丙烯产品。N 型催化剂则不同，它要求高质量的原料，要求吃“细粮”，用高标准的丙烯来生产聚丙烯产品。它的生产原料是裂解的丙烯，杂质含量比较低。正是因为 N 型催化剂对原料的要求更严格一些，致使很多厂商不愿意改用 N 型催化剂，这给 N 型催化剂的工业应用推广带来一些困难。

除以上原因外，也存在有些企业对催化剂的性能没有完全消化理解的问题。由于没有完全消化理解，有时会造成生产中出现失误。有一次，燕山石化公司化工二厂在使用 N 型催化剂生产时，生产中的聚丙烯发生了大量结块的现象。毛炳权和北京化工研究院的科研人员赶到现场帮助解决问题，经反复检查，发现了结块的原因。在聚丙烯生产装置的底部有一个排放的阀门，在丙烯聚合过程中，这个阀门应该处于关闭状态。正常的操作是要在反应釜内放置一些聚丙烯粉料，加入釜内的催化剂一旦掉入阀门的窟窿中，要用氮气将釜内空气通过阀门排空后再放入一定剂量的催化剂，才可顺利完成聚合反应。化工二厂的操作人员在操作时虽然放入了聚丙烯粉，可是却忽略了用氮气排空氧气这一步骤，这样一来，加入到装置中的催化剂被氧气和水分分解，这才出现了结块的现象。类似的事情还有很多，包括锦州石油六厂、锦西石油五厂等，都在聚丙烯生产过程中出现过相同的问题，北京化工研究院的工作人员先后到这些企业帮助解决了问题。

作为络合Ⅱ型催化剂和 N 型催化剂的研发者，对两种催化剂的孰优孰劣，毛炳权最有发言权。他多次呼吁企业使用 N 型催化剂代替络合Ⅱ型催化剂，并在不同的场合宣传推广。到一些企业、科研院所做了专题报告，强调 N 型催化剂代替络合Ⅱ型催化剂的重要性。同时，为了使更多的厂家接受 N 型催化剂，他也在不断对催化剂进行改进。他提出建议，能否将原料净化得更好些，以促进聚丙烯产品性能的进一步提升。为此，毛炳权和同事们一直在做着原料净化试验，并发表了几篇相关论文。毛炳权之所以花如此大的力气推广 N 型催化剂，其最终的落脚点还是为了提高聚丙烯产品的质量。

虽然做了大量推广工作，可仍然有不少企业不愿使用 N 型催化剂，原因还是以上两个方面。国内一些企业的短视行为使他们对 N

型催化剂有着排斥心理，这也令北京化工研究院的科研人员感到痛心与无奈。但无论如何，N 型催化剂的推广工作必须坚持下去。N 型催化剂的推广其实是一项综合性的工作，首先，企业要配合和支持；其次，催化剂的质量要过硬；第三，生产产品的工艺、设备等都要改进。这些条件有一个方面不具备，都会给产品造成影响。因此，N 型催化剂的推广过程，又是一个人际关系沟通的过程，也是跨学科的学习过程，还是一个新知识的传播过程。

功夫不负有心人，随着 N 型催化剂在美国的成功应用及毛炳权等人对 N 型催化剂的慢慢普及，国内的一些企业终于开始关注并接受 N 型催化剂，这个推广过程远远长于络合Ⅱ型催化剂的推广过程。在扬子石化公司决定使用 N 型催化剂进行生产的时候，毛炳权曾亲自赴南京指导。N 型催化剂在扬子石化公司进口的 Hypol 工艺装置推广使用时曾出现一些小问题。Hypol 工艺装置是一种液相均聚合气相共聚相结合的聚合工艺，均聚合是只有一种物质进行聚合反应，在聚丙烯生产的过程中，这种物质指的就是丙烯。气相共聚不同于均聚反应，共聚合是由两种或两种以上单体共同聚合，生成同一分子中含有两种或两种以上单体单元的聚合物的反应，其产物为共聚物。Hypol 工艺装置的气相共聚合是由丙烯与乙烯同时参加聚合反应。在 N 型催化剂试用过程中，大概因乙烯量加入得过大，生产出的聚丙烯、聚乙烯产品颗粒出现了发黏现象。这是因为乙烯、丙烯共聚物的流动性不好，所以才会出现出料困难的问题。后来参加试用的工作人员慢慢总结经验，对釜内进行清理，通过不断改进，逐步解决了发黏的问题。问题解决后，生产出的丙烯、乙烯共聚产品颗粒质量迅速提高，很快在市场上卖出了好价钱。事实证明，N 型催化剂生产出的产品质量是优质的，扬子石化公司使用的进口 TK 催化剂逐渐被国产的 N 型催化剂所取代。随后，N 型催化剂展现的良好经济效益，开始在国内同行业被认可。

到武汉石油化工厂与厂方技术人员交流(左二为毛炳权)

为了N型催化剂的推广，毛炳权和课题组的同志们付出了大量心血。他们做的工作是技术指导，但每一次指导都是靠在生产现场，与生产一线的干部工人一起观察生产工艺的变化，观察设备的变化，观察催化剂的变化。每一次技术指导，都是脑力劳动和体力劳动的结合。有一次，毛炳权到扬子石化指导催化剂的使用。来到企业的第二天，他就发起了高烧。老年人发高烧与青年人不同，对体力的消耗是很大的，也是很危险的。他的助手着急的要去找医生，被毛炳权阻止了。他说，发一点烧，抗一抗就过去了，不要那么大惊小怪。第二天早上，毛炳权感觉身体状况比昨天晚上要好一些，便带着助手去了装置。一直到离开扬子石化，他始终没去医院。还有一次，他带人到上海石化指导N型催化剂的使用，在现场遇到了一个问题——产出的产品不是颗粒状而是细粉。这时，有人认为可能是催化剂的问题，毛炳权则从技术角度观察分析，认为如果催化剂有问题，产品不会出现这种情况。于是，他围着装置查看有可能造成产品出现粉料的原因。很快，他发现过滤器里面有些本不该出现的沉淀物，马上请企业的同志对沉淀进行分析化验。分析化验的结果是：这些沉淀物是物料倒流后遗留在过滤品中的，正是因为倒流的物料冲击了催化剂，才使产品由正常的颗粒变成了粉料。在解决了物料倒流问题后，产品立即恢复了正常。问题解决后，N 催化剂被上海石化采用。还有一家企业，在使用了 N 型催化剂聚合一段时间后，多次发生堵塞。毛炳权就带着课题组和企业的技术人员，一点一点找原因。最终发现是这个企业的生产过程，缺少了一个关键的搅拌环节，使催化剂没等搅拌均匀便投入了使用，造成了结块。问题找到了，解决了，生产自然也就正常了。在 N 型催化剂的推广过程中，毛炳权和课题组的同志们做了大量这样的实际工作。随着 N 型催化剂展现的良好经济效益，有越来越多的企业选择使用 N 型催化剂，N 型催化剂终于在国内市场占有了重要一席。

1993 年，“一种新型聚丙烯 N 催化剂的制备方法”获国家技术发明二等奖

第十章

集大成者——DQ球形催化剂尘埃落定

新时代新挑战

20世纪80年代末，我国开始引进先进的环管法聚丙烯工艺(SPHERIPOL工艺)，SPHERIPOL工艺是荷兰巴塞尔(Basell)聚烯烃公司研发的，该工艺具有产能大、操作灵活、产品牌号多的特点，是世界聚丙烯生产工艺中先进可靠的工艺之一，也是目前世界上采用最多的工艺。SPHERIPOL工艺采用丙烯液相预聚合和液相均聚合、气相共聚相结合的聚合工艺。均聚反应采用液相法环管反应器，多相共聚采用气相法密相流化床反应器，可生产均聚物、无规共聚物、无规三元共聚物及多相共聚的抗冲击产品。

SPHERIPOL工艺发展十分迅猛，国内也有仿制它设计的生产装置，截至2002年，国内已建成SPHERIPOL工艺生产装置18套，生产能力为156万吨/年。这种SPHERIPOL工艺普遍使用的催化剂为巴塞尔(Basell)聚烯烃公司自主研发的GF2A和FT4S两种高效催化剂，GF2A专门用于生产均聚聚丙烯；FT4S用于生产多相共聚产品，催化剂活性非常高。国内使用的这两种催化剂都是从国外进口的，价格非常昂贵。当时约为40万~60万美元/吨(人民币达500万/吨)，按国内的生产规模计算，每年需进口30~40吨，要使用外汇1500万~2000万美元。相关企业每年仅在催化剂进口这一块，就要付出相当高的成本，这与争取实现效益最大化的方针不符。要想降低成本，最好办法是在国内寻找替代产品。这时，北京化工研究院研制的N型催化剂再次脱颖而出。N型催化剂在性能上与GF2A催化剂基本一致。科研人员又根据生产需要对N型催化剂做了一些小改动，使这种催化剂能够更加完善，完全可以代替 GF2A，无需再进口。

与 GF2A 不同，FT4S 催化剂则是一种全新的球形催化剂，用 FT4S 催化剂生产的聚合物为小球状，聚合物颗粒比较大，球形的聚丙烯产品对生产过程和输送过程都甚有裨益。国内没有生产这种球形催化剂的技术，短期内无法生产替代产品。鉴于这种催化剂的高效性能以及昂贵的价格，国家决定组织科研攻关，自主研究生产一款球形催化剂，并将这个研究任务交给了中国石化总公司。接受了国家任务的中国石化总公司对此非常重视，并开始寻找合作单位。当初因 N 型催化剂知识产权的谈判问题，中国石化与化工部闹了些小矛盾，此后，中国石化的有关部门与化工部及其所属单位的合作也基本处于停止状态。直到球形催化剂的研究工作启动初期，中国石化仍然没有考虑让化工部及其所属院所参与研制。在球形催化剂的研究上，他们当时挑选了两个合作单位，一个是中国科学院化学所，一个是中国石油化工科学研究院，并将球形催化剂的研发工作全部交给这两个单位负责。

在球形催化剂的研究过程中，在一次研讨会上，中国石化总公司一位负责科研工作的处长针对球形催化剂的开发研制工作发表了自己的看法，他向领导反映说："北京化工研究院在催化剂研制方面一直都很有实力，他们研制的 N 型催化剂性能是有目共睹的，能不能让他们也参与球形催化剂的小试，这样三家单位竞争一下，谁做得速度最快，效果最好，球形催化剂的中试将来就交给谁做。"中国石化的领导觉得这位处长的话不无道理，而且小试的资金有限，即使做不成功，损失也不大。所以当即决定，让北京化工研究院也参与到球形催化剂的研究中来。

后来者居上

1989年，北京化工研究院从中国石化总公司拿到了球形催化剂项目。此时，已经比另外两个科研单位拿到项目的时间晚了半年，在这个项目中属于后来者。中国石化同时交给北京化工研究院的，还有10万元的项目研究经费。中国石化的工作人员特意交待，要尽快做出催化剂的样品上交，上交后再由中国石化找人评定。这就意味着，北京化工研究院要用比其他两家单位更短的时间研制出效果更好的催化剂，这样才会有继续参加研究的机会。毫无疑问，这是一项很有挑战性的艰巨任务，这个艰巨的任务自然落到了毛炳权等人的肩膀上。

在如此紧张的条件下，如何确定研究思路，做好催化剂研制的前期准备工作呢？毛炳权还是从当时能够找到的资料中寻求答案。通过查阅国外有关球形催化剂的资料，毛炳权和同事们发现，进口球形催化剂的技术指标与当时国内外具有代表性的聚丙烯催化剂，如日本三井油化的TK-Ⅱ催化剂、北京化工研究院N型催化剂有较大差别。进口的FT4S球形催化剂，粒形规整、粒径分布窄、共聚性能好。在查阅大量文献材料以后，他们首先确立了研究目标：以氯化镁和乙醇为原料、以白油/硅油为分散介质，制备氯化镁醇合物球形载体，再通过负载活性组分四氯化钛和内给电子体化合物合成球形催化剂。

毛炳权根据成功开发络合型系列聚丙烯催化剂，特别是成功开发N型高效催化剂的经验，对球型催化剂的研制做了全盘考虑。他清楚地知道，催化剂能不能做好，其关键在于载体技术。球形催化剂的载体是圆形的，活性组分加上其他组分，载负在载体上面做成催化剂，这一技术是世界领先的。当时全世界的载体技术主要有两种：一种是喷雾法，一种是高速搅拌冷却法。氯化镁醇合物球形载体的制备步骤主要包括：①氯化镁醇合物熔融体的制备；②氯化镁醇合物熔融体的剪切分散；③氯化镁醇合物熔融体淬冷固化成型。球形载体合成的技术关键在于球形颗粒粒子形态的控制、粒径大小的稳定控制、载体结构和组成的控制，获得适合球形催化剂制备的球形载体。

在探索实验中，毛炳权他们系统地研究了氯化镁醇合物载体的形成机理，研究了剪切强度对载体粒子大小及其分布的影响，研究了分散介质种类、分散介质黏度及分散介质与氯化镁醇合物熔融体的界面张力对载体粒子大小及其分布的影响。研究了反应和成型温度对载体粒子大小及其分布的影响，研究了氯化镁醇合物组成和结构对载体粒子形态及对催化剂制备的影响。特别是研究了剪切(搅拌)形式对载体粒子大小及其分布的影响。

毛炳权曾根据相关资料试用过喷雾法，喷雾法就是将一个熔体放在氮气中进行冷却，变成熔融体，如奶粉就是通过喷雾法形成细小颗粒的。将喷雾法用在研制催化剂上，就是将熔融氯化镁醇合物喷到氮气中冷却，将冷却后的氯化镁作为载体。用喷雾法小试虽然成功，但这个方法却并不实用。因为如果选用喷雾法，一是要从丹麦进口喷雾设备，又是一笔额外的开支；二是从能耗的角度来考虑，如果采用喷雾法做中试，由于氮气的热容小，需要消耗大量氮气来维持冷却过程，可当时北京化工研究院空气分离装置制造的氮气量并没有那么多，远远不够中试试验用。所以不得不放弃这个尝试，而最终选择了高速搅拌冷却法。高速搅拌冷却是将白油或硅油这些液体放至一个釜中冷却，以制成氯化镁载体的颗粒。

选择冷却法也面临很多问题，其中关键的是使用什么样的搅拌器更为合适。为了解决这个问题，毛炳权特意跑到北京化工学院

(现在的北京化工大学)去请教搞化工机械的教授，问他们用什么搅拌器更好。根据北京化工学院教授提供的材料，毛炳权自己动手设计了一个小试的搅拌器。用这个搅拌器小试成功，并进入了中试阶段，中试需要的是一套大型搅拌器。毛炳权便委托北京化工学院机械专业的老师，帮他设计、加工，解决了北京化工研究院中试用的设备问题。这套搅拌器在使用过程中，也先后出现过一些问题。后来经过北京化工研究院的科研人员和工人师傅的不断改进，使搅拌器发挥出了应有的作用。

除了解决搅拌设备外，还要选择用来冷却的液体。为了找到最为合适的液体，毛炳权带领课题组做了多次试验，力图在最短的时间内找到最好的冷却液体。在寻找冷却液体的过程中，如何解决白油与硅油冷却后分离回收的问题又摆在眼前。白油与硅油(硅油价格昂贵)这两样物质用完以后要回收，一是为了节约成本，可以把回收的硅油等反复使用；二是环境保护的需要，使用后的石化产品下脚料，包括废水、废气、废渣等通常被称为“三废”，如果随意丢弃会造成环境的污染，国家对“三废”的回收有严格的规定。而且，“三废”回收后经过处理还可以废物利用。所以，毛炳权他们解决白油与硅油的分离回收问题也算是份内之事。由此看来，小试并非只是简单地试验成功，还有很多后续问题需要考虑，必须确保它的中试能够顺利进行，还要保证工业化的时候不出问题。

解决了研制过程中出现的一系列问题后，又要面对一个非常棘手的问题，这便是专利问题。以往的专利一般都是方法专利，公开自己研制生产该催化剂的方法，如果有人用这种公开的方法生产催化剂，那就已经是侵权行为，是要负法律责任并赔偿对方经济损失的。为防侵权，后人在研制催化剂的时候便会避开已经公开的方法，开辟一条新道路，当初 N 型催化剂便是避开了 TK 催化剂的制备方法而研制成功的。而 FT4S 催化剂的专利则再度创新，另辟蹊径，它申请的不是方法专利，而是结构专利。什么是结构专利？结构专利就是以催化剂的化学结构、物理结构为内容申请的专利。如果别人再生产用各种仪器表征出的化学结构、物理结构与 FT4S 催化剂相同的产品，就属于侵权行为。因此，FT4S 的结构专利使国内球形催化剂的研制更加困难。

为了突破 FT4S 催化剂的结构专利，由毛炳权带领的 7 人小组全力以赴，一直奋战在试验室里，有时甚至不眠不休。时年 50 多岁的毛炳权是小组里的最年长的一位，除两位二十几岁的年轻人外，其余几位同志都已是四五十岁的年龄了。在实验室里，他们完全打破了年龄界限，心往一处想，劲往一处使，在毛炳权的带领下，各司其职，全力将手头的工作做好。毛炳权每天把工作安排得很细致，方案也做得很明确，一项项去落实。这个 7 人小组在确定了高速搅拌成形和冷却介质的大方向后，将全部精力都放在突破结构方面。他们先后试验了各种组分、各种做载体的方法和条件，但在长达半年的时间里，他们做出的结构仍然跟 FT4S 催化剂相类似。一次次拿出结果，一次次否定，他们只能不断尝试，改配方、改条件，一步步摸索……

与课题组的其他人一样，毛炳权参加小试试验的半年来，除了吃饭、睡觉之外，基本上所有的时间都在试验室里，家庭几乎顾不上了。他的妻子也是北京化工研究院的科研骨干，也经常带课题，工作一样繁忙，还时常出差。逢着星期天休息的时候，如果妻子出差在外，毛炳权还要抓紧时间打理一些生活方面的事情，买买菜、洗洗衣服、清理清理卫生。所有这一切都是高效率完成，因为毛炳权要把更多的时间用到研制催化剂上。这样一来，毛炳权自己的时间十分紧张，工作负荷也大。毛炳权对此却安之若素，他说自己是从农村走出来的孩子，经历过乱世的战争，也经历过新中国成立后的困难时期，现在能有这样一份自己热爱的安定工作，有一个不错的家庭，已经感觉很满足了。十分珍惜来之不易的幸福生活，对自己的工作更是尽心竭力。

最终，在半年后的一天，他们做出了一款跟 FT4S 催化剂结构不同的球形催化剂，这令全体小组成员都非常兴奋，长时间的努力与辛苦总算没有白费。以毛炳权为首的 7 人小组研制的球形催化剂被命名为 DQ 球形催化剂，“DQ”即大球的意思。DQ 催化剂在性能上完全达到了国际水平，而它跟国际上其他催化剂最大的不同就是结构不同，这也是 DQ 催化剂的创新点。

北京化工研究院研制球形催化剂耗时半年，终于小试成功，他们急忙将研制成功的小试样品上交给中国石化总公司。在几乎差不多的时间内，中国科学院化学所和中国石油化工科学研究院也将样品上交，只等最终的评定结果。中国石化总公司将评定权交由燕山石化公司化工二厂(原向阳化工厂)，因为他们有现成的聚丙烯生产装置，只要开车一试，三家单位生产的催化剂性能便一目了然。

在等待的时间里，所有参与该项目的工作人员都充满了期盼，同时又有着隐隐的担忧。对于曾经成功研制过络合型系列催化剂及 N 型催化剂的毛炳权来说，他对试验结果还是很有信心的。期间，他曾打电话给燕山石化公司化工二厂，试图询问一下评价结果，但化工二厂的有关部门出于职业操守表示无可奉告，但对方的一句话还是给毛炳权吃了一颗定心丸，对方说：“评价结果不好说，但是你们做的催化剂确实挺不错的!”

样品上交大概三个月之后，评价结果出来了，北京化工研究院研制的催化剂性能最好，又突破了国外专利的权限，中国石化总公司同意给他们项目资金，开始做 DQ 球形催化剂的中试试验。至于中试资金具体数目，毛炳权已经没有印象了，他只记得在接手中试试验之后，院里便开始筹备前期工作及所需设备。中试所需设备以北京化工研究院的设计室以及机修车间为主设计和生产，请北京化工大学化工机械教研组的老师帮助设计搅拌器，同时，毛炳权等人将中试所需条件、材料告诉相关人员，再由他们提供设计方案。再由机修车间或自己生产或外委其他机械企业生产。

将难点逐个击破

在 DQ 催化剂中试的过程中，需要解决的主要问题是催化剂的扩大制备。要在中试级的设备上进行试验，这种球形催化剂的扩大制备对于毛炳权来说还是一个全新的课题，在过去的中试中根本没有接触过，自然没有什么经验可循。中试设备根据毛炳权等人给出的参数扩大，到了应用的时候，因为设备的改变，应用参数也会随之发生改变。氯化镁的醇化物是个熔体，温度高的时候，熔体会熔化，温度低的时候，则易发生堵塞，所以即便有了新设备，还是要进行多次实验。

新的中试装置建设的速度很快，因为生产催化剂的基本装置都有，只是根据设备不同，采用不同的釜和罐，对设备进行加工，安装各种反应器、储管、管道、阀门、仪表等。在设备加工及安装的过程中，毛炳权无需过多参与，他只起一个审查作用，看北京化工研究院和外单位加工的设备是否符合他们的要求。从加工设备到设备安装，整个过程都非常顺利，没有出现什么问题，耗时半年左右，设备准备就绪，只等中试试验开始。

试验的过程就不像加工和安装设备那样轻松了，中间会遇到各种各样的问题。中试试验是在小试试验基础上的扩大生产，其目的是要为工业化做准备，所以小试时很多曾经考虑或被忽略的问题，到中试时都要解决。第一个要解决的是物料等回收问题。催化剂被生产出来并不等于流程的结束，还有很多副产品需要回收，其中包括“三废”(废水、废气、废渣)的处理。中试以后要对球形催化剂进行工业化应用，所以必须对生产催化剂的后续问题提出解决方案。

以四氯化钛为例，要看它是否能够回收，能够回收多少。不能回收的物质有多少，需要采取什么处理办法处理等。通过研究与实践，毛炳权等人研究了一套有效的方法：对于不能回收的四氯化钛，加水分解为盐酸，再用碱中和，中和后生成氯化钙，氯化钙毒性很小，没什么污染，可以填埋处理。“三废”中有些东西没有办法重复利用，则必须进行有效处理，毛炳权他们还要负责提供解决“三废”的技术方案。

除了要考虑副产品的回收，还要考虑冷却剂的回收。生产DQ球形催化剂的冷却剂主要为白油和硅油，这两种冷却剂要在高速搅拌的时候使氯化镁醇合物冷却，冷却以后就涉及到两种冷却剂的回收问题。能够成功回收是一方面，冷却剂回收上来能不能再利用却是另外一个问题。使用后的冷却剂黏稠度降低、性能变差，回收后不能达到继续使用的标准。要使回收的冷却剂重新使用，就必须采取措施提高回收冷却剂的性能，而提高性能的方案，也要课题组来提供。冷却剂的回收利用事关资源的重复使用问题，如果有更多的资源能够重复利用，既可以控制成本，还能减少“三废”，将来在工业化推广的时候也易于被企业接受。用发展的眼光来看回收问题，实际上是国家经济发展的必然结果。经济要发展，环境要保护，国家和公民的环保意识都在不断加强，环境保护也成为世界性的课题，成为举世注目的事情。既能研制出新型催化剂，又能研究出几种对废物回收处理的方法，这是一举数得的好事情。

后来毛炳权发现，其实解决冷却剂黏稠度降低的方法十分简单，只需在其中加入一些未使用过的冷却剂即可，以硅油为例，将一些分子量大的硅油加进去，便可使冷却剂的黏稠性再度增大。

结块问题也是中试试验过程中遇到的一个难点。DQ催化剂在中试的时候很容易结块，这样一来，好多圆球状的小颗粒也有可能会黏连在一起。为了解决这个问题，毛炳权提出一定要真空干燥，因为温度过高会将载体分子组分改变，真空干燥时温度则可以调低一点，以免破坏载体的组分。

在研制 DQ 催化剂之前，研究人员都习惯采用热干燥的办法来蒸发溶剂，干燥催化剂。直到毛炳权等人首次提出了真空干燥的方法，经过小试试验验证，用真空干燥的办法，溶剂蒸发得相当快。到了中试的时候，毛炳权仍打算用真空干燥的办法，但当时没有大型的真空干燥器。毛炳权根据自己以往的研究经验和理论，打算到国内设备生产厂家定制设备。他考虑到真空干燥可以降低温度，能避免干燥物结团，如果在真空干燥时让设备产生有规律的振动，能够使催化剂更加松散，相当于加上一个双重保险。为了找到合适的设备，毛炳权特意带了一位同志跑到南方的一些设备制造厂去寻找已经制造好的合适设备，寻找未果，毛炳权便将自己的想法与几个厂家做了交流，希望他们能够可以加工出一种边真空干燥边振动的设备。几经辗转，他们终于如愿以偿，买到了振动真空干燥器。

为了解决催化剂的结块问题，毛炳权经常不分昼夜地工作在中试实验室里。就是回到家里，心还是在实验室，脑子还是在琢磨催化剂的事情。至于晚上加班的事，那就更多了。中试试验是在化工研究院的化二车间做的，化二车间在研究院大院里面，研究院墙外不远处就是毛炳权的家。平时上班的时候，毛炳权从家里出来，进研究院的北门就到了化二车间，很方便。但为了安全保卫的需要，研究院的北门一到晚上就会上锁，只留西门出入。有时候，实验车间半夜甚至凌晨遇到突发情况，车间的值班人员都会打电话通知毛炳权前去解决问题。离他家最近的北门上了锁，只有绕到西门才能进入研究院，可走西门要绕比较远的路程。而且，大晚上来到西门，还要费时间找人开门。为了节省时间，50 多岁的毛炳权教授有好几次干脆从北门的大铁门上翻越而入。对于一个读书人，尤其是一位老教授来说，翻门进院的举动实在是让人瞠目结舌。一提起这事儿，毛炳权至今也是满脸笑意。不过一想到实验室里发生了不明状况，需要尽快解决，毛炳权也就顾不得这些了，科学研究也是要讲究争分夺秒的。

随着中试的持续进行，生产过程中会出现意想不到的问题，这些都得到了及时处理。中试使用的设备也在这个过程中不断加以改进，以适应中试的需要。从小试到中试的设备、器具有差别，小试使用的搅拌器在中试放大过程中无法达到中试要求的标准。小试时所要求的颗粒物大小，到了中试的时候由于设备的不适应，已经达不到原先的比例，虽然颗粒物的大小基本没变，但却存在着颗粒物大小不均匀的问题。想要继续使用这款搅拌器，就必须按照中试的要求对设备实行改造。毛炳权他们便与搅拌器的设计人员一同研究改进，通过改变设备的内部条件，包括更换搅拌器的叶片结构、提高转速等使设备适应中试的要求。与此同时，他们继续对催化剂配方加以改进。通过许多次试验后，搅拌器总算达到了中试要求。

从 20 世纪 70 年代至 90 年代，这 20 多年的科研实践使毛炳权悟出了一个道理：要想取得更大的科研成果，仅仅依靠一个单位的力量总是有限的，必须加强与专业单位的合作，才能确保科研任务的完成。所以，在科研工作中积极开展多单位、多专业之间的互相合作、互相探讨就显得尤为必要。他一直坚持认为，之所以能在研制催化剂方面取得成功，决不是凭个人的一己之力完成的，除了与同志们团结协作，大量研究国际国内相关方面的文献资料外，与外单位的合作是成功不可或缺的要素。也正因为如此，他在从事催化剂研究的几十年时间里，非常注重与其他单位之间的合作。研制 N 型催化剂时，北京化工研究院与美国菲利普斯公司合作，化工研究院出技术，菲利普斯公司出生产设备，这样一来，既节省了资源，又优势互补；到研制 DQ 球形催化剂的时候，北京化工研究院又与北京化工大学合作，请他们加工一些关键设备，弥补了化工研究院在机械加工方面的不足，正是因为有了北京化工大学加工的设备，DQ 球形催化剂才能顺利研制成功。

DQ 球形催化剂中试试验从 1991 年开始，到 1996 年结束，历时四年左右。最终试验证明，DQ 催化剂与进口催化剂相比，在聚合活性和立构定向性方面具有明显的优势。

1992 年 5 月，中国石化总公司组织对“聚丙烯球形高效催化剂研究”进行了技术鉴定。鉴定意见指出：①DQ-1 催化剂和 XQ-1 催化剂是为 SPHERIPOL 聚丙烯工艺使用两种引进催化剂的国产化而开展研究工作的。现在本项目已经完成了试验室的研究工作，催化剂的性能指标符合合同规定的要求，并且达到了上述两种国际先进催化剂的水平。②DQ-1 催化剂和 XQ-1 催化剂的工艺制备方法合理可行，所有原料可全部立足国内，制成的催化剂组成及其物理性质稳定，重复性好。③XQ-1 催化剂已经具备申请专利的条件而且是不侵权的。DQ-1 催化剂应进一步抓紧完善法律状态分析，以尽快申请专利。④鉴定资料完整齐全，符合鉴定要求。⑤XQ-1 催化剂的放大可在原 N 催化剂的中试装置上进行。DQ-1 催化剂小试工作完善，具备中试条件，建议尽快安排中试工作。在中试过程中，为了保护自己的科研成果，北京化工研究院于 1993 年就 DQ 催化剂的相关技术向中国专利局提出了发明专利申请，后于 1997 年获得中国国家专利授权。

1996 年，北京化工研究院建成了一套 2 吨催化剂/年的氯化镁醇合物载体和催化剂制备的中试生产线，通过不断改进、完善单元设备和载体及催化剂的合成工艺，成功地合成出了合格的 DQ 催化剂批量产品，为 DQ 催化剂的工业应用创造了条件。同年，北京化工研究院开始用中试装置合成的 DQ 催化剂进行工业应用研究。受当时经济实力的局限，研究院没有环管中试装置用于评价丙烯聚合的 DQ 催化剂，只能用试验室间歇聚合小评价装置，只能评价催化剂的聚合活性、立构定向性等基本性能。这一实验对 DQ 催化剂在工业生产装置上的适应性，特别是在连续法的 SPHERIPOL 工艺聚丙烯工业生产装置的适应性无法下结论。如果仅根据试验室间歇聚合小评价装置的结果，用 DQ 催化剂直接在工业生产装置上进行试用是要冒较大风险的。但是，为了使科研成果尽快转化为生产力，在生产装置上进行工业应用试验是必须要做的。

1996 年 11 月，在经过充分准备后，北京化工研究院用中试装置生产的 DQ 催化剂，首先在中国石化天津石化公司的小本体间歇法聚丙烯工业生产装置上进行工业应用试验，试验获得成功。这一成功为在 SPHERIPOL 工艺上进行 DQ 催化剂的工业应用提供了依据，也增加了毛炳权等人的信心。在试验成功的同时，也发现了 DQ 催化剂的一些不足之处，如在聚合过程中出现的催化剂粒子破碎现象，这些发现为 DQ 催化剂的完善工作指明了改进方向，也为后续的工业应用积累了宝贵的经验。

DQ 催化剂的试验成功，使毛炳权的科研之路形成了自己的特点。20 多年来，他研制成功了三种催化剂，三者各有特点。络合型催化剂是毛炳权开始第一次工业化应用的催化剂，因为是首次接触，所以花费的时间最多，投入的力度最大。从络合 I 型催化剂的仿制再到络合 II 型催化剂的创新，毛炳权踏上了自主研制催化剂的道路。N 型催化剂则是第一个完全自主创新的催化剂，也是第一次获得自主知识产权的催化剂，其专利技术还远销国外。在相当长的一个时期内，中国的工业产品外销靠的都是价低的优势。毛炳权研制的催化剂靠专利许可打开国外市场，获得欧美大公司的肯定，并卖出了好价钱，这是十分难能可贵的。到研制 DQ 催化剂时，因为已经有研制络合型系列催化剂及 N 型催化剂的基础，研究工作基本是顺风顺水，毛炳权只是将主要精力放在寻找载体和制备载体的方法上，找好载体后，后面的很多问题自然就迎刃而解。

DQ 催化剂的工业化应用

毛炳权作为 DQ 催化剂中试课题组的组长，DQ 催化剂也成为他在北京化工研究院的收官之作。1993 年，当北京化工研究院就 DQ 催化剂的相关技术向中国专利局提出发明专利申请时，毛炳权已是 60 岁。按照当时国家的规定，60 岁已经到了退休年龄，可因毛炳权那时正负责 DQ 催化剂的攻关工作，北京化工研究院便延迟了他的退休时间。直到 1996 年，DQ 催化剂完成了中试试验，毛炳权才不再担任课题组的组长。1995 年，毛炳权被评为中国工程院院士。根据国家规定，“院士”作为终身荣誉。自 1996 年之后，由于毛炳权身患脑溢血，做过开颅手术，病重住院数月之久。至此，身体健康状况一直不太好，便逐渐退出了科研一线，不再参加具体实验研究工作，只做技术指导，将 DQ 催化剂的后期工业化生产应用的工作交给助手和他的学生们负责。而化工研究院也认为毛炳权已被评为中国工程院院士，不应该再把主要精力放在科研试验上，而是应该帮院里培养更多优秀的人才。自此以后，毛炳权的主要精力就放在带学生上，下车间的事情也就慢慢减少。

虽然毛炳权将 DQ 催化剂的工业化应用工作交了出去，但他仍然关注着这项工作的开展，毕竟这项成果凝聚着毛炳权的心血。在后来的时间里，北京化工研究院的后来者们继续对聚乙烯、聚丙烯催化剂做了一系列的改进与创新。每当科研遇到问题时，院里的后起之秀们总会虚心向毛炳权请教，而毛炳权虽然成为工程院院士，但他仍然心系科研一线，每当有人向他请教，他总是给予请教者悉心的指导。有时还会跟他们一起参加讨论，共同研究 DQ 催化剂需要改进的方面，使这一催化剂能够更加完善。

DQ 催化剂在经过中试，并反复研究改进后，开始投入工业化生产。1998 年 9 月，使用中试合成的 DQ 催化剂在中国石化上海石化公司 7 万吨/年的 SPHERIPOL 工艺生产装置上进行工业应用试验。SPHERIPOL 工艺装置基本算是国内发展最快的工艺，工艺容易放大，装置也比较便宜。国内在购进了 3 套设备后便实现了自主设计，设备数量在数年内猛增，年产量也从一开始的 7 万吨逐步发展为 14 万吨、30 万吨、40 万吨。它的设计基础是进口的球形催化剂，而 N 催化剂和 DQ 催化剂有自己的特点，如何控制聚合反应平衡进行，保证装置的安全运转是本次工业应用试验的关键。毛炳权和课题组的同志确信，DQ 催化剂在 SPHERIPOL 工艺装置上使用，能够达到最佳效果。

DQ 催化剂获得了国家发明二等奖

在试验过程中，北京化工研究院的研究人员同上海石化的同行们共同研究协商，根据 DQ 催化剂与进口催化剂的性能差异，从催化剂的配制到预络合反应、预聚合反应、聚合反应、闪蒸及汽提干燥等每一个操作单元作相应的工艺参数调整，依据调整做出了周密的紧急预案。出乎北京化工研究院研究人员意料的是，工业应用试验开始后，各个步骤一路绿灯，进展得非常顺利，准备的紧急预案一个也没用上，DQ 催化剂在 SPHERIPOL 工艺装置上的工业应用试验一炮打响。经过十年努力，DQ 催化剂终于研制成功。1999 年，DQ 催化剂成功推向市场。2003 年，该项目又获得了国家发明二等奖。每当提起 DQ 催化剂的十年研制历程，毛炳权总是说，这是北京化工研究院在聚烯烃催化剂领域多年科研积累结出的硕果，凝聚着北京化工研究院老、中、青众多科研工作者的智慧与汗水。

生产实践表明，DQ 催化剂生产的聚合物性能均高于用进口催化剂生产时的质量控制指标，DQ 催化剂在 SPHERIPOL 工艺装置的应用结果充分体现了 DQ 催化剂高聚合活性、高立构定向性和良好的共聚性能的特点。DQ 催化剂投入工业应用之后大大缓解了国家进口催化剂的难题，进口的催化剂大大减少，而 DQ 催化剂也在很大程度上取代了国外的球形催化剂。不过，有些工厂出于不同的利益考虑，仍会适当进口一些国外的催化剂。国内 N 催化剂和 DQ 催化剂的生产商主要是奥达公司，奥达公司的前身是北京化工研究院在通州搞的一个试验基地，从研制 N 型催化剂时便开始使用。DQ 催化剂研制出来后，奥达公司又接手了 DQ 催化剂的生产，成为把北京化工研究院的科研成果转化为生产力的基地。奥达公司自成立以来，效益一直不错，尤其是随着北京化工研究院研制的两种催化剂市场越来越大，他们的规模也在不断发展。1993 年 3 月，奥达公司和中国石化科技开发公司共同出资，组建了北京市奥达石化新技术开发中心，从北京化工研究院分立出去。2004 年 12 月 29 日，中国石化催化剂分公司在京成立，奥达石化新技术开发中心正式加入催化剂分公司，成为中国石化催化剂有限公司北京奥达分公司，并聘请毛炳权为该公司的顾问。

培养更多的科技人才

告别 DQ 催化剂的后续工作后，毛炳权在平时主要做两方面的事情：一是在北京化工研究院负责科研咨询工作；一是带学生。从

1988 年开始，毛炳权带硕士研究生；到 1996 年，又开始带博士研究生。作为一名科研工作者，毛炳权克于勤、精于业，硕果累累；作为一名教育工作者，毛炳权对学生严要求、重关怀。他带研究生像对待科研一样认真，培养出了一个又一个人才。

博士生导师服留影

到 2015 年止，毛炳权先后共带过 7 个硕士研究生。他招收的第一个研究生名叫夏先知，毕业于四川大学，大学毕业后被分配到北京化工研究院工作。起初他在聚乙烯课题组工作，后来随着“文化大革命”的结束，国家加大了技术人才的培养，重启了硕士研究生的招收工作，夏先知也报名参加了硕士生考试。那时学校招生比较简单，只要考试合格，教授跟学生还可以双向选择，自主性很强，只要教授觉得学生的专业还算对口，而学生又愿意跟着导师学习，招生基本就确定了。也许是第一次带研究生的缘故，毛炳权对这个学生非常关心，经常对他进行指导。夏先知也没辜负导师的期望，他的基础比较好，平日里也肯下苦功夫。那时，研究生的论文定题一般都和导师的研究方向紧密相关。因为选择与导师研究方向相关的课题一方面便于导师指导，另一方面，研究生在完成论文课题的同时，也相当于帮助导师完成了研究工作的一部分，可谓一举两得。毛炳权带第一个硕士生的时候正是他研究络合型催化剂的后期，所以给夏先知的任务和题目也都是配合络合催化制的研制工作展开的。不过，夏先知当时并没有实际参与到络合型催化剂的具体研制过程，而是只做一些对络合催化剂聚合条件试验的理论研究工作。在理论研究的基础上，夏先知发表了两篇与络合催化剂相关的专业论文。

毛炳权(前排中)与夏先知(左一)合影

两年以后，他硕士毕业，仍留在北京化工研究院工作并被分到了毛炳权的课题组。此时他已经不再是学生身份，而是以科研人员的身份来到毛炳权的课题组，跟着自己的导师一起做研究、搞实验，后来与毛炳权一起参与了 DQ 催化制的研制工作。如今的夏先知是北京化工研究院的技术骨干，身兼多职，是院里的副总工程师、科研管理处处长，同时还是中国石化集团公司的高级专家。

毛炳权带过的每个研究生都会被他的无私奉献和严于律己、宽于待人的精神所折服，更敬佩他渊博的学识。他的博士生、东莞理工学院的副教授钟赤锋说："在跟着毛老师做博士后期间，发生了一件小事，对我影响很大。当时，老师的电脑坏了，他让我选一种型号的电脑报给研究院后勤采购，过了几天，后勤说电脑买回来了，让我过去签单。我却发现电脑的价格远高于我调研的价格，有点诧异。过了几天，我和毛老师谈及此事，毛老师非常生气，说不能容忍这种风气，马上打电话给后勤主管领导询问。后来后勤主管领导回电致歉，并退回多报的采购费用。通过这件事，我看到了一个老知识分子的气质和风范"。他带过的研究生们现在有的在国内发展，有的在美国和欧洲发展。当 2013 年，毛炳权八十华诞时，学生们纷纷发来贺信和贺电。更有几位学生给毛炳权寄来了自己的全家福，祝福老师健康长寿。

在毛炳权成为中国工程院院士之后，北京化工研究院希望像他这样有科研经验的老工程师能够多多培养些年轻科技人才，让年轻人能够不断提高科研能力，尽快扛起科学研究的大旗。当时在化工行业的博士生导师需化工部、教育部批准后才能带博士生，而当时的北京化工研究院里只有两个人有资格带博士生，毛炳权就是其中之一。随着我国职称评定工作的不断完善，北京化工研究院有更多的年轻一代的研究人员被评为教授。他们也希望能够带上一两名研究生，辅助自己的科研工作。毛炳权非常理解大家的想法，他为了不占名额，主动提出不再带硕士研究生，转而将精力放在带博士生上。

毛炳权当时兼任两所高校的博士生导师，一所是北京化工大学，一所是四川大学。不过带四川大学的博士生，也有许多具体问题。无论是做实验还是写论文，都需要在四川大学当地解决。而且，从北京到四川两地的来往无疑会造成学生经济上的负担，带来一些生活上的不便，还不能充分利用时间，因此，毛炳权在前几年仅带过一个四川大学的博士生。

北京化工大学校长王子镐(时任)为毛炳权院士颁发聘任兼职教授证书

不管是带硕士生还是博士生，毛炳权都有一条自己的原则：科学是老老实实的，千万不能弄虚作假。对科学要报着一种敬畏之心。尤其对于做实验来说，每种实验要重复多次或者十几次，要通过准确无误的数据来确定结果，而不能仅凭一次实验，没有任何比较就匆匆确定研究结果，急功近利，这种做法是毛炳权非常反对的，他不允许自己的学生这么做。在教导学生的时候，毛炳权也会时常提到反复实验的重要性，虽然实验的过程是枯燥的，甚至有可能是痛苦的，但只有通过多次实验得出来的结论才有说服力，才是科学的。

在带学生的过程中，毛炳权是一位十分严格的导师，毕竟事关科学研究，不仅科研数据不能马虎，对待科学研究的态度更需要端正，这是一个大的原则。只要不违背大的原则，毛炳权在具体事情上还是从实际出发、灵活对待的。在学习方法上，他向来不赞成学生照本宣科，在强调学生打牢专业基础的同时，他经常鼓励学生在实事求是的基础上要有些创新性想法。在这个方面，他也经常现身说法，用自己的亲身经历说明打好基础与创新的关系，使学生们从中得到启发，勇于创新。

他在后期之所以将重点放在带博士生上，除了给更多的年轻教授们带研究生的机会外，也有自己的一些想法。一般的学生在硕士毕业后考博士，已经有较强的专业基础，且已发表了相关的专业论文，在科研能力方面也具备了一定基础。如果有合适的课题让他们来做，会很快上路，出成果的机会也多一些。因此，导师的作用主要是帮他们选方向、定题目，找到合适的试验条件，在试验中对出现的问题多加指导，这样就能够让博士生能有独立自主的工作能力，剩下的就靠他们自己努力了。毛炳权从心里还是希望自己的博士生能出成果的。从 1996 年之后，毛炳权相继招了一批博士生和两名博士后，他为培养这些博士生付出了辛勤的努力。

北京化工研究院的王世波和高福堂，都是毛炳权的博士研究生，提起毛院士对他们的培养和关心，他们如数家珍。王世波跟着毛炳权读了 6 年研究生，从硕士生读到博士生，直到 2006 年博士毕业。在这 6 年中，王世波经常把自己的科研及学习心得和遇到的问题汇报给毛炳权，毛炳权也经常到王世波所在的试验现场去做一些指导，鼓励他要勤于学习、勤于实践、严谨工作、勇于创新，这对王世波的影响很大。在读硕士研究生时，王世波在一次做茂金属催化剂试验时发现，助剂三乙基铝的活性很高。长期以来，无论是教科书还是其他专业资料都把此助剂定性为“无活性”，当他发现这种助剂竟然有活性时，一时也吃不准，便向毛炳权做了汇报。毛炳权也感到有些意外，但他没有否定王世波的发现，只要求他要做五次以上的试验。“做五次以上的试验”是毛炳权对每个研究生的要求。他要求学生们敬畏科学，要通过准确无误的数据来确定结果，只有通过多次实验得出来的结论才有说服力，才是科学的。王世波按照毛炳权的要求，在一年时间内做了多次试验，最终确定三乙基铝是种高活性的助剂。结论确定后，毛炳权非常高兴。他对学生们说，这不仅是纠正了一个专业上的错误，更对这种助剂今后的工业应用有很大帮助，可以降低应用的成本，具有很高的经济价值。王世波在回顾这个过程时非常感慨，他说，也许换别人，会直接告诉自己做了错误的试验。但是正是毛老师平时的教诲，让他牢记在科研工作中要重视细节，这才有了新发现。也正是毛老师的支持，自己才能够坚持做多次严格的试验，最终确定结果。这次新发现成为王世波硕士论文的主要研究内容，后来的博士论文也是在这项研究的基础上，进一步研究提高形成的。

对于研究生们的选题，毛炳权从不做硬性指定。他鼓励学生要保持宽阔的视野，要不断了解其他相关领域的知识。对学生提出些宏观方面的指导，让学生自己选题，他只对学生的选题做些原则上的指导，帮助学生确定研究方向，最大程度地培养学生独立工作的能力。高福堂就是在这方面受益的一名博士生。他在选题时，开始的大概研究方向是“PP 聚合动力学”。但经过广泛查阅和学习各种资料，他最终选择了“复配内给电子体”这个方向。在他选题的 2007 年，这类研究属于国内外比较前沿的课题。虽然脱离了一开始的大方向，但他仍然得到了毛炳权的支持和帮助，使他的研究取得了积极成果，并以此课题为基础，完成了博士论文。

毛炳权不仅从学习和工作上关心学生们，在生活上也给予他们力所能及的帮助。在读硕士期间，王世波的父亲因病去世。在父亲去世后的第一个春节，在北京读书的他无论如何都要回山东老家与母亲和家人一起过年。春运一开始，王世波便去买返乡的火车票，春运期间，一票难求，他想尽了办法也没买到回家的车票。情急之下，他找到毛炳权求助，对这件事，毛炳权也感到无能为力，建议王汇波干脆坐飞机回去。这时的王世波还是个清贫的学生，身上根本没有买机票的钱。看到他为难的样子，毛炳权顿时明白了。他立即掏出钱来交给王世波，让他买机票回家看望母亲。王世波感到很不好意思，毛炳权说："这钱是借给你的，什么时候有了钱再还给我就是了"。王世波迅速购买了飞机票，在春节之前回到了家乡。毛炳权的硕士生黄汝彬毕业后选择到荷兰读博士，可当他开始办出国手续时却有些为难了。办出国手续需要一大笔钱，包括需要在国外读博士的学费。而当时黄汝彬自己和家庭都拿不出这笔钱，这让他非常着急，只好跑去向毛炳权求助。毛炳权知道这一情况后，二话不说，很快帮他筹集齐了所需费用，让黄汝彬顺利出国留学。毛炳权的帮助使黄汝彬和他的同学都非常感动，黄汝彬怀着感恩的心在异国他乡发愤读书，勤奋工作。几年后，不仅归还了毛炳权帮他筹集的学费，还闯出了一份不错的事业。黄汝彬在毛炳权 80 寿辰时，亲笔给老师写了贺词："桃李不言，下自成蹊。学生深深地知道，我的进步、成长和发展，都离不开您的谆谆教诲，言传身教。您献身科学的精神永远鼓舞我追求真理和人生的更高目标。感谢恩师情重如山，师同父母。"高福堂考的是北京化工大学博士生，学校通知他找导师毛炳权面试。当他联系上毛炳权，表示要到北京化工研究院面试时，毛炳权却提出用不着这么麻烦，只要在电话中回答问题就可以，当他在电话中回答了毛炳权提出的一些问题后，毛炳权表示满意，当即告诉他已经通过了面试。后来他才知道，毛炳权担心一名外地学生到北京面试，交通、住宿、生活都不方便，成本还高，为了不给学生增加负担，他采用了电话面试的做法，这让高福堂非常感动，决心以突出的学习和工作成绩来报答老师的关心。

毛炳权带了研究生后，一开始，学生们每逢春节和他的生日都会带着礼物去看他，每次都受到毛炳权的批评。不仅如此，毛炳权把他们的礼物收下后，还要送给他们礼物。学生们发现，毛老师送给他们的礼物比学生们送的还要多。通过这么几次经历，学生们再不给毛炳权送礼了。每年他过生日的时候，学生们集体签名给老师送贺卡，对学生们的这份礼物，毛炳权欣然接受。

2002年指导研究生(中间毛炳权，右一黄汝彬)

随着时间的推移，国家招收博士生的政策也在发生着变化。毛炳权发现，他招收的有些博士生与自己想象的不太一样。就他曾经带过的博士生而言，主要分为两种：一种是参加统考招收的博士，一种是已经在北京化工研究院在职的具有硕士学历的职工，这类学生统称为在职博士生。直到成为博士生导师后，毛炳权才发现，能让他们顺利毕业也并不容易。以在职研究生为例，读博期间不仅要发表国内论文，最少还要在国外杂志发表两篇论文，这些论文都需要用英文完成，这是硬指标，不完成是没有毕业资格的。可现实情况是，对于这些在职博士来说，毕业往往很有难度。其一，这些在职博士不像全日制学生那样，有充足的时间来学习，他们都是单位的骨干，平日里要将大部分时间用在工作上，还要经常出差，这样一来，必然会影响论文写作的进度；其二，在职博士往往年龄较大，拖家带口，家庭中的事情纷纷杂杂，也会占去他们相当多的精力，除去工作时间和家庭琐事，这些博士生真正能用到学习上的时间是很少的。学习时间少，应该完成的科目和课题就有困难。因此，相当多的在职博士的毕业时间都在延期。根据博士生的相关规定，他们的毕业时间最长不得超过6年，否则就会被取消学籍。

在职研究生的这些具体情况，毛炳权也理解。但是，理解与治学是不能混为一谈的，他是做学问的科学家，再加上年事已高，实在没有太多的精力管那么多繁琐的事情。所以，近年来毛炳权已生退隐之心，毕竟年事已高，而且身体也不太好，对于带着学生选课题、做论文这样的事情已有些心有余力不足。2013年，也就是在他80岁这年，毛炳权正式向北京化工研究院提出了申请，决定把手头的学生带完后，不再接收新的学生。

毛炳权不仅满腔热情地培养自己的学生，对北京化工研究院的青年科技工作者的成长也给予了高度重视。1988年，N催化剂课题组分配来了一位大学生，名叫张天一。他从到N催化剂中试组实习开始，到DQ催化剂的研发成功，一直与毛炳权一起搞科研。并在毛炳权的帮助和指导下成长起来，成为北京化工研究院的科技中坚力量。当时，在N催化剂课题组，张天一年纪是最小的。在刚刚接触N催化剂时，张天一有许多方面不明白。在中试期间，遇到物料结块、成型不好等问题时，即使时间已是半夜，张天一也要打电话向毛炳权汇报和请教。毛炳权每一次都会很认真地听取汇报，帮助找出原因，有时候，还会半夜赶到现场解决问题。而催化剂的质量也是通过一次次的解决问题不断提高，也使催化剂的应用更加广泛。

张天一至今忘不了课题组的那种和谐氛围。那时还是每周休息一天，每到星期六课题组都要开技术讨论会。从毛炳权到组里的工程技术人员、工人，都围绕着课题研究发表各自的看法，有时候争论得很热烈。正是在这不断的讨论和争论中，从N催化剂到DQ催化剂的小试、中试越来越好，而大家的技术业务水平也伴随这个过程不断提高。N催化剂的原料有镁和钛等多种成分，制成产品后，会出现一些废液。废液中的一些成分如果不回收利用，会造成很大损失。而且废液的异味大，沉淀物多，会造成环境的污染。如果没有可靠的环保措施作保证，产品的大量生产会造成比较严重的危害。为解决这一难题，张天一在毛炳权和课题组其他老同志的支持帮助下，设计制造了母液回收装置。使用这套装置，通过简单蒸馏，把废液中的大部分四氯化碳分离，使黏状物变成流动状态加以中和，最终实现无害处理。

1992 年，张天一来到 DQ 小试研究组。这时，DQ 催化剂的小试已经进入尾声。半年后，中国石化投资做中试，毛炳权委派张天一做中试设计。中试设计的内容包括确定流程图、设计中试装置、确定设备的配置及安装调试等，是中试的重要基础。张天一接受了这一重要任务后，感到很激动，全力以赴精心做出了中试设计。在中试过程中，用白油和硅油做的载体频频出现板结现象，影响了中试进度。为了尽早解决问题，毛炳权派夏先知和张天一外出调研。经过调研，他们发现有一种真空振动干燥机可以替代现在使用的干燥釜。于是，他们向制造厂提供了相关的参数，制造厂生产出了符合要求的真空振动干燥机，解决了催化剂板结现象。在毛炳权告别 DQ 催化剂的后续工作后，北京化工研究院的青年科技人员仍然在按照他的研究方向做后续研究。经过两年时间的努力，解决了 DQ 催化剂的遗留技术问题，使 DQ 催化剂更加受到用户的欢迎。

2006 年，北京化工研究院成立了聚丙烯室，夏先知任主任，张天一也在这个室。他们先后研究出了应用于聚丙烯催化剂内给电子体的二醇酯、HA 系列催化剂。其中，HA 催化剂是目前活性最高的聚丙烯催化剂，灰分特别少。这一成果获得了中国石化科技发明一等奖。除此之外，他们正在做 HQ 催化剂的后期研究，这是一种全新结构、全新合成的催化剂，仍然与毛炳权的科研思路是同一个方向。

为了培养更多的科技人才，鼓励青年科技人员积极投身于科技事业，毛炳权还出资设立了两个奖项。一个是设立于北京化工大学材料科学与工程学院的“毛炳权院士专项奖学金”。毛炳权是北京化工大学的博士生导师，学校每年要付给他薪酬。但他一次也没领取，把这笔钱留在学校作为奖学金使用。学校尊重毛炳权的选择，设立了专项奖学金。另一个是北京化工研究院的“毛炳权青年科技奖”。2000 年，北京化工研究院为贯彻落实科教兴国战略和中国石化科技与人才强企战略部署，在北化院建立有利于青年人才聚集和发挥青年才干的激励机制，营造尊重知识、尊重人才、崇尚科学的氛围，促进青年科技人才的成长，提升自主创新能力，大力推进世界一流石油化工研究机制建设。以毛炳权捐赠的 500 美元为启动资金，创立了“毛炳权青年科技奖”，以奖励以毛炳权为榜样，在基础科学研究、应用技术开发和技术成果转化等工作中做出积极贡献的青年科技工作者。每两年评奖一次，每届获奖人数不超过 10 人。2006 年，毛炳权再次捐赠 52045. 54 元人民币。自 2000 年至今，共有 59 人获得奖励，获奖者都已经成长为北京化工研究院各专业领域的重要技术骨干和中坚力量。有三分之一获奖者走上了中层及以上领导岗位。

在北京化工研究院毛炳权青年科技奖励基金颁奖大会上讲话

功成名就之后

毛炳权长期从事烯烃聚合催化剂、聚合机理、聚合工艺、聚烯烃结构和性能等方面的研究工作，做出了创造性贡献，其发明的一系列具有独立知识产权的聚丙烯催化剂技术产生了巨大的经济效益，为我国石油化学工业的发展做出了重大贡献。他的科研成果获得3项国家技术发明奖，1项国家科技进步奖和6项省部级奖。1995年，毛炳权当选为中国工程院院士。2004年，获得“何梁何利科学与技术进步奖”。这个奖项设立于1994年，是由何善衡慈善基金会有限公司和伟伦基金有限公司的何善衡先生、梁銶琚先生、何添先生、利国伟先生这4位香港企业家共同捐资设立的，其宗旨是通过奖励取得杰出成就的中国科技工作者，倡导尊重知识、尊重人才、崇尚科学的良好社会风尚，激励科技工作者不断攀登科学技术高峰，加速国家现代化建设进程。何梁何利基金设“科学与技术成就奖”和“科学与技术进步奖”，每年评奖一次，“科学与技术成就奖”奖励长期致力于推进国家科技进步，贡献卓著，并取得国际高水平科技成就者；“科学与技术进步奖”用于奖励在自然科学的某一领域取得重大发明、发现和科技成果者。而且，从络合催化剂到N系列催化剂、DQ催化剂，毛炳权不仅在催化剂的自主创新方面开辟了新路，还推动了相关化工工艺如聚合工艺、络合工艺等方面的研究与推广。如用于聚丙烯生产的N催化剂，在加以改进后可以用于聚乙烯的生产。N催化剂与DQ催化剂自问世到如今，一直在不断根据市场的需求进行着改进，并保持着强劲的势头。尽管毛炳权已经多年不在科研一线工作了，但他的弟子和其他青年科技工作者，仍然继续在他开辟出来的科研道路上不断努力，不断有新的科研成果问世。在此基础上，深入开展其他内容创新研究。今年 82 岁高龄的毛炳权，可以说已经是功成名就了。

1995 年毛炳权当选中国工程院院士，图为参加座谈会合影
（左三为北京化工研究院首任院长林华院士）

2004 年与大连理工大学校长程耿东院士同时得奖后在会场合影

当毛炳权成为中国工程院院士时，他还不是中国共产党党员。本来，他在中学便积极追求进步，广东解放不久就加入了新民主主义青年团，并以团员的身份参加了中国人民解放军。无论是学校、在部队还是上大学、到苏联留学，他都曾想过要成为一名共产党员。但他的'出身'不好，入党比较困难。加之参加工作后，经历了许多政治运动，对入党的事就更不去想了。改革开放以后，党的实事求是的思想路线使人民富裕了，国际地位增强了，我们的国家越来越强大。这一切让毛炳权怦然心动，又萌生出加入中国共产党的强烈愿望。2003 年 7 月 1 日，在毛炳权年近七旬的时候，他终于如愿成为了一名中国共产党党员。

与入党介绍人合影

同许多科学家一样，毛炳权在从事科研工作时，是很有些拼命精神的。为了使研究的课题早日出成果，他废寝忘食，完全忘记了吃饭和休息，把全部精力都用在了科学研究上。“每次一个新的催化剂研制成功、获奖前后，我都要病一场。”（毛炳权语）2003 年，70 岁的毛炳权和他的同事们研制的聚丙烯催化剂系列“聚丙烯 DQ 球形催化剂”荣获了国家年度科学技术发明奖二等奖。2004 年 2 月

15日，在人民大会堂召开的国家科学技术奖励大会上，党和国家领导人向包括这项成果在内的获奖者颁奖，此时，在人民大会堂里，人们却没有见到毛炳权的身影。原来，在大会召开的前几天，毛炳权再次因病住院，大会召开的时候，他在北京大学第一医院的病床上观看了中央电视台转播的人民大会堂颁奖典礼的盛况。

功成名就后的毛炳权曾对自己一生的工作做过总结，他认为自己这一生有两个为之奋斗终生的事业：科研与教学。在这两个事业中，毛炳权倾注了最大热情的是科研。毛炳权之所以会踏上科研之路，这与他在儿时受到的教育和青少年时代的经历有很大关系，这些教育和经历让他坚定了自己走科技救国道路的信念，也使他成为一名科学家。毛炳权说过，几十年来，我大多数时间是被动地跟着历史浪潮走，一生只做过两次独立的选择：一是报名参军，从此改变了我的人生道路；二是入大学时选择了化工专业，对化工专业，从不熟悉到熟悉，到喜欢，到热爱，几十年来无怨无悔。2013年，毛炳权在80华诞时，写了一篇自述。在回顾总结自己几十年来在化工科研领域的经历时，归纳了5个方面的经验。

第一，要想在科学研究上做出成果，需要有一个好的平台。毛炳权认为自己在化工科研领域的研究，就是处在了一个好的平台上。在北京化工研究院受化工部管辖而中国石化总公司尚未成立时期，院内的科研课题大多来自化工部。中国石化总公司成立之后，北京化工研究院利用科研项目的优势，与中国石化总公司的生产企业加强协作，二者紧密结合，为科研成果的实现打下了良好基础。化工部撤消后，北京化工研究院归属中国石化集团公司领导。中国石化是中央企业，具有将科学技术转化为生产力的优势条件。对从事化学工业技术研究的毛炳权来说，这是一个非常广阔的平台。几十年来，毛炳权和北京化工研究院的科技人员们，在这一个个大平台上，坚持走科研和生产实践相结合的道路。使络合Ⅱ型、N型高效催化剂、DQ球型催化剂得到成功应用推广，促进了科研和生产的双赢。

第二，在科研中，要注重合作的团队协作精神。一个人的才能总是有限的，必须依靠集体的智慧和力量，科研成果更是集体智慧的结晶。北京化工研究院几个催化剂的成功开发过程，充分证明了在工业技术开发中团结协作的重要性。首先，课题组内部要搞好团结，在课题组内部形成民主、和谐的良好氛围，让每个科研参与人员的积极性和主观能动性都能够充分发挥，激发出每个人的智慧。这样不但能够提高工作效率，而且还能在充分交流的环境下，产生出创新的火花。其次，一项科研课题的研发成功，离不开单位领导和各部门的全力支持。就像战士在前线战斗一样，绝对离不开后勤保障的支持，否则就会打败仗。在工业应用推广中，更要与国内的生产企业密切协作。而且，还要利用一切可能的机会与国外先进的研发机构及企业充分交流合作。与国外科研机构和企业的交流合作是应当重视的事情，通过交流、合作，不但可以获得大量有价值的信息和商机，还可以取长补短，尽取别人之所长为我所用，在互利双赢的基础上真诚合作，才能够结出丰硕的果实。

第三，要高度重视知识产权。走自主创新的道路在科研工作中意义重大，这一点在当今建立创新型社会的过程中有着越来越强的现实意义。我们现在常说的“核心技术”，就是以自主创新为基础的，也只有在创新的基础上，才能够拥有真正的自主知识产权，才能够将专利技术以高价转让许可给以拥有高科技著称的发达国家跨国公司。N 型高效催化剂就是走的这样一条道路。N 型高效催化剂的开发走的是完全自主创新的道路，形成了自主知识产权。以后又在 N 型催化剂专利基础上，在国内外开发了一系列工业催化剂，如 Lynx 系列催化剂、N 系列聚烯烃催化剂等。

第四，自主创新的技术要与市场需要和原料资源相结合，才能发挥出应有的作用。从络合Ⅱ型、N 型高效催化剂到 DQ 球型催化剂的成功推广应用，不仅仅是因为催化剂的性能达到了要求，具有合适的工业化技术路线，更重要的是得益于这些催化剂技术有合适的原料资源供其生产，并且有良好的市场需求，这样才使科研成果转化为生产力，转化为效益，为国家创造更多的财富。

第五，要勤奋积累。这里说的积累是知识的积累、经验教训的积累。正因为在国内以及苏联留学期间的学习比较扎实，为毛炳权后来的科研奠定了基础。在几十年的科研工作中，毛炳权又对世界上催化剂发展的专利文献不断紧跟，时常学习与思考，积累了丰富的专业知识。并把这些知识应用到科研工作中去，一边学习、一边实践、一边总结，直到取得成果。无数事实告诉人们，机会只会留给有准备的人，没有日常的勤奋积累，是很难抓住机会的。

也正是在对自己的人生细细总结时，毛炳权才意识到，严格说来，自己其实只是一名注重于实践和创造的工程师。如今，自己成为中国工程院院士，还有了许多荣誉称号，这也是国家在精神和物质层面上给予他的肯定。毛炳权对此感到很知足。他这样评价自己：虽然自己在自主研发催化剂方面做出了突出贡献，但是自己做的工作、获得的成果都仅仅是基本达到了国家对自己的要求，没有辜负祖国对自己的栽培。毛炳权堪称是中国化工催化剂专业的中流砥柱，他对自己的这番评价却是如此低调，不居功、不自傲，充分展示了毛炳权院士的高尚人格。

功成名就的毛炳权从来没有忘记过一个科研工作者的责任和义务。1999 年，他陪同妻子刘新香到美国探亲。来到美国后，他们的心中还是惦记着与北京化工研究院合作的两家美国企业。他对刘新香说："去菲利普斯和安格公司看看吧"。他们来到休斯敦的安格公司，安格公司 1992 年使用了 N 高效催化剂的专利技术，建成了生产装置。建厂时，还邀请毛炳权来美国做技术指导，帮他们审查设计，商讨开工方案。时隔几年过去了，这套装置运行情况如何？催化剂性能有什么变化？还有什么方面需要改进？这都是毛炳权十分关注的事情。他们的意外出现，给了安格公司的同行们一个惊喜。

毛炳权到生产现场查看了装置运行情况，了解了催化剂的使用情况，并现场回答了安格公司员工提出的技术难题。他建议美国同行改进过滤器的设计，并对相关的温度指标多加关注，重点要关注过滤问题。他严谨的专业精神赢得了美国同行的赞扬。他们的这次安格公司之行，还顺便参观了位于休斯敦的美国航天基地。说起这次到安格公司的回访，毛炳权这样说："这是责任啊。别人使用了我们的专利技术，我们就有责任对这个技术负责，这种责任是永远的"。

第十一章

温馨的家庭

在北京化工研究院，一些老员工们提到毛炳权时，首先会提到他的爱人刘新香，然后再笑着加上一句："刘新香比毛院士出名"。这也难怪，在毛炳权没调到北京化工研究院之前，刘新香已经在这儿工作了12个年头，是院里的科研骨干。刘新香曾经担任过两届全国政协委员，每年全国开"两会"期间，都会有媒体来采访刘新香，在北化院，刘新香绝对是位名人。在毛炳权从事科研工作的一生中，他的爱人既是伴侣也是科研的同伴，两人从相识、相知到相爱，共同走过了半个多世纪，都在化工行业的不同科研领域中做出了突出贡献。再加上两人有一儿一女，"儿女双全"是中国传统习俗中家庭幸福的标志。这是一个温馨的家庭。

全家合影(后排左起女婿、女儿、儿子、儿媳，前排毛炳权、外孙、夫人)

一路相伴一生追随

刘新香和毛炳权一样，都是广东人。她的老家在广东省台山市，距离毛炳权的老家东莞有将近200公里。台山市位于珠江三角洲西南部，毗邻港澳，南临南海，有“全国第一侨乡”之称。旅居海外及港澳台等92个国家和地区的台山人有130多万，主要是旅居美国、加拿大、澳洲、巴西、墨西哥、马来西亚、新加坡和香港，其中旅美华侨就有42万多人。刘新香的祖父也是一位美籍华侨，很早的时候就去了美国。那时华人在美国很受排挤，去了美国也只能做些没有什么技术含量的苦工。刘新香的父亲很小就被祖父带去了美国，在祖父的店里做工。那时从台山、开平一带赴美的华人都有一个类似的想法，到美国挣些钱，然后回家建个房子、娶房媳妇，再买上几亩田地，便可以安安稳稳地过下半辈子了。刘新香的父亲便是在美国生活至适婚年龄的时候回国成婚的，婚后，将自己的妻子留在中国，他则再度赴美。

他们成婚后很快就有了第一个孩子，这就是刘新香。因那时美国的政策是华工不能带家属去美国，而且刘新香的母亲那时正在广州图强助产士学校读书，这是一所外国人办的私立学校，母女俩因此一直留在国内。刘新香儿时的记忆里对父亲几乎没有什么印象，大概在她四五岁的时候，母亲带着她和妹妹搬到香港生活，刘新香在一所教会学校——培华小学读一年级。1941年12月，日本军队侵占香港。母亲又带着她和妹妹从香港逃回台山县农村，投奔了她的祖母。已经上小学的刘新香，清楚地记着这次逃难的经历。那时香港到台山县没有直通车，母女三人只能晚上先坐小船到澳门，再转道中山坐卡车返回台山县。之所以选择晚上逃难，是为了躲避日本人。尽管如此，当他们从中山县转车时，仍然遇到了日本人，还好这几个日本人只是“叽里咕噜”问了几句就离开了，却把她们吓得不轻。

回到台山县后，刘新香在大江镇的里坳乡中心小学读书。小学毕业后，她又来到台山县培英中学读书，开始了住校生活。培英中学建于1930年，是当时台山最大的私立学校。那时候，交通不便，学生们每个星期六都要走路回家。每次回家的时候，刘新香都要跟几个小伙伴一起结伴而行。从学校走到家，要走将近两个小时。在台山培英中学读了一年书，刘新香的母亲把她们接到了广州，这时候，日本已经宣布投降了。刘新香的母亲此时在广州的一家医院做助产士。刘新香到广州后，进入培道女中读书。广州培道女中是由基督教会办的私立学校，建立于1888年，有着悠久的历史。抗日战争期间，学校先后从广州迁至广东肇庆、香港、澳门等地办学。1945年，日本投降后，学校迁回广州原址复课，在香港和澳门的分校继续保留。刘新香就是在这时候进入的培道女中，从初中一年级第二学期一直读到高中毕业。培道女中的管理一直非常严格，学校的大部分学生都要住校，在校学生不允许随便外出，每月仅有一次外出机会。而且，必须持有家长盖章的便函才能外出。即使到1949年，解放广东的战役打响，社会上比较混乱，培道女中也没有受到什么冲击，学校的学习环境仍然比较稳定。1953年9月，培道女中改为公办学校，更名为广州市第二女子中学。1956年7月，女二中再次改为广州市第七中学。在香港和澳门的培道中学，则一直沿续到现在。教会学校与其他学校不同，管理严格，可学生的成绩也同样优于其他学校。即使是女子学校，也重视学生的全面发展，体育和文艺都不放松。自1945年培道中学在广州原址复课以来，每年的广州市运动各项球类比赛的冠军经常被培道中学夺得。刘新香也是学校的活跃分子，文体项目都有强项。在体育方面，长跑和跳远是她的强项。同时，她还擅长舞蹈、唱歌，还是学校舞蹈队的成员。如今，刘新香已经从培道中学毕业60多年了，当年的同学们也都从风华岁月走入了耄耋之年。这些同学们有好多在国外发展，遍布美国、加拿大、英国及东南亚各国。虽然大家的距离远了，但联系却没有中断。在国内的同学更是经常组织聚会，几个银发飘飘的老太太凑到一起畅叙友情，开心得很。

第二次世界大战结束后，中国作为战胜国，在国际上的地位有了明显提高，而美国也适时地废除了华工不得带家属赴美的规定。

1948年，刘新香的母亲只身去了美国，去投奔在美国的祖父和父亲，暂时留下刘新香和妹妹，由祖母照顾在广州读书。1951年，妹妹小学毕业，父母想托人将她们姐妹两个带去美国。可刘新香此时正在读高中，母亲认为，如果就此中断学业有些可惜，决定让刘新香继续留在广州读书，等高中毕业后再去美国。于是，刘新香的妹妹一人去了美国，家中只留下刘新香与年迈的祖母相依为命。

1952年，刘新香从培道中学毕业，本来，按照父母的安排，她应该立即赴美国去和全家团圆。但新中国成立后，刘新香在国内读书接触了新的思想观念，自己的思想也发生了很大变化。而且，新中国成立之初，全国人民建设社会主义国家的热情也深深感染着她。她断然拒绝了父母要自己去美国的要求，留在国内参加社会主义建设。在学校里，她主动要求参加新民主主义青年团，并成为一名团员。她还积极报名参军。大概因为当时她的父母都在美国的原因，她的申请没有被批准。她并没有因此而气馁，而是以更大的热情努力为新中国的建设贡献一份力量。高中毕业的刘新香，觉得南方解放的比较晚，受旧思想、旧观念的影响比较深，所以很想远离南方，到解放早、思想进步的东北老区去。她在学校时，受化学老师的影响，对化学很感兴趣。当她高中毕业报考大学时，她第一志愿报考了位于东北的大连工学院。

从广州来到大连工学院，刘新香一开始并不太适应，首先是语言不通。刘新香的广东话，别人听不懂，可她自己又不会说普通话，与同学和老师交流起来很困难。再加上南北气候不同，饮食习惯不同，刘新香的不适应感就更强了。但刘新香从小学起便有独立生活的经历，面对这些不适应，她有信心克服。她下决心先学好普通话，上课时，她认真听老师讲课，听不懂的地方就多问，实在听不懂的时候，就利用下课时间抄抄同学的课堂笔记。平时，她也尽量与同学们多交流，通过交流学习普通话，年轻人学东西快，接受新事物也快，刘新香很快掌握了说普通话的技巧，不管是上课还是平时跟老师同学们交流，都能从容应对。饮食习惯的改变对刘新香也是考验，广东人一年四季吃大米，而在北方则分粗粮和细粮。细粮是指面粉和大米，特别是面粉，在许多人家都是在过年的时候才舍得吃的。平时，北方人的主食多以粗粮为主，比如玉米面、玉米茬等等，东北地区还有高粱面以及高粱米。刘新香到大连工学院的第一天，吃的是玉米面做的发糕。她从没见过发糕，还以为是蛋糕。高兴地对同来的几个同学说："今天这么好，还有蛋糕吃"。可是当发糕入口之后她才知道，这东西真不好吃，口感差不说，进到嗓子里还不好下咽。其实，那个时候，吃一顿掺糖的发糕，也属于过年的食品了。在大学里，刘新香第一次吃到了高粱米饭。她评价说，这些东西都比刚进学校时的发糕好吃。对这些南方来的学生，学校还是很关心的，只是条件有限，在伙食方面不太好调剂。有一次，大连工学院的院长到食堂检查伙食时，还特意到刘新香这几个南方同学的饭桌前，询问她们吃的习惯不习惯，这时的刘新香已经慢慢适应北方的饮食了。刘新香到大连工学院报到的时候，正是9月份。秋天的大连，天气尚未转凉。因为靠近大海，所以空气也不像其他北方城市那么干燥。相对全国来讲，东北的冬天来的要早一些，学校已经提前做了过冬准备。刚入校的新生们，每人领到了一套黑色的棉衣棉裤。看到发下来的棉衣，刘新香感觉很新奇，在处于热带的广州，她可从来没有穿过棉衣，乍一穿上棉衣棉裤，感觉都不会走路了，看着穿上棉衣后的南方同学憨态可掬的样子，同学们都忍不住笑。冬天来了，虽然北方的冬天确实寒冷，可比刘新香想象中的冬天要好得多。到后来，她和几个从南方来的女同学，冬天的时候只穿棉衣，用毛裤替换下厚厚的棉裤，照样过冬。

刘新香进入大连工学院读书的时候，正是抗美援朝战争的后期，中国视美国为头号敌人。因此，对于美国的一切都非常关注。刘新香的父母都在美国，她也因此多次受到过审查。刘新香对这些审查看得不重，父母的确是在美国，也不能挡住别人不查，有些事情，查查反而清楚。在这期间，她的父母仍然在用各种方法动员她去美国。刘新香对父母和亲戚们的劝说无动于衷，该做什么还是做什么。而且，她在大学期间一直表现优异，还被校团委评为“优秀团员”。后来，因为在学校表现优秀，她被推荐去读研究生。1974年，父母从美国回国探亲，刘新香才与父母再次相见。1981年，北京化工研究院与美国一家公司搞技术合作，派刘新香到美国出差。在此期间，她抽时间去了父母所在的洛杉矶，看望在美国的亲人。在洛杉矶，她跟几个在美国出生的弟弟妹妹第一次见面。

大学一年级时，刘新香与毛炳权是同班。当时毛炳权是团支部的组织委员，用刘新香的话来讲，是个“小领导”。在刘新香印象中，毛炳权是个脾气很好的好好先生，他跟老师同学的关系都相处得不错。因为毛炳权个子比较矮小，班里的同学们都亲切称他为“小毛”。毛炳权跟班上的男同学来往比较密切，跟女同学则接触得比较少。虽然两个人是广东老乡，有时也会共同参加一些聚会或活动，但平时总的说来接触不太多。相反，作为团支部组织委员，毛炳权在严格管理同学时，是不分男女的。刘新香和几个女同学因为爱吃零食，还受到过毛炳权的批评。

大学二年级时，学校开始给学生们分专业，刘新香和毛炳权分到了不同专业。在分专业后不久，毛炳权被学校推荐去了北京俄文专修学校，离开了大连，两个人便没有了联系。刘新香则继续留在大连工学院读书，她读的是染料中间体专业。1956年，刘新香大学毕业后，被大连工学院分配到天津大学读了两年研究生。在两年的学习时间里，起初是由苏联专家授课，后来又改为由国内的教授讲课。在天津大学读研究生时，刘新香的表现优异，也交了入党申请书，学校领导和同学们对她的评价也很高。但在讨论她的入党问题时，却在政审上被卡住了。党支部特意派人找她谈话，说因为父母都在美国，政治审查不过关，她不能被吸收入党，并安慰她：“做个党外的布尔什维克吧。”这种情况是刘新香早已想到的，所以她在思想上没有背什么包袱，照样非常努力。直到我国改革开放后的第三年——1981 年，刘新香终于如愿加入了中国共产党，实现了多年来的愿望。这一刻，她觉得自己以前的所有坚持都是正确的，也是值得的。

1974 年时，刘新香的父母回国探亲，来看望刘新香和她年迈的外婆。那时她的外婆已是九十多岁的高龄，父母考虑到，如果此时再不回来，怕以后见不上最后一面。此次会面，是刘新香第一次见到自己的父亲。她的父母之所以回国，与这时候的中美关系得到改善有关。1972 年 2 月 21 日，美国总统尼克松抵达北京，受到周恩来总理等中国领导人的欢迎。2 月 28 日，中美上海联合公报发表文章，宣布中美两国关系走向正常化。从此，中华人民共和国和美利坚合众国的关系进入了一个新的历史时期。于是，有些美国人和旅美华侨开始陆续来到中国大陆。刘新香的父母就在其中。国家对这些来自美国的客人也是比较重视的，刘新香的父母一到达北京站，北京公安局有关部门马上就通知了刘新香的单位。那个时候，从美国来的人不多，虽然中美关系开始缓和，但普通的中国人对美国来人还是很警惕的。公安局通知到北京化工研究院，研究院也搞不清楚是怎么回事，便十分严肃地通知了刘新香，气氛弄得有些紧张。当刘新香看到父母时，一切才弄明白了。面对父母，她的心情还是很激动的，血浓于水。她对父母的回国感到非常开心，这也算实现了她与亲人团聚的心愿。

1957 年，在苏联读书的毛炳权因父亲重病，趁暑期时回家探亲，顺便也到天津大学探望以前一起读书的同学，组织了同学聚会，刘新香也参加了这次聚会。在聚会中，同学们在一起聊天，谈谈彼此的情况。此次回国，毛炳权不再是未出国之前的“土学生”了，在刘新香眼中，他的身上多了一些书卷气质和绅士风度。从同学聚会后，他们两人保持着通信。不过，信中交流还是以学习情况为主。1958 年 10 月下旬，刘新香从天津大学研究生毕业，被分配到化工部，又从化工部分配到北京化工研究院工作，在北京化工研究院一干就是几十年，她从基础工作做起，后来相继担任过课题组组长、研究室主任和研究院副总工程师，后来还当选过两届全国政协委员。

刘新香到北京化工研究院工作后，从接触的内部刊物上看到有介绍国内科研情况的文章。她便给在莫斯科的毛炳权寄去几本，想让他了解一下国内化工行业的科研情况，为他以后找工作做准备。

1959年，毛炳权在苏联完成学业，回国等待分配。来到北京后，因为正赶上庐山会议的召开。所以，毛炳权和留苏同学们在北京停留了三四个月，一边参加政治学习，一边等待分配结果。这期间，毛炳权与刘新香的接触渐渐频繁，一方面是因毛炳权常向她打听北京化工研究院的情况，另一方面则是同学聚会比较频繁，这也间接为他们提供了见面的机会。大概因大家都到了谈婚论嫁的年纪，不自觉便想彼此多了解一些，后来毛炳权常单独约刘新香外出游玩，北京的颐和园等景点留下了他们青春的气息。说起来，毛炳权和刘新香的共同语言还是很多的，两人是广东老乡，经历过相同的年代，还有着不少相同的兴趣爱好。毛炳权在苏联留学期间，喜欢上了音乐，刘新香在学校也是文艺骨干。而且，两人的人生观和价值观也是非常一致。在不断的交往中，两人的感情在不断升温。

1959年国庆节过后，毛炳权等到了分配结果，自己被分配到了成都工学院，这很出乎他的意料。但那时服从组织分配是一个人人都要遵守的原则问题，也是当时的社会风气。如果没有确实解决不了的大问题，没有人会对分配提出异议，哪怕这种分配对个人不合适。毛炳权离开北京前往成都时，刘新香到车站给他送行。那时两人虽没有确定关系，但彼此之间已经有意，还有想继续发展下去的想法，所以分别时还是有些不舍的。不过当时他们的主要心思都放在即将到来的本职工作上，也没有过多的考虑两人之间今后应该如何发展，总感觉只要心心相印，时间和距离不会是太大的问题。

到了成都后，曾有一位同学好心提醒毛炳权，认为他与刘新香两人若彼此都有好感，就应该早些跟她联系，确定关系。同学的建议提醒了毛炳权，他主动与刘新香频繁通信。正是频繁的书信来往，架起了他们之间进一步交流的桥梁，促进了他们的感情发展，也为他们后来能够正式确定恋爱关系奠定了基础。起初，两人之间也只是普通的信件往来，彼此说得更多的是工作上的问题以及对社会形势的看法等。随着通信次数的增多，才开始慢慢谈起了私人的事情，互相介绍彼此的家庭情况，慢慢把恋爱关系确定下来了。可以说，这段姻缘的促成，那位好心的同学是功不可没的。

毛炳权与刘新香确定关系也是毛炳权通过书信首先提出来的，信发出后，毛炳权心中还有些忐忑。直到收到刘新香的回信，表示同意确定恋爱关系，他才开心地笑了。毛炳权本想于1960年暑期回北京休假，理由是要探望老同学和堂叔，主要目的还是打算与刘新香商量关于结婚的事情。但令毛炳权没想到的是，成都工学院化工系的领导却不批准他休假，在这个假期里，他没能回到北京，感到很遗憾。于是，1961年春节到来之前，有了前车之鉴的毛炳权决心一定要回趟北京。在没有与刘新香商量征得同意的情况下，他直接向成都工学院化工系提出了一个无法拒绝的理由：要在春节期间回北京结婚。同时，他还提交了结婚申请。

结婚是人生天经地义的大事。按照当时的有关规定，成都工学院经过政审、考察等一系列程序后，给毛炳权出具了一封结婚介绍信。虽然心里已做好了准备，但接到这封薄薄的介绍信时，毛炳权还是按捺不住内心的激动。同时，还有几分忐忑，毕竟刘新香还不知道这件事呢。

1961 年结婚照

1961 年年初，请了婚假，怀揣着单位开的结婚介绍信的毛炳权从成都乘车北上，顺利抵达北京。回到北京后，毛炳权兴冲冲地找到刘新香，有些不好意思地将自己单位的介绍信摆在她面前。这突如其来的情况让刘新香吃了一惊，因为两人根本没有商量过结婚的事情，而这封介绍信却来得如此突然。她嗔怪了一番，说道："你怎么没跟我商量就开了证明？"毛炳权有些不好意思地回答："已经这样了，你看怎么办？"刘新香笑了。责怪归责怪，刘新香还是很快就向单位递交了结婚申请，而结婚介绍信也很快开了出来。

1961 年的大年初一，是个好日子。毛炳权和刘新香拿着介绍信，怀着小小的激动心情，迈步向和平里的街道办事处走去。回来的时候，一张红红的结婚证书已经握在他们的手中，这张薄薄的证书使二人的婚姻合法化，从今以后，他们便是正式的夫妻了，有福同享，有难同当。

按照计划，他们在登记后的第二天举办婚礼。只是由于从登记结婚到举办婚礼都很仓促，什么准备都没有。好在这个时代以勤俭为荣，不需要大操大办。而且，当时的物资比较匮乏，想要置备上一些结婚用品还真不是容易事。按规定，结婚的时候可以买床被面，毛炳权跟他的一个同学跑了北京城大大小小的商店，愣是没能买回一块被面。被面没买到，婚礼还要举行。毛炳权忙着买东西，刘新香忙着找婚房。这时的刘新香住在北京化工研究院的集体宿舍里，为了结婚，她向北京化工研究院提出借房的请求。研究院把二宿舍的一间房子借给他们作为婚房，房子大概有十几平方米。又借来两张单人床拼在一起，床上的被褥也都是刘新香一手操办的。另外还买了一些配给的糖块，用来招待亲朋好友。娶了这样一位贤惠的妻子，毛炳权感到非常幸福。

举行婚礼那天，新郎毛炳权身着毛料的中山服，虽是旧衣服，却也十分精神；新娘刘新香穿着一件大红上衣，显得明丽动人。他们请了自己的同学参加婚礼，毛炳权的堂叔及叔祖母都在北京，也被毛炳权请来。刘新香还邀请了室主任和几名同事。不过这些亲戚朋友都是分批来的，在这间小小的婚房里，大家向两位新人道喜，坐下吃点喜糖、喝点水也就离开了。毛炳权与刘新香结婚和举行婚礼的事情，由于决定得比较仓促，没有告知双方的长辈。所以，在婚礼的当天，他们仅和一些同学、同事们小小庆祝了一番。婚礼规模不大，又有些仓促，但在毛炳权和刘新香二人心中却留下了最为美好的回忆。

开始一段婚姻无论对任何人来说都算是完成了人生中的一件大事。结婚后，毛炳权又在北京停留了一周左右。在这期间，在毛炳权提议下，夫妻两人去位于北京王府井的中国照相馆照了一张婚纱照。中国照相馆当时是中国最有名的照相馆，是从上海迁到北京的。毛泽东主席、周恩来总理等党和国家领导人的肖像照片，都是在这家照相馆拍摄的。但那时结婚穿婚纱被认为是资产阶级生活方式，他们在结婚仪式上虽然没有穿婚纱，可婚纱照毕竟是要摆放在家里的，如果被别人看到恐怕也会受到些非议。所以，刘新香对此有些犹豫，担心别人指手画脚。可毛炳权却非常坚定，他安慰刘新香："不管他，别人说别人的，我们照我们的。"就这样，毛炳权身穿黑色西装，刘新香身穿一袭白色婚纱，留下了一张难忘的黑白婚纱照，另有一大张为描图染色照，照片至今仍被保留。

婚礼一周后，毛炳权辞别了新婚妻子返回成都工学院。但是，自己什么时候能回到北京，和妻子长相厮守，这对毛炳权来说还是个未知数。结婚后，夫妻两人都在考虑并想办法解决两地分居的问题。刘新香的想法是让毛炳权调到北京，但北京的调动名额很少，只能等机会。那个时候，国家到处都在建设，科技人员和技术工人经常根据国家建设的需要调动。特别是60年代，我国开始了大规模的"三线"建设，各个大城市有许多科技人员和技术工人调到西南和西北工作，谁也不知道最终能在什么地方定居。在这期间，北京化工研究院有不少人陆续调到了位于四川和甘肃的"三线"单位。建设"三线"单位是备战的需要，因此，这些单位都建在边远地区或者山区。本来在这些人员当中也有刘新香的名字，恰好她当时负责的一个课题还没有结束，如果离开北京会影响课题的研究，便暂时留在了北京。当课题即将结束的时候，刘新香和课题组的同事们得到通知，说是可以不用去甘肃了。如果当年刘新香真的调去了甘肃，他们的历史大概就会是另外一个样子了。正因为有当时的大背景，夫妻两地分居、不能两相厮守的情况比比皆是，毛炳权心里也是清楚的。不过，他从未放弃过解决两地分居的尝试。成都工学院的相关领导了解他的情况后，也曾主动想法帮他解决。学校的教务长去北京开会期间，就曾主动到北京化工研究院商量将刘新香调往成都之事。那时，刘新香已经成为北京化工研究院的重要技术骨干，研究院不同意放人，成都工学院只得作罢。后来，北京化工研究院也曾到成都工学院联系，试图将毛炳权调到北京，也遭到了成都工学院的拒绝。一来二去，调动工作的事情也就拖了下来。

儿女双全

婚礼办完之后，刘新香又把借来暂时作为新房的房子归还给单位，自己仍然住在集体宿舍。那时候，想要分到房子是十分困难的，各个单位都有不同的分房条件，够条件的人也要慢慢排队，一等多年的事情是屡见不鲜的。以至于毛炳权每次回京看望刘新香，都要借房子住。婚后一年，妻子怀上两人爱情的结晶，在她怀孕期间，因毛炳权在成都工作，很少能陪在她的身边，仅在1962年的寒假之时回北京看望过她一次。刘新香为人比较要强，并没有因此埋怨过毛炳权。怀孕期间，刘新香不仅照常工作，还要经常加班。有时为了做实验，还要三班倒，她从没有要求过照顾。她每天吃在食堂，睡在集体宿舍，食堂的饭菜质量也谈不上什么营养，也就是能吃饱肚子。在集体宿舍里，刘新香一直住的是上铺，直到临产前一个月。

在北京举目无亲的刘新香，怀孕期间的衣食住行全靠自己张罗。她考虑到在北京无人照顾，打算回广东产子。那时的产假为56天，回去之后还要到医院做产检，如回去太晚，难保孩子不会在半路上出生，于是在临产前两周，她自己一个人提前坐火车回到广东。那时候，火车不仅速度慢，车上的条件也比较艰苦，一个孕妇更是不容易。现在回想起来，刘新香自己都不明白当时是如何克服了那么多困难的。只能归结为当时年轻，又有吃苦精神。到广州后，她先借住到一个堂姐家里，并给毛炳权的母亲去了一封信，毛炳权的母亲收到信后立刻从农村赶往广州。在毛炳权母亲及刘新香堂姐的悉心照料下，1962年5月，刘新香在广州一所产科医院里顺利诞下一子。孩子生下不久，刘新香便跟着毛炳权的母亲回到农村，想将儿子好好安顿后再返回北京。毛炳权的母亲每天要到供销合作社上班，不能天天在家陪着她们。于是，在家乡雇了一个人帮忙照看她们娘俩。生下儿子后，刘新香奶水不足，毛炳权的母亲就托刘新香的表哥从香港寄了些奶粉回来，解决喂养孩子的问题。见一切安置妥当，刘新香放下心来。产假未休完，她就急匆匆赶回北京去了。

回到北京后，刘新香又将顺利产子之事写信告诉毛炳权，并告诉他，孩子在农村的一切都已安置好，让他不必担心。毛炳权非常感谢妻子的无私与大度，自己作为她最亲近的人，怀孕生子都没能陪在她的身边，这让他觉得愧对妻子，希望以后有机会可以好好补偿。在得知自己做了父亲之后，毛炳权丝毫掩饰不住内心的激动，兴奋了很久，想见儿子的心情也愈发强烈。在这之后，毛炳权的母亲会定期给毛炳权夫妇分别写信，向他们报平安，告知他们孩子成长得很健康，让他们放心。他们相信母亲会很好地照料孙儿，可对儿子的思念之情却让他们总也不安心。特别是第一次当母亲的刘新香，思念儿子的心情难以用语言表达。

1963 年，刘新香身体渐渐恢复，对儿子的思念之情也越来越浓，给婆婆去信时说，希望把孩子送到北京来照顾。此时，北京化工研究院已经分配了一间 12 平方米的房子给她，房子是一个三居室，在一个房门里面住了三家人，厨房和厕所公用。虽然条件很一般，但是他们终究有了自己的小家。这一年，毛炳权的母亲将孙儿送到了北京。刘新香因白天要上班，就自己请了一位阿姨照顾孩子。1963 年暑假期间，毛炳权回京探望妻儿，也是在这时，他才第一次看到了自己的儿子，一岁多的儿子长得白白胖胖，十分惹人喜爱。想到自己作为父亲，却没能尽到照顾他的责任，想要尽快解决两地分居的念头越发强烈。1963 年的暑假是一家几口的第一次团圆，虽然几个人挤在一个 12 平方米的小房子里，但这也是毛炳权第一次感受一个家庭应该享有的天伦之乐。在儿子两岁多的时候，刘新香找了一个保姆，帮着照看孩子。有一天，儿子突然发起了高烧，全身发紫。这可把刘新香吓坏了，抱着儿子来到了地坛医院。医生诊断是麻疹转为喉炎，这个病的死亡率很高，儿子送到医院时已经十分危险。医生很生气地把刘新香训了一顿，说是孩子的病情发现得太晚了。当晚孩子住院治疗，医生告诉刘新香，喉炎这个病危险性很大，有可能要切开喉管，让她心里有个准备。从孩子当晚住院抢救开始，整整一个星期时间，刘新香都没见到孩子，每天在病房外面提心吊胆地等消息。孩子总算给抢救过来了，而且没有切喉管治疗，孩子出院回家后，刘新香才彻底放了心。

1964 年，“四清”运动开始。根据四川省委的要求，成都工学院在这一年的寒暑假组织教职员工们都去农村搞“四清”。所以当年的寒暑假全都取消，毛炳权想回京探亲也成为了泡影。看到本来计划好的事情发生了变化，刘新香就将孩子交由阿姨照顾，只身一人来到成都，赶在毛炳权临去农村参加“四清”之前探望他。这是两人婚后刘新香第一次来成都，也是仅有的一次。她在成都仅仅住了三天，在这珍贵的三天里，毛炳权带她逛了逛成都有名的旅游地——杜甫草堂、武侯祠等，还带他参观了成都工学院的环境，带她去吃正宗的四川火锅。刘新香也向毛炳权讲了许多孩子成长的趣事，两个人都很开心。三天之后，两人依依不舍的分手，刘新香返回北京，毛炳权则随同四川省高校的老师们到农村去搞“四清”运动。

“四清”运动还没有结束，轰轰烈烈的“文化大革命”又席卷而来。“文革”前期，毛炳权受到一定波及，到了后期，他成了逍遥派。成为逍遥派之后，学校里也没人管他，他便利用这个机会自费相继到北京、广东、贵州等地探亲。“文革”时，毛炳权的爱人刘新香也因其父母的海外关系惹上了一点小麻烦，被造反派严格审查了一阵子，还被贴过大字报，好在她平时与父母联系不多，没有小辫子可揪。再加上刘新香平日为人低调，在工作上又格外用心，群众关系不错。而且，她又只是一个普通的工作人员，“文革”批斗的重点是各级领导，所以她才能平安渡过。另外，北京化工研究院毕竟与高校不同，它的主要任务是搞研究，所以“文革”再乱，他们的研究工作也没停过，因此，化工研究院的派性斗争要比高校轻得多。

1968 年，毛炳权夫妇又有了他们的第二个孩子，这是一个女儿，出生在北京，比儿子小整整 6 岁。在刘新香怀第二个孩子的时候，正是“文革”期间，正常的工作和生活秩序都打乱了。刘新香也没有特意弄一些有营养的东西补一补，照样吃食堂，有时候还要加班，这使她的身体有些难以承受。有一次，她到食堂打饭，突然晕倒，好在情况不是很严重，她在食堂的桌子上趴了一会儿，等清醒后才慢慢回家。这年 6 月底，他们的女儿在北京隆福医院出生。刘新香坐月子的时候，毛炳权的妹妹还特意从广州来到北京照顾她。从这时起，毛炳权已经是儿女双全了。美中不足的是，因为他的工作调动问题仍然悬而未决，所以在妻子在医院生女儿的时候，他仍然没有陪在身边。

产假还没有结束，刘新香又坚持去上班。想再找一个阿姨帮着看孩子，一时还不好找，只好临时找一位近 70 岁的老太太照顾女儿。没想到这位老太太有吸烟的习惯，有一次因为吸烟，差一点把刘新香家给烧了。幸亏被邻居发现，及时把火扑灭，刘新香只能把她辞退。后来又多方托人打听，找到了一位与刘新香同龄的阿姨来带孩子。刘新香接触后，感觉这位阿姨为人细致，对孩子也有耐心，便放心把女儿交给阿姨照看。平时就把女儿寄养在阿姨家里，每到周末才接回家。时间一久，阿姨看到刘新香实在太忙，便主动帮助她，星期天也帮她照看孩子。直到女儿两岁半的时候，刘新香才把女儿从阿姨家接回来，送到了化工研究院的托儿所，仍然是全托，仍然是每周接回一次。

从 1959 年 11 月分配至成都，毛炳权在成都工作了近 12 年，期间于 1961 年结婚，到 1971 年年底返回北京，毛炳权夫妇整整两地分居了 10 年，这 10 年间，家中一切事宜都由妻子刘新香打理，两个孩子也全靠她一个人拉扯。毛炳权只有在寒暑假放假的时候才会回到北京陪陪妻子和孩子。相聚时间虽然短暂，但毛炳权总是会主动带孩子去外面玩。在北京期间，他也会去找自己的同学们玩，这时候，他就会建议同学们一起带着各家的孩子到公园里游园或者划船，通过尽可能多的与孩子们在一起，来弥补孩子们这么多年来缺失的父爱。

在孩子小的时候，刘新香对他们的照顾基本都在星期天。当时每周只有一天的休息时间，在这一天里，刘新香又要洗衣做饭，又要给孩子们买吃的用的。儿子和女儿很小的时候，她用从广东老家带来的背带把儿子或者女儿放到后背上，边带孩子边做家务。她说，广东人带孩子都是用背带拴在后背上。那个时候，北京化工研究院非常重视员工们的技术业务培训，在院内开办了化工学校，设立了好多专业课程，由员工们自愿报名参加学习。刘新香报名参加了日语的学习，星期天也要去上课，应当是好好休息的星期天却比上班还累。好在邻里关系不错，当她实在忙不过来的时候，邻居们会伸出手帮助。

有一年，刘新香打算带着儿女回广东去见见亲戚们。把打算告诉毛炳权后，毛炳权不太同意。一来是怕孩子太小，他担心刘新香一个人在外面照顾起来比较麻烦，二来是外面人太多，难免会有些疾病。而且从北方到南方气候变化比较大，他担心要是孩子出点事情就得不偿失了。可刘新香想得没那么多，觉得自己作为一个母亲，带孩子还是没什么问题。最终她还是一个人带着两个孩子去了广东，没想到此行还是出了点意外。她们从广东回来后，女儿高烧不退，到医院一检查，确认是感染了甲型肝炎。当时，毛炳权所在的成都工学院曾有人在患了肝炎后，因为治疗不及时转为肝癌。所以，他一听说女儿的病情后，非常担心。自己又不在孩子身边，没法照顾，心情焦急之下，少不得埋怨了妻子几句。不过，幸好北京的医疗条件要好一些，女儿的急性肝炎很快就被治好了，也没留下什么后遗症，这令夫妻两个感觉庆幸。

女儿性格相对安静一些，听话一些，小的时候也没让父母操什么心。儿子却不一样，虽然从小处于放养状态，可他从小很独立，也很懂事，只是男孩子的性格生性好动，调皮的事情比较多，也没少给刘新香惹祸。有一次，儿子在托儿所跟小朋友打架，头被打破了，老师急忙带他到卫生所处理。当托儿所通知刘新香后，她赶到托儿所，看着头上包着纱布的儿子，哭笑不得。还有一次，儿子在放学后跟同学在13路公共汽车站平台上追逐打闹，这个平台的高度有两层楼高，儿子一不小心从平台上摔了下来，一动不动。同学吓坏了，赶紧跑到研究院找刘新香。当时，刘新香正在开会，一听说儿子从两层楼高的地方摔了下来，脑袋顿时就蒙了。当时的第一反应是：儿子死没死？儿子的同学说没有，刘新香赶快向出事地点跑去。当他跑到车站的时候，儿子还躺在地上，没有吭声。刘新香吓坏了，一时手足无措。好在有个邻居在场，这位邻居背起儿子，和刘新香一起坐上公共汽车赶到宣武医院。医院脑神经内科的医生给儿子做了详细检查后，安慰刘新香说，伤势不严重，只是有些轻微脑震荡，刘新香一颗悬着的心才放了下来。出了这件事后，儿子的调皮劲还是没消停。一天中午，刘新香中午下班回家，发现儿子不在家，桌上也没有像往常一样放着午饭，只有一张小纸条。刘新香拿起纸条一看，上面写着："我今天要去什刹海游泳"。刘新香顿时就急了。她在北京这么多年，对什刹海的情况可是了解的。什刹海水深3~5米，最深的地方10米，并且水草茂盛，不宜游泳，每年都会发生因为游泳出现的溺水事故。儿子这时才读三年级，突然跑去什刹海游泳，刘新香哪能不担心。她可顾不上吃午饭了，坐上公共汽车就去了什刹海，围着什刹海一通猛找，才在水面上发现了儿子，人家在水里游得正欢呢。刘新香赶紧把儿子叫上岸，呵斥了一番，带回家去。

1971年，毛炳权从成都调回北京时，儿子已经9岁，女儿3岁。女儿被送去了化工研究院的托儿所，早上送去，晚上接回，还算省心。9岁的儿子正是调皮捣蛋的年纪。刘新香对毛炳权说，自己平时忙于工作，没有太多的时间管教孩子。再加上和他们住在一个单元的两户邻居都没有孩子，大家都对这个可爱的男孩子多了些疼爱，这也导致小小的毛晓峰有些恃宠而骄。刘新香还告诉毛炳权，儿子的性子非常倔强，只要是自己认定的东西，拿不到手就要赖。可根据毛炳权观察，儿子平日里确实比较淘气，淘气归淘气，可还是非常懂事的。刘新香平时要上班，就把家里的钥匙穿上一条绳，挂在儿子脖子上，让他自己上学、自己放学。放学后还要拿上饭票去食堂打饭，等妈妈下班回来的时候再一起吃。由此看来，在孩子的管理问题上，“放养”是把双刃剑，既可能导致孩子缺乏管教、调皮捣蛋，又可以锻炼孩子的独立能力，使他更快地成长。在孩子的问题上，刘新香有时也会感到有些内疚。因为平时工作太忙，她平时很少管两个孩子的学习。只有期中和期末考试的时候才会过问，其他的时间她基本都是用在自己的工作上了，孩子在学校里的学习成绩一般都是居中水平。但刘新香从不强迫孩子学习，而是采取鼓励的方法。她觉得孩子能安安静静地上学，健健康康地成长，这就很满足了。其实，孩子的学习兴趣和学习成绩与家庭环境也是有一定关系的。刘新香虽然没有强迫孩子学习，但她自己在家里做完家务后，一般都要看业务书，做笔记，不像有的家长那样在家里无所事事。她多少年如一日的学习习惯，在孩子们的心中潜移默化，使他们也逐渐养成了良好的学习习惯。儿子从小就喜欢读书，而且读的书很杂。考上大学后，他读的书涉猎范围更广，知识面增加了许多，眼界也变得不一样了。

毛炳权调回北京之后，刘新香身上的担子轻了一些，毕竟丈夫回到身边，家里有个大事小情，也有人商量，有人出力了。毛炳权的母亲有时也会来到北京帮助他们带孩子，这使他们的家庭生活更轻松一些。在毛炳权和刘新香这一代知识分子心目中，工作的位置是相当重要的。即使回到北京，毛炳权和刘新香也是以忘我的精神对待工作。以至于他们家门口经常出现这样一个情景：两个孩子坐在门口念念有词：“唉，妈妈怎么还不回来呀”。毛炳权和刘新香这一对“工作狂人”时常出差，他搞他的项目，她做她的研究。刘新香在北京化工研究院里的工作非常出色，她比毛炳权早到单位13年，一直从事有机合成专业的研究，从课题组长成长为北京化工研究院的研究室主任，1985年后，担任院副总工程师和教授级工程师、硕士研究生导师。刘新香在科研方面也是硕果累累，她从1978年开始研究“碳三馏分液相加氢催化剂和新工艺技术开发”，经过数年的辛勤努力，于80年代研制成功，与美国鲁姆斯公司合作申请并获得了美国专利，然后，这项成果又申请了中国专利。该催化剂研制成功，不仅替代了进口催化剂，更是对提高产品产量和质量起着重要作用，在国内外被广泛使用。较长时间以来，“碳三馏分液相加氢催化剂”和毛炳权的“N型高效催化剂”是为北京化工研究院创造效益的主要产品。1992年，这项成果获得了“国家发明奖”。在刘新香的科研生涯中，她的科研成果共获得过三个国家奖(其中，有两个技术发明奖和一个技术进步奖)、一个部级一等奖，她本人还曾被评为化工部的劳动模范。90年代，化工部的部长基金在全系统奖励了10名有突出贡献的科研人员，刘新香就是其中之一。1992年，刘新香荣获全国化工“有重大贡献的优秀专家”称号，并受到奖励。由于有突出贡献等原因，刘新香从1993年至2003年，连续担任了第八届、第九届两届全国政协委员，与党和国家领导人及来自全国各地的代表们一起共商国是。毛炳权能够顺利调至北京化工研究院跟刘新香的出色表现也不无关系，这也说明了化工研究院对她的重视。

夫妻两人同样的优秀，是生活上的伴侣、事业上的同志，都在科研工作上做出了突出贡献。因此，他们在以出色的成就赢得了人们尊重的同时，也得到了国家给予的荣誉。1999 年，夫妻两人都接到了参加中华人民共和国成立 50 周年阅兵观礼的邀请。

与夫人在 50 周年国庆观礼留影

1999 年 10 月 1 日上午，他们并肩站在北京天安门城楼旁的观礼台上，亲眼目睹了这次举世注目的“世纪大阅兵”，面对广场上呼啸而来的钢铁洪流，他们的心中深深为祖国的不断发展壮大而感到自豪。当晚，他们参加了盛大的国庆联欢晚会，看到 10 万群众在天安门广场载歌载舞，把广场变成了欢乐的海洋。晚上燃放的礼花，更是让首都的夜空变为了“火树银花不夜天”。2009 年，国庆 60 周年阅兵，毛炳权同样收到了请柬。但考虑到毛炳权的身体状况，担心参加阅兵式的时间太久坚持不下来，他没有出席这次阅兵式，在家中通过电视收看了阅兵式盛况。

正是因为夫妻俩都忙于工作，孩子们就在这么长期“放养”的状态中长大了。好在女儿放在托儿所有人照顾，儿子就读的学校又离家很近，他也能够独立照顾自己，这让长期出差的毛炳权与刘新香感到丝丝欣慰。

几年后，儿子读高中了，高中一年级就面临着分文理班，受到建国以来各种政治运动余波的影响，毛炳权一直觉得文科是一个危险的学科。不管是搞历史，还是搞文学，或是搞法律，运动一来，都有可能会成为被批判的对象。偏偏儿子又有一颗向往文科的心，毛炳权便不得不耐心给孩子做思想工作："你千万不要念文科，还是念理科吧，理科还保险点，起码不怎么挨批判!"为这事儿，刘新香还对毛炳权有点意见，认为他对孩子的事情干预得有些多。儿子对此也有些看法，感到父亲有些反应过度。不过，儿子还是接受了父亲的建议，选择了理科，但对文科的兴趣却仍然没有放下。

高中毕业后，毛晓峰在老师的帮助下考入了北京化工学院(今北京化工大学)，并选择了橡胶专业。虽然选择了橡胶专业，可他的心思不在这上面。平时对于专业课的学习也只求过得去。有时间跑书店的时候，却喜欢去买一些与历史有关的书籍。学院组织这些方面的知识竞赛时，他总能拿到不错的名次，因为他的知识涉猎面比较广泛，懂得的东西也就比别人多些。不过，对于他在专业课上的应付心态，毛炳权还是挺不满意的，虽然也说过他几次，可看到没什么效果，也只有任由他自己发展了。

大学毕业后，毛晓峰打算考研究生，这让毛炳权很高兴。可毛炳权与他一交流才知道，他想考的竟然是北京大学的哲学系，转了一大圈，儿子还是选了文科。这让毛炳权在吃惊的同时，也对儿子的选择十分不理解。他试图帮儿子分析形势，让他改变想法："你是一个工科大学毕业生，人家北大的教授哪个会收你这样的研究生？你根本没有哲学的基本知识!"不过后来儿子执意要考，毛炳权也就没有再阻拦。虽然最终的结局是没有考上，但对于一个工科生来说，儿子考得成绩已经相当不错。看到儿子如此执着地追寻着自己的爱好，多年来不改初衷，毛炳权明白了一个道理，父母还是应该遵从孩子的意愿，如果强迫他学习自己不喜爱的东西，最终的结局只能是枉费苦心。

大学毕业后，毛晓峰先在化工部的情报所(现在的行业协会信息中心)工作了两年。20 世纪 80 年代，中国兴起了一股出国热，他眼看着自己曾经的同学都一个个出国了，他也产生了出国的想法。当他征求父母的意见时，毛炳权知道，孩子大了，有很多事情都有自己做主的权力了，所以并未阻拦他，不过毛炳权依然将现实情况向他交待清楚："你到了国外学什么专业一定要考虑到毕业找工作的问题，首先要保证你的饭碗，这才能够谈得上发展，家里在金钱上对你的支持毕竟是有限的。"

毛炳权的儿子跟当时的大多数人一样，选择了去美国留学。之所以选择去美国，一方面是因为当时去美国是一个热点，另一方面，刘新香的父母及兄弟姐妹都在美国，到了美国还有人照应，不算举目无亲。要去美国读书，首先要考托福，考完以后才能出去读书，儿子考取了美国密苏里州立大学。这所大学是所公立学校，学费不高，生活费却不便宜。这就全靠他自己在外面打工挣钱，虽然生活艰苦一些，但年轻人多些历练，在毛炳权看来也是很有好处的。

入校选专业的时候，毛晓峰还是先选了社会学。本来说好不干预的毛炳权这次又忍不住干预了，因为根据毛炳权的了解，社会学在美国是很难找到工作的，更何况毛晓峰还是个到美国不久的中国人，还没有工作经验，就更没有任何优势了。即使是硕士、博士毕业，找不到工作的话，终究还会落个失业人员的结局。这一次毛晓峰把父亲的话听进去了，觉得父亲的看法不无道理，于是主动换了专业，到商学院去读书。读了三年，毛晓峰毕业了。

毕业后，他在美国的一家商业公司搞咨询工作，平时自己也从事软件研究，对一些项目进行调查、分析，并对经手的项目进行风险评估，以确定此项目的可行性。直到现在，毛晓峰依然从事这项工作，只不过换了工作地点。前几年还在密苏里州，近几年又来到了佛罗里达州发展。

毛晓峰的爱人是他在化工部情报所工作时认识的，临赴美读书前，两人举办了婚礼。半年后，毛炳权的儿媳也申请到美国读书。如今两人定居美国，儿媳妇在医院工作，两个人的工作和生活情况都比较好。当年对于儿子要出国留学，刘新香是十分支持的。她觉得孩子出国深造是好事，通过独立处理复杂的学习和生活方面的问题，对孩子以后的发展是有好处的。

与儿子和儿媳合影

1971 年毛炳权回京时女儿尚小，所以相对于儿子来说，他在女儿身边的时间更长。女儿毛晓屏与毛炳权比较亲近，加上她又乖巧懂事，很惹人喜爱。女儿大学毕业后，自己找到一份在私企上班的工作。后来结婚后跟丈夫一起开了间公司，与北京的许多青年人一样，毛晓屏结婚比较晚。结婚后，夫妻俩有了一个可爱的儿子，小日子过得有滋有味。

在女儿家中与女儿全家合影

对抗病魔

自调到北京后，没有了两地分居的后顾之忧，勤奋的毛炳权把绝大部分精力用在了工作和科学研究上。为了科研，他废寝忘食，一直认为自己的身体状况不错，可以更多地做工作。没想到 1981 年的时候，常年的脑力劳动使四十多岁的毛炳权突发脑梗。当时，他住的地方离上班的地方有一段距离，每天都是骑自行车上下班。突发脑梗的当天，正值北京化工研究院一年一度的体检，体检由本院的医生负责。毛炳权上午骑自行车来到单位，锁车的时候就觉得身体有些不舒服。到了单位卫生所，他随便找了一个地方坐下。一位外面请来帮助体检的医生看他脸色不对，赶忙问了他几个问题，在问话过程中，毛炳权已经头脑发晕，连话都已经说不清楚了。医生工作经验很丰富，发现毛炳权嘴巴已经有些歪斜时，知道情况不对，急忙组织人员将他送至化工研究院的合同医院——隆福医院。这是一间规模较小的医院，而且医疗设备也不全。这时是中国实行改革开放政策的第三年，许多医院的医疗条件都不算好，医院里没有多年后普遍配备的 CT 等仪器。脑血管病分为出血型和缺血型，不能做 CT 便确认不了病情。在当时的条件下，医院只能通过用针管在背部脊柱上抽出脊液的方法来判断是脑出血或脑缺血。经过初步判断，医生认为毛炳权患的是脑梗。这个病必须要住院治疗，可医生却说，如果要想在这儿治疗的话，需要等床位，因为医院的床位不够。

这时的毛炳权虽然生了病，但脑子还是清楚的。听了医生的话，他感到有些生气，对于一名必须住院治疗的脑梗患者，竟然还要在医院等床位，太有点不近情理了。是不是真的没有床位，毛炳权和随行人员都不清楚，只能据理力争。通过几番交涉，医生给毛炳权指了一条路：医院里现在有一个中医研究院的推广小组，正在推广用针灸的方法治疗脑梗，如果愿意接受针灸治疗的方法，就可以安排他住院。毛炳权一想，如果不安排住院，按照医院的说法，自己只能回家等床位，这么一等，肯定会贻误病情，后果不堪设想。毕竟还是留在医院可靠些，只要能治好病，针灸就针灸吧。这个决定也有点无可奈何的情绪在里面，不管怎么样，毛炳权总算是住院治疗了。

后来毛炳权才了解到，其实当时治疗脑梗的方法还是很多的，但隆福医院没有给他安排常规的治疗方法，而是推给中医研究院的推广小组，这里面有什么文章，做病人的是不知道的。可知道了这个原因后，毛炳权有种被当成实验品的感觉，心里很不舒服。其实，为了治病，医生完全应该对病人讲清治疗方法，可以与病人商量着做，而没必要以要挟方式来对待病人。毛炳权在医院里住了一个月，每天都有医生来为他扎针，包括头皮、手脚、四肢等，后来病情确实慢慢好转，便出院了。但是，却留下了脑梗的病根，在后来的岁月中屡屡给他造成麻烦。

毛炳权生命中最严重的一次患病就是 1995 年的脑溢血。那是 11 月份，他刚刚被评选为中国工程院院士，病却来得如此突然，没有任何前兆。这一天，他被请到北京通县查看一套装置的开车情况，此时已是隆冬天气，他为了更详细地查看装置开车情况，在室外待了很久，午饭后还吃了一个冰激凌。下午回到家以后，他的身体就出现不适，肚子疼痛难忍，上吐下泻。到了晚上，毛炳权到医院挂了急诊，大夫检查化验一番，说是肠胃有点炎症，打点滴消消炎就没事了。他自己也怀疑是不是与中午吃了冰激凌有关。在医院打完点滴，毛炳权就回到了家。谁知，病情却丝毫不见好转，回到家，他整晚仍是又吐又拉。妻子刘新香看他情况不好，便打电话给她认识的一位中日友好医院的神经内科主任大夫——王国相大夫。刘新香将丈夫的病情告诉王大夫，王大夫一听就急忙说道："这是脑溢血了，赶紧到我们医院来挂个急诊，拍个 CT，看看情况如何。"

听了王大夫的话，刘新香急忙带着毛炳权到医院挂急诊，谁知院里的大夫要先让毛炳权去内科查查。毛炳权告诉他："内科看过了，没有用，你们神经内科的主任王大夫叫我们来挂神内急诊的"。这样他才挂到了神经内科的急诊号。

通过 CT 检查，才发现原来真的是脑溢血，需要抓紧动手术。原本医院安排了医生来给毛炳权做手术，可由于当时是星期天，当班的主要是年轻医生及外地来的进修医生。王大夫不放心，便交待毛炳权夫妇先别动手术，他会找他们中日医院的一位神经外科主任医生老左来做手术，这位左大夫也是中日医院的副院长。就这样，毛炳权的手术由左院长主刀。

做头部手术必须先将头发剃掉，可因为这天是星期天，医院负责理发的人不上班，一时还联系不上。这时手术已经安排好了，无奈之下只好由一位护士用刀片来给毛炳权剃发。护士剃头发不熟练，有些紧张，在剃发过程中总是不小心将毛炳权的头皮刮破，好不容易战战兢兢地把头发剃完了，手术随即展开。开颅手术是大型手术，要取出大片右头颅骨。据医生说，开颅后发现脑子里出血较多，从里面抽出了40毫升的血液，这说明情况已经非常严重了。

手术结束后，为了减轻毛炳权的疼痛感，医生为他打了麻醉药，头上也插了很多管子。北京化工研究院的同事也很照顾毛炳权，很多年轻人到医院看望他，还轮流值班照顾他。毛炳权住院的时候，正是DQ催化剂研制的重要时刻，人虽然生病，但他的心仍在课题组里。课题组的杨菊秀清楚地记得，那天在医院里，刚从手术中清醒过来的毛炳权一睁眼看到了杨菊秀，用微弱的声音问道："实验做得怎么样啊？"杨菊秀顿时泪如雨下。当她回到课题组把这一情形告诉大家时，课题组的同志都非常感动，并把这份感动化作尽心科研实验的动力。

毛炳权醒来后，因麻醉的原因，头脑不清醒，觉得头上插的管子不舒服，总想用手去拔，医院的看护人员害怕出事，总是耐心阻止。之后医院又为他做了多次CT及颅内抽血，在医院住了三个月后。身体才基本康复。可因为动手术，一块右头颅骨被取出，仍然是个隐患。临出院前，医生征询毛炳权的意见："你考虑一下，如果想补人造骨，可以一年之后再来。"

1996年，毛炳权做了第二次手术，重新补了一块人造骨。医生也建议毛炳权补人造骨，因为如果不补，头皮上就没有坚硬的东西保护支撑，如果不小心碰到伤处，结果会非常危险。直到现在，这块人造骨已经在毛炳权的脑袋里待了二十年多年，不管是活动还是出差，都不受影响。再加上老伴刘新香的悉心照顾，这块人造头骨用到现在，倒也没出过什么问题。

随着时间的推移，毛炳权的年纪越来越大了，在以后的近二十年里，他的脑梗病又发作过几次，最近一次是2013年年底。每次一发作，血管就会被堵塞，毛炳权也会感到头晕目眩，手脚发麻，嘴巴歪斜，连话都说不清楚。好在每次都救助及时，所以并未产生大的伤害，直到现在，毛炳权还能坚守在自己的工作岗位上。对毛炳权的身体健康，北京化工研究院的领导和同志们十分关心。他们经常过问毛炳权的健康情况，询问是否有需要单位帮助的事情。2015年的一天，毛炳权到他在北京化工研究院的办公室接受记者采访。当他沿着走廊走向办公室的时候，人们看到他轻快的步伐，都高兴地打招呼："毛院士，身体真不错"。在接受采访中，毛炳权的思维敏捷，语言流利，在谈到一些问题的时候，随手会从办公桌上的一大堆资料中准确找出相关资料，有数据，有图片，完全看不出是动过脑部手术的老人。陪同记者采访的院办公室领导笑着说："看到毛院士身体这么好，真高兴"。

幸福的退休生活

2004年，刘新香正式从自己的工作岗位上退了下来，此时，她已是延迟退休近10年了。她在北京化工研究院起初是课题组的组长，后来又做室主任、副总工程师，在专业领域是出类拔萃的。所以，虽然她到了退休年龄，北京化工研究院还是希望她能继续留在院内，参与科研把关，培养青年科技人员。刘新香临近退休年龄时，已经逐渐不直接参与研究工作，而是做技术管理工作和带一些硕士生，一直到她提出回家休息为止。如今，刘新香与毛炳权一样，带的学生已是桃李满天下了，学生们到现在还跟他们保持着联系，而刘新香与毛炳权也对学生们取得的成绩感到骄傲。

虽然已经退休，但热情、外向的刘新香还是闲不下来。退休后的她时常陪着毛炳权去各地出差、开会，陪着他去疗养。起初刘新香跟着毛炳权去开会，一方面是想帮帮毛炳权的忙，另外，自己也想通过这些活动多了解一些科学技术方面的发展情况，毕竟是搞了一辈子科研，对这一行情有独钟。随着时间的推移，她陪同毛炳权外出的目的和过去不一样了。后来跟毛炳权一起外出参加各类活动，主要是为了照顾他的身体，尤其是去距离远、会议时间长的地方开会，刘新香都必须陪同。事实证明，刘新香的陪同真的是非常有必要。有一年，她陪毛炳权到成都四川大学开会，会议期间，她发觉毛炳权有脑梗迹象，要陪他到医院检查。毛炳权认为自己的感觉还不错，不至于这么严重。可刘新香坚持要毛炳权去医院做检查，在她的坚持下，他们来到医院，经检查果然是脑梗即将发作前夕，医院立即采取了治疗措施。由于发现及时，救助及时，这才没出什么大问题。同样的情况，在后来四川大学的一次会议上再次出现，仍然是被刘新香及时发现。

毛炳权到现在还没有退休，仍然是每天从家到办公室，忙忙碌碌，乐此不疲。作为他的妻子，刘新香是比较担心的，毕竟他头部犯病比较频繁，脑梗犯得最多，他现在说话都有些中气不足了。不过能够坚持工作、保持思考状态对预防老年痴呆症甚有帮助，所以刘新香对他的工作还是比较支持的。但又不能让他过于劳累，毕竟年事已高，而且毛炳权往往一工作起来就忘了时间，会造成疲劳感，刘新香现在还起到监督老伴的作用，提醒他用脑时间，帮他选择要去参加的会议等。现在她希望老伴可以慢慢退下来，工作半天，休息半天，不要特别劳累。

两人相守几十载，对彼此的脾气秉性也比较了解，年轻的时候，他们也会吵架拌嘴，因为刘新香在单位是领导，所以比较有主见，也爱做决定，这使毛炳权有些不适应。后来两人彼此了解，学会征询对方的意见，生活自然越来越和谐。现在年纪大了，毛炳权偶尔也会发发脾气，刘新香知道老伴身体不好，怕他犯病，所以一遇到会发生口角的问题，刘新香也就自动“消防”了。

说起毛炳权的爱好，刘新香如数家珍。她说，看书是毛炳权的最爱，对古典音乐也比较感兴趣，游泳、滑冰也都很擅长。而且，他们夫妻还有着共同的爱好。比如，喜欢看芭蕾舞、听交响乐，喜欢看歌剧和话剧等。在毛炳权没有调回北京之前，每次回北京探亲，只要时间允许，他们夫妻就会去排队买票看演出。毕竟北京是中国的政治和文化中心，即使在“文革”期间，也有国内和国外的文艺团体演出。为了看演出，他们从和平里的家中跑遍了北京当时的大剧院。我国改革开放后，大量国内外的古典、现代音乐如百花齐放。毛炳权和刘新香先是购买了许多音乐磁带听音乐，随着时代的发展，他们又买了许多音乐光盘。后来，直接从网络上下载音乐。音乐使他们的生活充满了阳光。另外，毛炳权特别喜欢旅游。2000年他曾跟欧美同学会的人一起去俄罗斯、乌克兰等欧洲国家旅游。来到莫斯科的时候，他特地与当年的苏联同学取得了联系。同学们知道他来了莫斯科，都非常高兴，相约在门捷列夫化工大学(以前的门捷列夫化工学院)见面。毛炳权故地重游，看到校园里的风光依旧，只是当年的小树已经长得郁郁葱葱，还增添了许多建筑。不过自1989年苏联解体后，学校里原有的苏联特色几乎看不到了，学校也于1992年由学院改为大学。在门捷列夫化工大学，他去看望了在苏联留学时留校的同学，交流离别后的情况。通过他们，也了解一些苏联同学和老师的情况。当他从同学们口中得知，当年教过自己专业课的教授们都已经去世时，不禁有了许多感慨。时光染白了同学们的鬓发，再次相见欣喜之中又多了几分感慨。他们到俄罗斯旅游的时候，受苏联解体的影响，俄罗斯的经济状况很不好，莫斯科的同学们工资都很低，超出了毛炳权的想象。尽管俄罗斯的大学老师们工资不高，全国的经济状况不好，但在门捷列夫化工大学里，老教授们、科学家们的事迹和肖像仍然悬挂在墙上，供人们瞻仰。课堂上和校园里，仍然在宣扬和学习国家英雄们、科学家们，体现了蓬勃向上的民族精神，这让毛炳权和同行的中国同学深受触动。他们深深感受到，发展才是硬道理，在发展经济的同时，更应当重视精神层面的建设。这次俄罗斯和乌克兰之行，毛炳权还有个心愿——想再买一张歌剧“叶甫盖尼·奥涅金”中“连斯基咏叹调”的唱片，遗憾的是直到离开俄罗斯也没有买到。

2000 年在俄罗斯门捷列夫化工大学与留校的同班同学相聚

当年与毛炳权一起留苏的中国同学，回国后都发展得不错。在中国科学院和中国工程院中，有不少的院士是留苏同学。除了少部分同学后来成为高级干部外，大多数同学都在科研机构和高校工作，或从事专业科研，或在高校教书，也有一部分同学到国外发展，仍然没有离开科研事业。原来的苏联同学与中国同学的情况差不多，也都是以搞科研和教育为主。在这次旅游中，毛炳权他们游览了俄罗斯的莫斯科和彼得堡，乌克兰的基辅和奥德萨。回国后，毛炳权和刘新香还去过西欧和北欧的一些国家，还一起到香港、澳门、台湾以及美国等地旅游，看看当地的风土人情。其中，到香港和美国，也顺便走走亲戚。毛炳权的家人主要在香港，而刘新香的家人都在美国。其实，毛炳权最感兴趣的两个国家是土耳其和埃及。埃及是世界上的四大古国之一，与中国一样有着深厚的文化底蕴。土耳其在历史上曾是横跨欧亚的庞然大物奥斯曼帝国，衰败于第一次世界大战，垮于第二次世界大战。这两个国家都有悠久的历史和许多动人的故事以及吸引人的文物古迹，这些都是毛炳权所喜欢的。只是因时间和身体的原因，这个心愿至今还没能实现。

莫斯科门捷列夫化工学院同学中3位工程院院士合影

（左起：毛炳权、陈丙珍、崔国良）

与同学陈文梅在四川大学逸夫科技楼前

2002 年与门捷列夫化工学院的同学在政协礼堂

门捷列夫化工大学北京同学聚会(二排右二为毛炳权)

在贵州游览黄果树瀑布

在台湾旅游

在香港旅游

在联合国大楼旁

除了陪伴老伴，刘新香自己也非常喜欢旅游。同时，她的退休生活内容也非常丰富。曾参加了两个合唱团，只要平时没有重要的事情，她都要参加合唱团的排练和演出。在合唱团里，喜好唱歌的她找到了许多知音，找到了一方新的天地。通过排练、演出，刘新香觉得自己的退休生活越来越有意思，一唱起歌来，常常忘记自己的年龄。除了唱歌之外，她还经常参加同学和北京化工研究院职工之间的聚会活动。和一些老同学、老同事，聊聊天，说说笑笑，开心得不得了。回到家里，老两口在一起，也没有太多的家务，有充足的时间可以支配。作为一名50年代的大学生，已是古稀之年的刘新香思维敏捷，仍然喜欢接触和学习新事物。她在同龄人当中，大概是最早使用电脑，最早上网冲浪的那批人之一。如今的刘新香，不仅有自己的同学QQ群，也有了自己的微信朋友圈。用她的话来讲："享受现代生活，一点都不落后"。除了上网之外，刘新香有时也看看报，读读杂志，享受一下生活的慢节奏。如此丰富的内容使刘新香的退休生活并不枯燥。

如今的毛炳权和刘新香，一路风雨相伴，共同走过了几十年。老两口生活和睦，美满幸福，尽情享受美好的夕阳生活。

与夫人金婚留影

金婚家庭庆祝合影

毛炳权大事年表

1933年11月2日毛炳权出生在广东省广州市。

父亲毛智明(1912—1957);母亲詹丽华(1916—2004)。

毛炳权是家中长子,有5个弟弟和1个妹妹。

1938年9月由幼儿园升入东升小学一年级。

1938年10月10日与长辈一起参加东莞举行的抗日游行和捐款活动。

1938年10月22日日寇占领广州,跟随家人开始逃难。

1939年12月随家人返回东莞。

1942年1月从父亲的私塾进入万顷沙小学读书。

1944年7月在万顷沙小学读五年级。同年,进入东莞一中读书。

1945年8月在私立明生中学读初中二年级。

1946年9月参加东莞中学组织的考试,转入东莞中学读初中三年级。

1947年9月升入东莞中学高中部。

1950年9月加入新民主主义青年团。

1950年12月参加中国人民解放军,华南军区独立十五团三营七连战士。

1952年5月随部队从广东调往安东(即现在的丹东),准备入朝参战。

1952年7月以"调干生"的身份,由部队进入东北人民大学(现在的吉林大学)参加补习。

1952年9月进入大连工学院化工系,并从长春到大连读书。被选为班团支部组织委员。

1953年10月被学校推荐为留苏预备生预选人选，参加了教育部组织的各项考核，并被录取，继而到北京俄文专修学校(现北京外国语大学)补习俄文。

1954年8月北京俄文专修学校毕业，赴苏联留学。分配到莫斯科门捷列夫化工学院染料中间体专业学习。

1957年8月父亲毛智明因病去世。

1957年10月由染料中间体专业转为高分子化合物专业。

1957年11月17日毛泽东等党和国家领导人访问苏联，并看望包括毛炳权在内的在莫斯科的中国留学生。

1959年6月从莫斯科门捷列夫化工学院毕业回国，到北京等待分配。

1959年10月在北京参加国庆10周年庆祝活动。被分配到成都工学院，再分到塑料教研室。

1960年3月由塑料教研究室调至化纤教研室。

1961年2月在北京与刘新香登记结婚。同年，在徐僖教授的帮助下开设了自己的高分子化学课和高分子物理课。

1961年3月从成都工学院化纤教研室调到高分子及物理学教研室。

1962年5月儿子毛晓峰出生。

1963年1月参加“四清”工作队，到宜宾市郊区搞“四清”。

1966年6月参加“四清”工作队，到岳池县搞“四清”。

1966年6月“文化大革命”开始，“四清”工作队奉命回校。被扣上小“三家村”掌柜的帽子隔离审查，并受到批判。

1967年2月不参与派性斗争，成为“逍遥派”，外出旅游和探亲。

1968年6月女儿毛晓屏在北京出生。

1969年9月与部分师生到邛崃军垦农场劳动。

1971 年 11 月结束在农场的生活，重返校园。

1971 年 12 月由成都工学院调至北京化工研究院。

1972 年 1 月分配至北京化工研究院三室。起初研究聚丁烯项目，该项目结束后，集中精力开展聚丙烯的研究。

1976 年 7 月 23 日在北京燕山石化向阳化工厂考察进口聚丙烯装置时，遭遇唐山大地震。

1978 年研制成功络合Ⅱ型催化剂，填补了我国聚丙烯催化剂的空白，奠定了中国聚丙烯催化剂技术基础。“聚丙烯络合Ⅱ型催化剂项目”获化学工业部科技成果奖，1982 年“聚丙烯络合Ⅱ型催化剂制造方法及聚合工艺”获得国家技术发明三等奖。

1979 年与李天益到瓦房店纺织厂参与本体聚合的研究工作。参与由北京化工研究院与岳阳化工总厂共同承担的国家“六五”攻关项目——“以炼厂气为原料的千吨级聚丙烯装置”的研制工作。

1980 年间歇液相本体聚合工艺研制成功并投入使用，与络合Ⅱ型催化剂一起，创造了可观的经济效益。

1984 年 1 月被任命为北京化工研究院聚丙烯催化剂创新工作小组组长，研制有自主产权的催化剂。当年，研制成功国内第四代催化剂，这个新型催化剂被命名为 N 型催化剂。

1985 年 4 月 1 日中华人民共和国专利局成立后接受专利的第一天，北京化工研究院递交了 N 型高效催化剂的专利申请书，并成为我国第一批授权的专利之一。

1985 年 7 月将 N 型高效催化剂带到美国菲利普斯石油公司参加中间实验，取得了满意效果。在此基础上，催化剂在该公司投入工业应用，并确定了北京化工研究院与该公司的合作关系，中国的催化剂走向了世界。

1986 年 N 型催化剂在美国俄克拉荷马州的巴特斯维尔和德克萨斯州的休斯敦等地继续进行预聚合、中间试验和工业试验，取得成功，产品进入美国多个城市。

“以炼厂气为原料的千吨级聚丙烯技术项目”获得国家科技进步二等奖、中国石油化工总公司科技进步一等奖。

N型催化剂相继取得了美国、日本、英国、德国、意大利、法国和荷兰的专利授权。

1988年N型催化剂的专利许可最终以1500万美元的高价转让给美国菲利普斯公司，这是中国专利出售历史上价格最高的一次。

开始带硕士研究生。

1988年3月被评定为教授级高级工程师。

1989年带领北京化工研究院科研团队，参与中国石化总公司球形催化剂研究项目。同年，以毛炳权为首的7人小组研制出球形催化剂，被命名为DQ球形催化剂。

1990年“中试N催化剂工业应用试验项目”获得中国石油化工总公司科技进步二等奖。

参加首届全国留学回国人员科技成果展。

1991年DQ球形催化剂开始中试。

获得国家政府特殊津贴。

1993年专利“用于烯烃聚合和共聚合的催化剂体系(专利号85100997.2)”，获得中国专利局中国专利优秀奖。

“一种新型聚丙烯N催化剂制备方法”获得国家发明二等奖。

1995年被选为中国工程院院士。

“聚丙烯N催化剂工业试验项目”获得中国石油化工总公司科技进步二等奖。

1996年DQ球形催化剂中试结束。试验证明，DQ催化剂与进口催化剂相比，在聚合活性和立构定向性方面具有明显的优势。

北京化工研究院建成了一套2吨催化剂/年的氯化镁醇合物载体和催化剂制备的中试生产线，成功地合成出了合格的DQ催化剂批量产品。

北京化工研究院用中试装置生产的DQ催化剂在中国石化天津

石化公司的小本体间歇法聚丙烯工业生产装置上进行工业应用试验，试验获得成功。

开始带博士研究生。

1997 年专利“用于烯烃聚合和共聚合的催化剂体系(专利号 85100997.2)”，获得中国石油化工总公司中国专利发明创造金奖。

1999 年 DQ 催化剂成功推向市场。

“用于烯烃聚合和共聚合的催化剂体系”，获得第十二届全国发明展览会金奖。

“用于烯烃聚合和共聚合的催化剂体系”，获得 WIPO(世界知识产权组织)发明金奖。

2001 年“烯烃聚合用(DQ-1)球型催化剂”获得第十三届全国发明展览会金奖。

专利“烯烃聚合用(DQ-1)球型催化剂组分、制备方法和应用以及球型催化剂(专利号 93102795.0)”获中国专利局中国专利优秀奖。

2002 年“球形高效催化剂研究开发项目”获得中国石油化工集团公司科学技术发明二等奖。

2003 年“聚丙烯新型高效催化剂的研究开发及工业应用”(球形催化剂)获得国家技术发明二等奖。

《聚丙烯原理、工艺与技术》专著获得中国石油化工集团公司科技进步三等奖。

2003 年 7 月 1 日加入中国共产党。

2004 年获得“何梁何利科学与技术进步奖”。

2005 年至今担任四川大学、北京化工大学等高校重点实验室和中国复合材料学会和中国物资再生协会等学术团体担任学术顾问，主要工作集中于后备人才培养和指导科研项目开发。

担任过的技术和学术职务：

化学工业部经济技术委员会委员(1995)

中国石油化工集团公司科学技术委员会委员(1998—2013)

中国石油化工集团公司合成树脂新产品联合开发中心技术委员会委员(1999)

建设部新型建材制品应用技术专家委员会副主任委员(2003)

中国石油化工集团公司科技委员会顾问(2013 至今)

高分子专业组专家网络成员(1991)

四川联合大学(后改为四川大学)高分子材料工程国家重点实验室第四届学术委员会主任(1998)

四川大学高分子材料工程国家重点实验室第五届学术委员会副主任(2004)

第二届北京化工大学北京市新型高分子材料制备与加工重点实验室学术委员会委员(2005)

北京化工大学双聘院士(2005)

四川大学“985 工程”二期“高分子与特种功能材料科技创新平台”学术委员会委员(2006)

西南化工研究设计院工业排放气综合利用国家重点实验室学术委员会副主任(2007)

中国复合材料学会聚合物及复合材料分会第五届委员会顾问委员(2008)

后　记

从接手编撰《毛炳权传》的工作至今，三年时间过去了。在这三年中，电脑中的文稿已经修改了5遍，可仔细读来仍然感觉不满意，总觉得缺少些什么。

感谢中国石化北京化工研究院，交到我手中的是一本基本成型的文稿。尤其文稿对毛炳权院士的家乡和亲属的记载比较详细，在后来的写作中，节省了大量采访时间。刚接手《毛柄权传》的时候，还没有感到什么压力，毕竟我在石化企业工作了40多年，其中10年还是一线的操作工人。后来一直从事新闻工作，写过不少有关炼油、化工工艺方面的稿件，自认为对企业的工艺、设备都有着比较多的了解。而毛炳权院士的聚丙烯工艺和催化剂，也在我所在企业应用，我本来认为对此应当是熟悉的。但是，随着采写的深入，我发现自己在对聚丙烯工艺和催化剂的了解方面算是个半文盲，需要从头补课。为此，我通过网络查找聚丙烯工艺及催化剂的相关知识，还到企业的研究院资料室查资料，把几本大部头的专著拿回家认真阅读，力求更多地了解聚丙烯工艺及催化剂的专业知识。在学习的同时，再结合对毛炳权院士的采访，使我对于聚丙烯工艺和催化剂有了深刻了解。比如，过去一直不知道催化剂和相关工艺是连在一起的，有先进的工艺才会有先进的催化剂。通过写《毛炳权传》，我补上了这一知识缺口。《毛炳权传》的采写过程，也是我学习和提高的过程。

对毛炳权院士和几个课题组科研人员的采访，让我深切体会到毛院士的三大催化剂成果是如何的来之不易。他们付出的巨大努力和艰辛，让我肃然起敬。在采访中，毛炳权院士不止一次说：国外的技术垄断让中国人付出的代价太大，只有打破技术垄断，研发出中国人自己的技术才能摆脱受制于人的状态。这使我联想到，新中国成立以来，一直进行着封锁和反封锁的斗争。中国人民在共产党领导下，不断改变着受制于人的状况，先后研制成功了“两弹一星”以及万吨水压机等一大批科研成果，为增加国力奠定了强有力的基础。改革开放后，我国看到了与世界先进国家的巨大差距，但同时也开阔了眼界，拓宽了交流渠道，使我国能够更多地学习国外先进技术，并在此基础上创新、创造。毛炳权院士就是在改革开放后，学习借鉴国外先进经验，创出了自己的聚丙烯工艺和催化剂专利技术。事实一再告诉我们：国家要富强，经济要发展，科技要先行。只有科技先行，才能够形成自己的独有技术，彻底摆脱受制于人的局面。直到今天，广大科技工作者仍然在为提高我国的科技水平，使我国成为真正的强国而不懈努力。他们与毛炳权院士一样，“正在做我们的前人从来没有做过的极其光荣伟大的事业”(毛泽东语)。他们是实现中华民族伟大复兴梦的中流砥柱。

在采写传记的过程中，毛炳权院士给笔者很大帮助。不仅认真审阅每一稿，用铅笔仔细勘误，还亲笔写出专业性比较强的事例和人生经历中的细节，使书稿得以不断完善。感谢毛院士的夫人刘新香女士，这位在科研领域做出卓越贡献的女科学家，接受了我几次采访，并提供了毛炳权院士工作生活中的许多细节。同样是在采写传记的过程中，中国石化北京化工研究院党群工作处处长梁晓云女士做了大量协调工作，在她的帮助下，我接触了大量历史资料和科研资料，采访了一批科技精英。其中有白发苍苍的老科研工作者，也有年富力强的专家和朝气蓬勃的青年一代。在此一并感谢接受过我采访的北京化工研究院陈齐、李天益、夏先知、杨霭春、杨菊秀、李珠兰、王世波、高福堂、张天一等诸位精英，并向他们与毛炳权院士一起为研发聚丙烯催化剂专利技术付出的艰辛努力，致以崇高的敬意。